海尔单片机原理及应用

杨 荣 王秀芳

潘 松 陈立权 史卫东 编著

北京航空航天大学出版社

内 容 简 介

本书以海尔 HR6P92 芯片为对象,介绍了海尔 Flash 系列单片机的主要特点和功能。全书从基本原理到实际应用依次展开,内容包括 HR6P 单片机简介、HR6P 内核、汇编语言和指令系统、I/O 端口、中断系统、定时器/计数器、片上典型模块(A/D 转换、串行通信等)、HR7P 单片机简介、HR 单片机开发工具和单片机 EMC 设计介绍。

本书行文简洁明了,通俗易懂,例程丰富,实用性强,既可作为大学电子工程院系学生、教师以及广大单片机爱好者学习海尔单片机的入门教材,也可作为工程人员使用海尔单片机进行产品设计的参考书。

图书在版编目(CIP)数据

海尔单片机原理及应用/杨荣等编著. —北京:
北京航空航天大学出版社,2011.8
 ISBN 978 - 7 - 5124 - 0521 - 9

Ⅰ.①海… Ⅱ.①杨… Ⅲ.①单片微型计算机 Ⅳ.
①TP368.1

中国版本图书馆 CIP 数据核字(2011)第 139342 号

海尔单片机原理及应用
杨 荣 王秀芳
潘 松 陈立权 史卫东 编著
责任编辑 刘 晨
*
北京航空航天大学出版社出版发行

北京市海淀区学院路 37 号(邮编 100191) http://www.buaapress.com.cn
发行部电话:(010)82317024 传真:(010)82328026
读者信箱:emsbook@gmail.com 邮购电话:(010)82316936
北京市松源印刷有限公司印装 各地书店经销
*
开本:787×1092 1/16 印张:15 字数:384 千字
2011 年 9 月第 1 版 2011 年 9 月第 1 次印刷 印数:4 000 册
 ISBN 978 - 7 - 5124 - 0521 - 9 定价:32.00 元

序 言

　　上海海尔集成电路有限公司是由国际知名家电供应商海尔集团投资的一家专注于高可靠性和高抗干扰性 MCU 研发、设计和生产的集成电路企业。自 2005 年公司首次推出工业级 8 位 MCU 产品后，短短几年，上海海尔集成电路有限公司的单片机日益丰富，现已发展至两大系列 30 余款型号。

　　在此之前，国内如工业控制、汽车电子、家电应用和国防安全等领域的单片机关键微控制器，一直由国外几家知名公司垄断。虽然近年国内一些本土企业奋起直追，陆续推出了一些替代产品，但由于在功能、性能和整个开发工具链上存在软肋，这些替代产品一直难以抗衡国外公司的产品。

　　经过多年的努力，上海海尔集成电路有限公司打破了国外公司垄断中国 MCU 市场的局面，自主研发并生产了多款 MCU 产品，这些产品无论是在功能、性能还是价格上都极具竞争力。在近年来同国外同类 MCU 产品的竞争中，获得了良好的市场评价和经济效益。截止目前，上海海尔集成电路有限公司的多款 MCU 产品已经在包括海尔集团在内的国内多家家电企业中的使用数量累计近亿片。

　　海尔单片机资源丰富，抗干扰性能强，开发工具完善，可以广泛应用于工业控制、消费电子、家用电器、智能仪表、汽车电子等领域。为了推动在 MCU 领域的国产化，培养更多使用海尔 MCU 的本土工程技术人员，上海海尔集成电路有限公司联合国内多家大专院校，通过开设海尔单片机课程，建立海尔单片机实验室，共同为国产单片机发展做出努力。我坚信，随着海尔单片机产品不断推陈出新，使用者不断增加，国产 MCU 包括其他集成电路产品一定会发展壮大！

　　本书通俗易懂，例程丰富，实用性强，可以说是专门为国产单片机爱好者和使用者而撰写的一本难得的入门教材，值得一读。

何炎祥

2011 年 7 月

前　言

　　本书是上海海尔集成电路有限公司为了在中国大学中培养更多的国产单片机爱好者和使用者而撰写的一本入门教材。本书适用于大学电子工程院系的学生、电子产品设计工程师和单片机应用爱好者阅读。

　　本书选用海尔单片机家族中的经典型号 HR6P92H 单片机，以此为例，详细介绍了海尔单片机的特色、应用领域、内核结构、编程语言、片上资源及海尔单片机的开发工具等。

　　本书共分 10 章：第 1 章介绍了海尔单片机的概述及其应用领域；第 2 章介绍了海尔单片机的内核结构及其工作原理；第 3 章介绍了海尔单片机的指令系统及其汇编语言 HASM；第 4 章介绍了海尔单片机输入/输出端口的结构及应用；第 5 章介绍了海尔单片机的中断系统，详细描述了海尔单片机的中断机制；第 6 章介绍了海尔单片机极具特色的定时器/计数器；第 7 章介绍了海尔单片机的片上典型模块，包括 A/D 转换、串行通信等；第 8 章简要介绍了海尔 7P 系列单片机的特点及其与海尔 6P 系列单片机的区别；第 9 章则介绍了海尔单片机的开发工具，包括集成软件、实时仿真器、在线调试器、编程器及 HRCC 编译器等；第 10 章介绍了单片机系统设计中的 EMC 问题，给出了很多实用的方法。

　　为方便初学者快速学习和掌握海尔单片机的原理及使用方法，在各章节的相关知识点都增加了例程，这些例程均通过验证。值得一提的是，在第 8 章特意增加了海尔学习板的介绍，针对学习板上的硬件资源，附录 C 给出了相应的程序。

　　上海海尔集成电路有限公司的 MCU 型号广泛，功能和适用场合也不尽相同，因此本书仅对海尔单片机作抛砖引玉式介绍，详细规格请联系上海海尔集成电路有限公司获取。

　　在本书的编著过程中，首先得到了上海理工大学王秀芳老师的大力帮助。她结合了多年单片机的教学经验，使本书章节设置循序渐进，理论和实践紧密结合，适合作为大学电子工程院系学生学习单片机的教材。

　　在开发工具章节的编著中，得到了武汉大学计算机学院何炎祥教授、王汉飞副教授、袁梦霆博士的指导，他们为海尔单片机仿真器软件和 C 语言编译器的研制做出了贡献。特别是何炎祥教授在百忙之中亲自为本书作序以资鼓励。在此对他们的帮助和提携表示诚挚的谢意！

　　在本书的规划和校审过程中，得到了上海海尔集成电路有限公司高级工程师刘桂蓉、陈光胜、谷志坤、袁俊、赵启山，周亚林、褚桂英、裘巍、李行高、万峰、邓正敏、王珊珊等的大力支持和协助。他们为本书编撰提供了大量的原始资料，并在本书校审过程中不断给予指导和修改。海尔单片机能够在工业控制、家电、汽车电子及仪器仪表等领域成功应用是以上诸位多年努力的成果，本书的出版也是对他们辛勤工作成果的回馈和感谢。

　　此外，马俊平、崔草兰等参与了本书部分图形的绘制工作，北京航空航天大学出版社为本书的最终出版做出了努力,本人在此一并感谢。

最后特别感谢参考文献中提及的作者,本书学习和借鉴了他们的成功经验,为本书的编写提供了很大的帮助。

由于编者水平有限,书中难免有疏漏之处,敬请广大读者指点并谅解。

编者

2011 年 7 月

目 录

第1章

绪 论

1.1 单片机的基本概念

随着微电子技术的进步,电子计算机得到快速发展,1946 年第一台电子计算机问世以来,微处理器及电子计算机频频更新换代,但目前的微型计算机绝大部分还是冯·诺依曼结构。一个典型的微型计算机主要由运算器、控制器、存储器、I/O 接口等几部分组成,其中运算器完成算术和逻辑运算,控制器负责指挥各部件协调完成规定的任务,运算器和控制器通常制作在一块集成电路上,又称为微处理器或中央处理单元,是整个系统的核心;存储器是整个系统的存储单元,按性质可分为随机存储器 RAM 和只读存储器 ROM,用来存放数据或程序,随机存储器 RAM 可读可写,而只读存储器 ROM 只能读不能写;I/O 接口是完成系统与外界信息交换的通道,包括输入和输出电路;各模块之间的信息则是通过总线进行传递,总线传送的信息包括地址信息、控制信息和数据信息等。

伴随着微型计算机的诞生,其另一个分支——单片机(single chip microcomputer)即单片微型计算机也很快面世,国际上又把单片机称为微控制单元(Microcontroller Unit,MCU),是把中央处理 CPU、存储器、I/O 接口等计算机的主要功能部件,集成在一块集成电路芯片上,形成了一部完整的微型计算机,称为单片机。因此可以说单片机是把微型计算机的所有功能集成在一块集成电路芯片上而构成的一部超微型计算机。

尽管单片机是超微型计算机,但与一般 PC 的功能还相差甚远,为了提高单片机的通用性和扩展单片机的功能,大多数单片机厂商在单片机中又集成了很多常用功能模块,例如定时器计数器、A/D 转换器、CCP 模块、LCD 驱动电路等,这些模块统称为单片机的外围模块。这些模块的加入一方面提高了单片机的功能、性价比,同时也为开发者带来了更多的方便和灵活性。

由此可见,通用性强、功能多、性能高、速度快、体积小、价格低是单片机的典型特点。除此之外,单片机与微型计算机相比还具有以下几个显著特点。

(1)程序存储器和数据存储器严格分工。程序存储器用来存放程序、固定常数和数据表格。数据存储器主要用来存放数据。程序存储器和数据存储器采用的寻找方式不同,容量大小相异,一般程序存储器容量较大,而数据存储器容量较小。早期的单片机由于程序存储器或数据存储器容量较小还需要在外部进行扩展,得益于微电子技术的发展,现在市场上的单片机自带的程序存储器容量和数据存储器容量有多种选择,基本上能满足用户的需要,无须额外扩展。

(2)分时复用技术。与微型计算机一样,单片机的大部分引脚也采用分时复用技术,这是由于单片机内部功能较多,需要较多的输入/输出引脚来实现这些功能,而工艺和某些应用场合的限制,使得单片机的引脚又不能太多。为解决这一矛盾,一个引脚往往设计多个功能,根据单片机指令和当前状态来决定该引脚此刻的作用,即采用分时复用技术。

(3)特殊功能寄存器 SFR 的使用。单片机内部集成了微处理器、I/O 接口、存储器、定时器计数器、A/D 转换器、串行通信接口等多个电路,对这些电路的操作均是通过对相应 SFR 的操作来完成的。因此,在单片机的学习过程中一定要注意对特殊功能寄存器的学习。

(4)采用面向控制的指令系统。在单片机内部一般都设置一个独立的位处理器,可用于位运算,因此单片机具有很强的逻辑控制能力,为测量控制系统提供了方便,使得单片机在测控领域得到了最广泛的应用。

(5)品种规格系列化。属于同一产品系列不同型号的单片机往往具有相同的内核、相同或兼容的指令系统,差别可能是引脚数、封装形式、存储器容量、外围扩展模块等,这样给用户提供了更多选择,也为用户提供了降低产品成本的可能。

正是基于单片机的上述特点,单片机在多个领域得到广泛应用:

(1)自动控制领域。在自动控制领域,单片机在数据采集、测控技术等多个方面得到广泛应用。

(2)智能仪器仪表。单片机在仪器仪表智能化发展的进程中起着重要的作用,有力地推进了传统仪器向数字化、智能化、一体化、便携式方向发展。如工业上的智能仪表及医疗领域的便携式监护仪等多种智能仪器的出现都得益于单片机的发展。

(3)家用电器。自单片机诞生之日起就被迅速应用在家电领域,如今仍然被使用在洗衣机、微波炉、冰箱、空调、电饭煲、热水器等小型家用电器上。

(4)智能玩具。由于单片机具有体积小、耗能低,在智能玩具上也得到广泛应用,如智能电动车、电子游戏机、电子宠物等。

(5)汽车电子。随着汽车工业的蓬勃发展,电子技术在汽车制造中占的比重越来越大,单片机也在点火控制、座椅调节、防滑控制、加热控制等多方面得到应用。

(6)航天航空及军事上。单片机在航空航天及军事上也得到广泛应用。

1.2　单片机的发展阶段

单片机的发展从微处理器发展的角度讲,主要经历了以下几个阶段。

(1)4 位机阶段。1975 年,TI 公司首先推出 4 位单片机 TMS-1000,随后日本的 SHARP 公司及东芝公司、NEC 公司相继推出了 4 位单片机。此时的 4 位机处理数据的速度较慢,功能较简单,主要应用在家电及电子玩具这些对速度和功能要求不高的仪器上。

(2)8 位机阶段。1976 年 Intel 公司推出 8 位单片机,即 MCS-48 系列单片机,其他公司如Motorola、NEC 等公司也相继推出了 8 位单片机。随着集成电路水平的提高,8 位单片机将一些典型的功能模块集成进来,如 A/D 转换器、较大容量的 RAM、ROM、串行 I/O 接口等,扩展了单片机的功能。从此,8 位单片机开创了单片机领域的新阶段,直到今天 8 位单片机在各个领域的应用依然广泛,占据着单片机市场的最大份额。目前为我们熟知的 8 位单片机厂商有 Atmel、NXP、Microchip、Freescale、Infineon 等国外知名厂家,及现在日益成长的大陆厂家海尔集成电路公司。

(3)16 位机阶段。20 世纪 80 年代出现了 16 位单片机,在 16 位单片机上集成了更多的功能模块,如多个串行接口、高速输入/输出接口、CCP 模块等。16 位单片机性能更高,应用于较复杂的应用场合。虽然 16 位单片机也得到了应用,但所占市场份额远低于 8 位单片机。

(4)32 位机阶段。更高性能的 32 位单片机是近年来出现的单片机,目前相应的应用还较少。

1.3 海尔单片机简介

1.3.1 海尔单片机概述

海尔集成电路有限公司自成立以来,一直致力于高抗干扰性、高可靠性通用型及专用型 8 位单片机的研发。海尔单片机均采用哈佛 RISC CPU 内核,程序总线与数据总线分开,实现了指令流水线操作,相比于普通 51 单片机,提高了 CPU 执行指令的速度。数据总线宽度为 8 位,采用了精简指令集共有 48 条或 82 条指令,指令条数比 51 单片机减少了很多,便于记忆、学习,所有的指令都是单字指令,大部分可以在一个机器周期中通过程序总线取出,执行效率较 51 单片机有很大提高。海尔单片机同时还具有低功耗,高抗电磁干扰性,外围模块多等优点。

1.3.2 海尔单片机家族

自海尔单片机问世以来,已有多种型号的海尔单片机成功应用于多个领域,目前海尔单片机主要有 2 个大家族,分别是 HR6P 系列单片机和 HR7P 系列单片机。这两大系列单片机其内核基本一致,区别在于程序存储器的位长、硬件堆栈的深度、指令系统及引脚的多少和外围模块的功能等细微之处。

无论是 HR6P 系列单片机还是 HR7P 系列单片机,在设计时都考虑了不同用户需求的差异性和通用性,提供了丰富多样的资源供用户选择。

首先,海尔单片机存储器的类型分为:OTP 和 Flash 两大类,容量大小为 0.5 KB ~ 32 KB,Flash 存储器可用于大批量稳定生产,也可以用于实验阶段程序的反复擦写。

其次,海尔单片机 I/O 接口较多,最少为 6 个,最多则达 33 个。芯片引脚数为 10 ~ 44,封装有 DIP28、KDIP28、SOP32、DIP40、LQFP44 等多种选择。

再次,海尔单片机片上资源丰富:支持高达 21 类中断源,具有多路 10 位 A/D 转换器,有 8 位和 16 位定时计数器,支持脉宽调制(PWM)扩展功能,支持捕捉器扩展功能及比较器扩展功能,具有通用同步异步串行接口 USART 及同步串行接口 SPI、IIC 等多种通信模式。

HR6P 系列海尔单片机有多个型号,为方便选型,图 1 - 1 给出了 HR6P 系列单片机的命名规则。

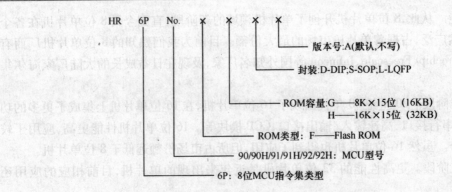

图 1-1　HR6P 系列单片机的命名规则

1.3.3　海尔单片机的应用领域

虽然海尔单片机面世时间不是很久,但因其突出的性能及优势,很快在国内单片机市场获得一席之地,成功应用到多个领域。

(1)汽车电子。HID 灯、倒车雷达、中控锁等汽车电子产品。

(2)工业控制。温度控制器、电动机控制器、逆变器、UPS 电源、大功率吸尘器、摩托车点火器、电动车控制器等产品。

(3)白色家电。冰箱、冷柜、空调、洗衣机、燃气热水器等白色家电产品。

(4)小家电。电热水器、饮水机、燃气灶、抽油烟机、微波炉、电磁炉、淋浴器、电风扇、咖啡壶、直/卷发器、电热毯等家用小电器。

(5)电力。集抄器、电能计量表、电力载波表等电力测量与计费系统。

(6)音频视频控制器。DVD 控制器、卡拉 OK 机控制器、CD 机控制器等音频视频产品。

(7)无线遥控领域。遥控车库门、高速公路遥控拦车杆、遥控船模、遥控航模、无线 ID 等无线领域产品。

思考题

1. 什么是单片机? 单片机主要由哪几部分组成?

2. 海尔单片机的特点是什么?

3. 海尔单片机的应用领域有哪些?

第 2 章

HR6P 系列单片机的内核结构及工作原理

第 1 章已经提到目前海尔单片机主推 HR6P 和 HR7P 两大系列单片机，这两个系列单片机的内核基本一致，指令集不同，外围模块也略有差别。本章以 HR6P92H 单片机为例来介绍 HR6P 系列单片机的内核结构与工作原理。

2.1　海尔单片机的内核结构

2.1.1　HR6P92H 单片机的内核结构

HR6P92H 单片机采用 48 条精简指令集，指令长度是 15 位，工作频率为 DC ~ 16MHz，寻址方式有直接寻找、间接寻找和相对寻址三种方式，较 51 单片机简明很多，复位向量位于 0000H，默认中断向量位于 0004H，支持中断向量表，中断资源丰富，支持 20 个中断源，有独立的看门狗电路 WDT。

图 2 - 1 是 HR6P92H 单片机内核结构图，由该图能够看出，HR6P92H 单片机的内核可以看成由三大部分组成：第一部分是核心模块，包括程序存储器 Flash、数据存储器 SRAM、程序指针计数器 PC、堆栈 STACK、指令寄存器、控制寄存器、ALU 运算器、A 寄存器、B 寄存器及程序状态寄存器等；第二部分是特殊功能模块包括晶振电路、看门狗定时器电路 WDT、复位功能及中断控制模块；第三部分通常被人们称为外围模块，主要包括输入/输出端口（I/O 端口）、定时器计数器、A/D 转换器、定时计数器功能扩展模块及通信模块等典型的外围电路，各部分的作用如下。

1. 存储器

程序存储器用来存放固定的程序、常数或固定表格，HR6P92H 单片机的程序存储器采用 Flash 存储器，容量 $16K \times 15$ 位，由于 Flash 存储器可以用于大批量稳定生产，也可以用于实验阶段程序的反复擦写，擦写次数可高达 10 万次，Flash 存储器成为目前程序存储器的主流。

HR6P92H 系列单片机的数据存储器容量是 720×8 位的 SRAM（Static RAM，静态随机存储器），SRAM 存取速度快，无须刷新，但其电路结构较为复杂，价格昂贵。与 51 系列单片机类似，海尔单片机的数据存储器除了能存放数据外，还具有位操作的功能。

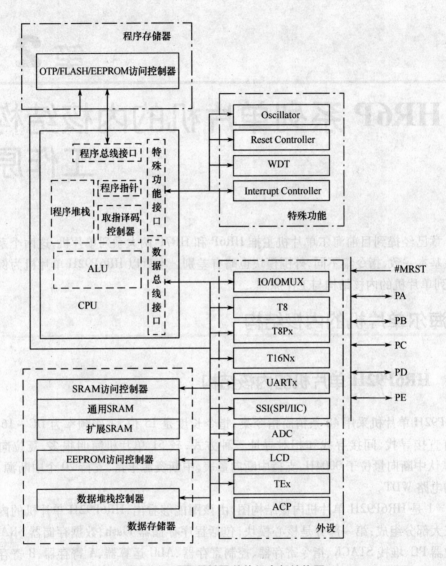

图 2-1　HR6P92H 单片机内部结构图

2. 程序指针计数器 PC

程序指针计数器 PC 提供对程序存储器进行操作时需要的 15 位码，每执行一条指令，PC 值自动加 1，始终指向下一条将要执行指令的地址，因此程序指针计数器是用来管理指令执行顺序的寄存器。当单片机发生复位时，PC 值也变成 0000H，使程序从头开始运行。

3. 指令寄存器

程序的运行过程就是指令的执行过程，指令寄存器就是用来暂时存放从程序存储器中取出来的指令，为指令的执行做准备。

4. 指令译码和信号控制器

其主要作用是将指令码翻译成一系列的操作,指挥和协调整个电路的工作。

5. 堆栈

HR6P92H 单片机的堆栈采用 8 级硬件中断,其工作原则是:先进后出,后进先出,无需出栈入栈指令,当发生中断或子程序调用时自动将相关信息保存,当遇到中断子程序返回指令或子程序调用返回指令时,又自动将保存在堆栈的内容弹出,深度是 8 字节。

6. ALU 运算器

ALU 运算器主要功能是完成算术运算和逻辑运算,是单片机的重要工作部件。

7. A 寄存器和 B 寄存器

A 寄存器主要用来存放运算的数据、运算结果和中间数据,是使用最频繁的寄存器。B 寄存器又称辅助寄存器,在某些运算中必须要使用 B 寄存器,比如乘法指令。

8. 程序状态寄存器

程序状态寄存器用来表示上次运算结果的特征,包括有无进位借位、结果是否为零等,常用作后续条件转移指令的转移控制条件。

9. 振荡电路

振荡电路用来产生芯片内部电路协调工作所需要的基准时钟信号。

10. 复位电路

用来产生单片机复位信号,单片机复位后,程序将从程序存储器地址 0000H 处所存放的指令开始执行。

11. 看门狗电路 WDT

WDT 是一个自带 RC 振荡电路的定时器,用来监视程序的运行状态,当单片机遇到异常程序跑飞时,该电路能强行使单片机复位,重新开始运行程序。

12. 中断模块

HR6P92H 单片机中断模块功能比较强大,能响应多种类型中断源的中断请求。

13. I/O 接口

I/O 接口是单片机接收和输出信息的通道,海尔单片机支持端口 A、端口 B、端口 C、端口 D、端口 E。这些端口通常都具有第二甚至第三功能,其中 A 口和 E 口通常与模拟通道复用,B 口通常与外部中断输入及按钮中断复用,而 C 口、D 口则复用成通信功能需要的引脚。

14. 定时器/计数器

用来对外来脉冲信号计数或对内部脉冲计数实现计数或定时功能。

15. A/D 转换器

实现模拟信号到数字信号的转变,便于单片机的信号处理。

16. 串行通信模块

HR6P92H 单片机集成有串行通信模块包括 USART 接口方式、SPI 方式和 I^2C 方式,便于与其他处理器或设备进行通信。

17. PSI 模块

HR6P92H 单片机还支持从动并口(PSI)工作模式,用于和外设进行并行通信。

2.1.2 HR6P92H 单片机的系统时钟和工作周期

无论是 HR6P 系列还是 HR7P 系列单片机,系统时钟支持最大频率是 16MHz,输入时钟通过片内时钟生成器,产生 4 个不重叠的正交时钟 phase1(p1),phase2(p2),phase3(p3)和 phase4(p4)。4 个不重叠的正交时钟组成一个机器周期,CPU 在 p1 相时钟内进行取指、译码、中断处理等操作;在 p2 相时钟内读取操作数;在 p3 相时钟内进行算术运算和逻辑运算操作;在 p4 相时钟内将运算结果写回,并预取下一条指令。时序周期图如图 2-2 所示。

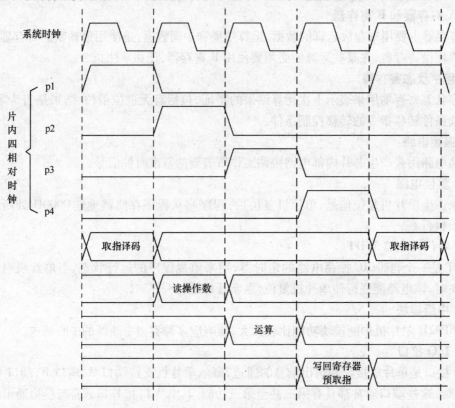

图 2-2 海尔单片机时钟与机器周期时序图

2.2 HR6P92H 单片机的引脚与功能

与 51 单片机一样,海尔单片机的各种功能最终都是通过引脚的输入/输出来实现,因此要想学好单片机,必须先掌握好单片机的引脚及引脚的功能。HR6P92H 单片机的引脚数有 40 个,封装形式是 DIP40,如图 2-3 所示。由于海尔单片机功能较多,实现这些功能需要的单片机引脚也较多,为了在增加单片机功能的同时不增加单片机的体积,海尔单片机的大部分引脚都具有复用功能。本节简要地介绍一下 HR6P92H 单片机的引脚及功能。

V_{DD}:正电源端,HR6P92 的工作电压范围为 $4.0 \sim 5.5V$。

V_{SS}:接地端,0V 参考点。

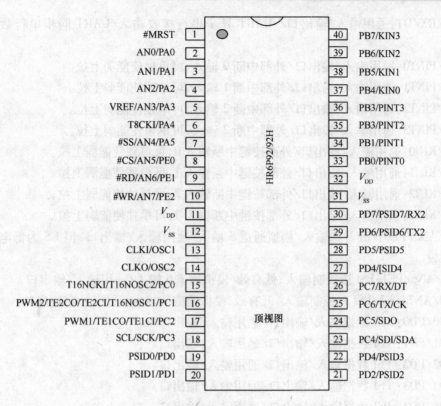

图 2-3　HR6P92/HR6P92H 单片机引脚图

#MRST：主复位输入端，低有效，即当该引脚电平为低电平时，单片机进行复位操作。

AN0/PA0：模拟通道 0 输入端/通用输入/输出口。

AN1/PA1：模拟通道 1 输入端/通用输入/输出口。

AN2/PA2：模拟通道 2 输入端/通用输入/输出口。

VREF/AN3/PA3：正参考电压/模拟通道 3 输入端/通用输入/输出口。

T8CKI/PA4：定时器计数器 T8 的时钟输入端/通用输入/输出口。

#SS/AN4/PA5：从动模式片选输入端/模拟通道 4 的输入端/通用输入/输出口。

CLKI/OSC1：时钟输入端/外部晶振输入端。

CLKO/OSC2：F_{osc}/4 参考时钟输出端/外部晶振输出端，F_{osc} 是系统时钟的频率。

T16NCKI/T16NOSCO/PC0：定时器计数器 T16N 外部时钟输入端/T16N 振荡器输出/通用输入/输出口。　.

PWM2/TE2CO/TE2CI/T16NOSCI/PC1：TE2 脉宽调制输出/TE2 比较输出/TE2 捕捉输入/T16N 振荡器输入/通用输入/输出口。

PWM1/TE1CO/TE1CI/PC2：TE1 脉宽调制输出/TE1 比较输出/TE1 捕捉输入/通用输入/输出口。

SCL/SCK/PC3：IIC 时钟输入/输出口/SPI 时钟输入/输出口/通用输入/输出口。

PC4/SDI/SDA：通用输入/输出口/SPI 数据输入/IIC 数据输入/输出。

PC5/SDO：通用输入/输出口/SPI 数据输出。

PC6/TX/CK：通用输入/输出口/UART 异步串行发送输出/UART 同步串行时钟输入/输出。

PC7/RX/DT:通用输入/输出口/ UART 异步串行接收输入/UART 同步串行数据输入/输出。

PB0/PINT0:通用输入/输出口/外部中断 0 输入,可单独使能弱上拉。

PB1/PINT1:通用输入/输出口/外部中断 1 输入,可单独使能弱上拉。

PB2/PINT2:通用输入/输出口/外部中断 2 输入,可单独使能弱上拉。

PB3/PINT3:通用输入/输出口/外部中断 2 输入,可单独使能弱上拉。

PB4/KIN0:通用输入/输出口/外部按键中断输入 0,可单独使能弱上拉。

PB5/KIN1:通用输入/输出口/外部按键中断输入 1,可单独使能弱上拉。

PB6/KIN2:通用输入/输出口/外部按键中断输入 2,可单独使能弱上拉。

PB7/KIN3:通用输入/输出口/外部按键中断输入 3,可单独使能弱上拉。

#CS/AN5/PE0:PSI 片选输入/模拟通道 5 输入/通用输入/输出口,但 CS 为低电平时,片选信号有效。

#RD/AN6/PE1:PSI 读控制输入,低有效/模拟通道 6 输入/通用输入/输出口。

#WR/AN7/PE2:PSI 写控制输入,低有效/模拟通道 7 输入/通用输入/输出口。

PSID0/PD0:PSI 数据输入/输出口/通用输入/输出口。

PSID1/PD1:PSI 数据输入/输出口/通用输入/输出口。

PSID2/PD2:PSI 数据输入/输出口/通用输入/输出口。

PSID3/PD3:PSI 数据输入/输出口/通用输入/输出口。

PSID4/PD4:PSI 数据输入/输出口/通用输入/输出口。

PSID5/PD5:PSI 数据输入/输出口/通用输入/输出口。

PSID6/PD6/TX2:PSI 数据输入/输出口/通用输入/输出口/PSI 数据发送。

PSID7/PD7/RX2:PSI 数据输入/输出口/通用输入/输出口/PSI 数据接收。

通过上述各单片机引脚功能的描述,不难看出,在 HR6P92H 单片机中,通用的 I/O 口有端口 A、端口 B、端口 C、端口 D、端口 E,其中 A 口有 6 个引脚(PA0 ~ PA5),可双向输入/输出,主要与模拟通道复用;B 有 8 个引脚(PB0 ~ PB7),可双向输入/输出,与外部中断及外部按键中断复用;C 口有 8 个引脚(PC0 ~ PC7),也可双向输入/输出,主要与定时器计数器及单片机的串行通信模块引脚复用;D 有 8 个引脚(PD0 ~ PD7),主要与 PSI 通信模块的引脚复用;E 口对应 3 个引脚 PE0、PE1、PE2,这 3 个引脚与模拟通道 5(AN5)、6(AN6)、7(AN7)复用,使得 HR6P92H 单片机具有 8 路模拟通道。端口 A、B、C、D、E 的输入/输出方向由各自相关的方向选择控制寄存器进行设置,详见第 4 章相关内容。

2.3 HR6P92H 单片机的存储体系

2.3.1 HR6P92H 单片机的程序存储器

1. 程序存储器概述

HR6P92H 单片机的程序存储器为 16K ×15 位的 FLASH,程序计数器 PC 的位数为 14 位,可寻址 16K,即地址范围 0000H ~ 3FFFH。HR6P 系列单片机的复位向量位于 0000H 处,中断向量入口地址位于 0004H、000DH、0021H 处,如图 2 - 4 所示。

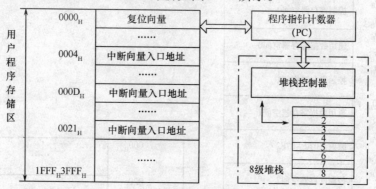

图 2 - 4　　HR6P92H 单片机程序区地址映射和堆栈示意图

　　HR6P92H 单片机程序存储器的寻址方式有两种:直接寻址和相对寻址。程序指针计数器 PC 通过直接寻址,从程序存储器中获取执行指令,当程序执行相对跳转指令 JUMP 时,程序指针执行相对寻址,相对寻址的范围为 PC + 1 + I,有符号立即数 I 为相对跳转指令的操作数,取值范围为 - 128 ~ + 127。

2. 程序堆栈

　　海尔单片机的堆栈是独立于数据存储器和程序存储器的一特殊存储区,主要用来存放临时需要保存的信息,这些信息是当程序运行中遇到中断程序转移或子程序调用时,需要将断点信息进行保存,当中断子程序或调用的子程序执行完毕后,这些存储在堆栈中的信息再从堆栈中弹出,使得主程序在断开的地方得以继续执行。HR6P92H 单片机的程序堆栈为 8 级硬件堆栈,工作原则为先进后出,后进先出,堆栈宽度与 PC 位宽相等,用于 PC 的压栈和出栈,当执行 CALL、LCALL 指令或一个中断被响应后,PC 自动压栈保护,当执行 RET、RETIA 或 RETIE 指令时,堆栈会将最近一次压栈的值返回至 PC。HR6P92H 单片机的硬件堆栈支持 8 级缓冲,即硬件堆栈只保存最近 8 次压栈值,对于连续超过 8 次的压栈操作,第 9 次的压栈数据使得第 1 次的压栈数据丢失,同样地,超过 8 次的连续出栈,第 9 次出栈操作,可能使得程序流程不可控。

2.3.2　HR6P92H 单片机的数据存储器

　　HR6P92H 单片机的数据存储器由控制寄存器和通用数据寄存器组成,控制寄存器用于控制单片机内核性能配置或外围模块操作,通用数据存储器用于指令运行中存放数据或控制信息,其内容在上电复位后是不确定的,未掉电的其他复位后,将保存复位前的内容。HR6P92H 单片机通用数据存储器容量为 720 × 8 位的 SRAM,地址映射到 8 个存储体组(Section)中,所在的地址范围为 020H ~ 07FH(Section0)、0A0H ~ 0FFH(Section1)、110H ~ 17FH(Section2)、190H ~ 1FFH(Section3)、220H ~ 27FH(Section4)、02A0H ~ 2FFH(Section5)、310H ~ 37FH(Section6)、390H ~ 3FFH(Section7),其中 0F0H ~ 0FFH、170H ~ 17FH、1F0H ~ 1FFH、270H ~ 27FH、2F0H ~ 2FFH、370H ~ 37FH、3F0H ~ 3FFH 的地址空间被映射到与 070H ~ 07FH 相同的物理存储空间。图 2 - 5 是 HR6P92H 单片机数据存储器的配置图。图 2 - 6 是 HR6P92H 单片机通用数据存储器配置图。

000_H : 01F_H	控制寄存器空间0
020_H : 07F_H	通用数据寄存器空间0
080_H : 09F_H	控制寄存器空间1
0A0_H : 0EF_H	通用数据寄存器空间1
0F0_H : 0FF_H	映射到070_H~07F_H
100_H : 10F_H	控制寄存器空间2
110_H : 16F_H	通用数据寄存器空间2
170_H : 17F_H	映射到070_H~07F_H
180_H : 18F_H	控制寄存器空间3
190_H : 1EF_H	通用数据寄存器空间3
1F0_H : 1FF_H	映射到070_H~07F_H
200_H : 21F_H	控制寄存器空间4
220_H : 26F_H	通用数据寄存器空间4
270_H : 27F_H	映射到070_H~07F_H
280_H : 29F_H	控制寄存器空间5
2A0_H : 2EF_H	通用数据寄存器空间5
2F0_H : 2FF_H	映射到070_H~07F_H
300_H : 30F_H	控制寄存器空间6
310_H : 36F_H	通用数据寄存器空间6
370_H : 37F_H	映射到070_H~07F_H
380_H : 38F_H	控制寄存器空间7
390_H : 3EF_H	通用数据寄存器空间7
3F0_H : 3FF_H	映射到070_H~07F_H

图 2-5　HR6P92H 单片机数据存储器配置图

用户数据存储空间

000_H	......	
020_H : 07F_H	通用数据存储器空间0	96×8位
	......	
0A0_H : 0EF_H	通用数据存储器空间1	80×8位
	......	
110_H : 16F_H	通用数据存储器空间2	96×8位
	......	
190_H : 1EF_H	通用数据存储器空间3	96×8位
	......	
220_H : 26F_H	通用数据存储器空间4	80×8位
	......	
2A0_H : 2EF_H	通用数据存储器空间5	80×8位
	......	
310_H : 36F_H	通用数据存储器空间6	96×8位
	......	
390_H : 3EF_H	通用数据存储器空间7	96×8位
	......	

图 2-6　HR6P92H 单片机通用数据存储器配置图

1. 控制寄存器

控制寄存器,通常又称为特殊功能寄存器,是专门用于控制单片机的内核性能配置或者专门用于控制外围模块操作的寄存器。HR6P92H 的专用控制寄存器一览表见附录 A。一部分控制寄存器与单片机内核有关,如程序状态寄存器 PSW,还有一部分是与外围模块有关的,如 T8P1、T8P1C 等寄存器。本节仅介绍与单片机内核有关的控制寄存器,与外围模块相关的控制寄存器将会在相关外围模块章节中介绍。

1) 程序状态寄存器 PSW

程序状态寄存器的功能是用来表征上次算术运算或逻辑运算的结果特征及 CPU 一些特殊运行状态和 RAM 数据存储体组的选择信息等。如图 2-7 所示,PSW 是 8 位的寄存器,在存储体中的映射地址为 003H、083H、103H、183H、203H、283H、303H、383H,有些位只能读不能写。

bit7	bit6	bit5	bit4	bit3	bit2	bit1	bit0
IRP	RP < 1 : 0 >		#TO	#PD	Z	DC	C

图 2-7　程序状态寄存器

各位的含义如下:

C:全进位/借位标志位

　　执行加法指令时,该位为 1,表示有进位;为 0,表示无进位。

　　执行减法指令时,该位为 1,表示无借位;为 0,表示有借位。

DC:半进位/借位标志位

　　执行加法指令时,该位为 1,表示低 4 位向高 4 位有进位;

　　该位为 0,表示低 4 位向高 4 位无进位。

　　执行减法指令时,该位为 1,表示低 4 位向高 4 位无借位;

　　该位为 0,表示低 4 位向高 4 位有借位。

Z:零标志位

　　该位为 0,表示算术或逻辑运算的结果不为零;

　　该位为 1,表示算术或逻辑运算的结果为零。

#PD:低功耗标志位

　　该位为 0,表示执行 IDLE 指令后被清零;

　　该位为 1,表示上电复位或执行 CWDT 指令后被置 1。

#TO:定时时间到标志位

　　该位为 0,表示看门狗定时器溢出被清零;

　　该位为 1,表示上电复位或执行 CWDT、IDLE 指令后被置 1。

RP < 1 : 0 >:和 PCRH 寄存器的 bit6(PCRH < 6 >)组成寄存器空间选择位(直接寻址),具体如表 2-1 所列。

表 2-1　直接寻址时存储体组选择方式表

PCRH < 6 >、RP < 1 : 0 >	芯片配置字 SMAP 位为 1	芯片配置字 SMAP 位为 0
000	存储体组 0($000_H \sim 07F_H$)	存储体组 0($000_H \sim 07F_H$)
001	存储体组 1($080_H \sim 0FF_H$)	存储体组 1($080_H \sim 0FF_H$)

PCRH <6>、RP <1:0>	芯片配置字 SMAP 位为 1	芯片配置字 SMAP 位为 0
010	存储体组 2($100_H \sim 17F_H$)	存储体组 2($100_H \sim 17F_H$)
011	存储体组 3($180_H \sim 1FF_H$)	存储体组 3($180_H \sim 1FF_H$)
100	存储体组 4($200_H \sim 27F_H$)	存储体组 0($000_H \sim 07F_H$)
101	存储体组 5($280_H \sim 2FF_H$)	存储体组 1($080_H \sim 0FF_H$)
110	存储体组 6($300_H \sim 37F_H$)	存储体组 2($100_H \sim 17F_H$)
111	存储体组 7($380_H \sim 3FF_H$)	存储体组 3($180_H \sim 1FF_H$)

IRP:和 PCRH <7>、IAA <7>组成寄存器空间选择位(间接寻址),具体如表 2-2 所列。

表 2-2　间接寻址时存储体组选择方式表

PCRH <7>、IRP、IAA <7>	芯片配置字 SMAP 位为 1	芯片配置字 SMAP 位为 0
000	存储体组 0($000_H \sim 07F_H$)	存储体组 0($000_H \sim 07F_H$)
001	存储体组 1($080_H \sim 0FF_H$)	存储体组 1($080_H \sim 0FF_H$)
010	存储体组 2($100_H \sim 17F_H$)	存储体组 2($100_H \sim 17F_H$)
011	存储体组 3($180_H \sim 1FF_H$)	存储体组 3($180_H \sim 1FF_H$)
100	存储体组 4($200_H \sim 27F_H$)	存储体组 0($000_H \sim 07F_H$)
101	存储体组 5($280_H \sim 2FF_H$)	存储体组 1($080_H \sim 0FF_H$)
110	存储体组 6($300_H \sim 37F_H$)	存储体组 2($100_H \sim 17F_H$)
111	存储体组 7($380_H \sim 3FF_H$)	存储体组 3($180_H \sim 1FF_H$)

2)PCRL 和 PCRH

PCRL 和 PCRH 是与程序计数器 PC 相关的寄存器,其中 PCRL 是程序计数器的低 8 位,在存储体空间的映射地址为 002H、082H、102H、182H、202H、282H、302H、382H。PCRH 的低 6 位(PCRH <5:0>)是程序计数器的高位,而 PCRH <6> 和 PCRH <7> 分别用于存储体组的直接寻址和间接寻址。PCRH 在存储体空间的映射地址为 00AH、08AH、10AH、18AH、20AH、28AH、30AH、38AH。

HR6P92H 单片机的程序计数器 PC 是 14 位,通常写作 PC <13:0>,其中低 8 位即 PC <7:0> 可以通过 PCRL 直接进行读写操作,而程序计数器的高位即 PC <13:8> 不能直接读写,只能通过对 PCRH <5:0> 操作来修改,复位时 PCRL、PCRH、PC 值均被清零。

当执行单片机各种指令时,PC 值、PCRL、PCRH 值的变化情况如下:

(1)通过指令直接修改 PC 值时,对 PCRL 的赋值操作可直接修改 PC <7:0>,即 PC <7:0> = PCRL <7:0>;而 PC <13:8> = PCRH <5:0>。因此,修改 PC 值,应先修改 PCRH <5:0>,再修改 PCRL <7:0>。

(2)执行 CALL,GOTO 指令时,PC 值低 11 位立即数(操作数)提供,而 PC <13:11> = PCRH <5:3>。

(3)执行 LCALL 指令时,PC 值由指令中的 13 位立即数(操作数)提供,即分支程序入口地址值,最高位 PC <13> = PCRH <5>。

(4)执行其他指令时,PC 值自动加 1。

3)IAD 和 IAA

IAD、IAA 是与间接寻址相关的寄存器,其中 IAD 间接寻址数据寄存器,在存储体空间的映射地址为 000H、080H、100H、180H、200H、280H、300H、380H、。IAA 间接寻址地址寄存器，在存储体空间的映射地址为 004H、084H、104H、184H、204H、284H、304H、384H。IAD 寄存器不是一个物理寄存器，当对 IAD 寄存器进行读写的时候，实际上是访问 IAA 中的地址所指向的单元，即 IAA 作为间接寻址的地址寄存器使用，IAD 作为间接寻址的数据存储器使用。若对 IAD 寄存器自身进行间接寻址，读操作的返回结果为 00H，写操作将视为空操作，可能会影响状态位。

4）选择寄存器 BSET

选择寄存器 BSET 是与单片机的 I/O 接口、定时计数器时钟源、中断信号触发方式等相关的 8 位寄存器，如图 2-8 所示。BSET 在存储区的映射地址是 081H、181H、281H、381H。

bit7	bit6	bit5	bit4	bit3	bit2	bit1	bit0
#PBPU	INTEDG	T8CS	T8SE	PSA	PS<2:0>		

图 2-8　选择寄存器

各位含义如下：

PS<2:0>：T8/WDT 分频比选择位，可读可写

000：T8/WDT 分频比为 1：2

001：T8/WDT 分频比为 1：4

010：T8/WDT 分频比为 1：8

011：T8/WDT 分频比为 1：16

100：T8/WDT 分频比为 1：32

101：T8/WDT 分频比为 1：64

110：T8/WDT 分频比为 1：128

111：T8/WDT 分频比为 1：256

PSA：预分频器选择位，可读可写

当该位为 0 时，预分频器用于 T8；

当该位为 1 时，预分频器用于 WDT。

T8SE：T8 时钟沿选择位，可读可写

当该位为 0 时，T8CKI 外部时钟上升沿计数；

当该位为 1 时，T8CKI 外部时钟下降沿计数。

T8CS：T8 时钟源选择位，可读可写

当该位为 0 时，内部系统时钟 4 分频 F_{osc}；

当该位为 1 时，T8CKI 外部时钟输入。

INTEDG：INT 中断信号触发边沿选择位，可读可写

当该位为 0 时，PINT 端口的下降沿触发；

当该位为 1 时，PINT 端口的上升沿触发。

#PBPU：PB 口弱上拉控制位，可读可写

当该位为 0 时，使能 PB 口弱上拉；

当该位为 1 时，不使能 PB 口弱上拉。

2. 数据存储器的寻址方式

HR6P92H 单片机数据存储器的寻找方式可采用直接寻址和间接寻址。

1) 直接寻址

在直接寻址时,PCRH 寄存器的第 6 位 RP＜2＞和程序状态寄存器 PSW 的 RP＜1:0＞位作为直接寻址的高位地址(共 3 位),用于在存储体组 0～7 中进行选择,指令中的操作数为 7 位地址信息,用于在所选的存储体组内直接寻址。

2) 间接寻址

PCRH 寄存器的第 7 位 IRP1、程序状态寄存器 PSW 的 IRP 位和索引寄存器 IAA 的最高位组成间接寻址的高位地址(共 3 位),用于在存储体组 0～7 中进行选择,IAA 的低 7 位存放低位地址信息,用于在所选的存储体组内寻址,间接寻址是通过对 IAD 寄存器的读写来完成。

通过芯片配置字的 SMAP 位可以屏蔽存储体组 4～7 的访问,当屏蔽存储体组 4～7 的访问时,IRP1 及 RP2 位无效,所有对存储体组 4～7 的操作被相应的映射到对存储体组 0～3 的操作。直接寻址和间接寻址时存储体组选择方式如表 2-1 和表 2-2 所列。

3) 寻址方式应用举例

例 2-1:采用间接寻址将存储体组 0(020H～02FH)的寄存器清零。

```
        BCC     PSW,  IRP    ;选择存储体组 0,1
        MOVI    0X20         ;对指针初始化
        MOVA    IAA          ;IAA 指向 RAM
NEXT1:  CLR     IAD          ;
        INC     IAA          ;指针 IAA 内容加 1
        JBS     IAA,4        ;到 2FH 完成否?
        GOTO    NEXT1        ;未完成,循环到下一个单元清零
CONTINUE:......
```

例 2-2:采用间接寻址方式把数据 5AH 写入存储体组 1 中 0B0H～0B7H 内。

```
        BCC     PSW,  IRP    ;选择存储体组 0,1
        MOVI    0XB0         ;对指针初始化
        MOVA    IAA          ;IAA 指向 RAM
NEXT1:  MOVI    0X5A         ;对 A 寄存器赋值 5AH
        MOVA    IAD          ;间接寻址赋值
        INC     IAA          ;指针 IAA 内容加 1
        MOVI    0XB8         ;对 A 寄存器赋值 B8H
        XOR     IAA,0        ;IAA 值与 B8H 异或
        JBS     PSW,Z        ;判读 IAA 值是否为 B8H
        GOTO    NEXT1        ;IAA 值不是 B8H,循环继续
```

2.4 复位电路

单片机复位能使 CPU 和系统各部件处于确定的初始状态,并从初态开始工作。海尔单片机支持多种复位类型:软件复位、程序计数器 PC 溢出复位、上电复位 POR、低电压复位 BOR(复位电压为 3.5V)、外部端口#MRST 复位(低电平有效)、看门狗定时器 WDT 溢出复位等。在复位过程中,单片机主要完成如下操作:

（1）时基振荡器处于起振准备状态。

（2）所有 I/O 引脚处于高阻抗输入状态。

（3）所有的数字/模拟输入复用引脚设置成模拟量输入状态。

（4）复位标志被设定。

（5）各控制器的值复位后变为默认值。

（6）复位结束后，程序计数器 PC 值为 0000H，即程序从 0000H 处开始运行。HR6P92H 单片机复位原理图如图 2-9 所示。

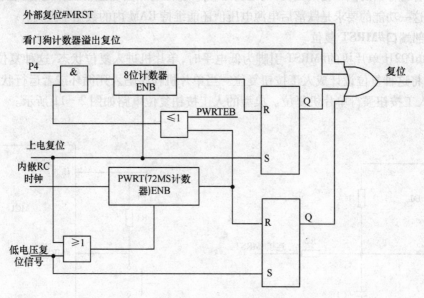

图 2-9　HR6P92H 单片机复位原理图

1. 软件复位

软件复位是指在程序运行过程中，通过执行指令使单片机复位，使程序从程序寄存器 0000H 处开始运行程序。

2. 程序计数器 PC 溢出复位

PC 溢出复位是指当程序计数器随着程序的运行，不断改变 PC 值，当计数器值超过 PC 的最大值时，PC 值将会溢出变成 0000H，程序将会自动再从 0000H 处执行。软件复位和程序计数器 PC 溢出复位均属于单片机软件引起的复位，和外围的硬件电路无关。

3. 上电复位 POR（Power-On Reset）

当给单片机加电时，单片机内部电路就会对电源电压进行检测，当检测到电源电压上升到设定值时，就会产生一个复位信号，使单片机进入复位状态。在 HR6P92H 单片机内部还提供了一个上电复位延时定时器 PWRT，用于解决上电过程中电源电压上升过慢的问题。PWRT 是一个独立的 RC 振荡器，能提供 72ms 的定时，当启动 PWRT，检测到上电复位后，芯片保持在复位状态，直到 72ms 定时结束，这样能确保有效的上电复位。图 2-10 是常用的复位电路图。

4. 低电压复位（BOR）

低电压复位 BOR（Brown-out Reset），指当单片机电源电压低于门槛值时，单片机进入复位状态。BOR 功能可以通过电源控制寄存器 PCON 来设定。

电源电压跌落的原因主要有两个方面：一是电源可能是干电池或充电电池，随着使用时间的增加，电压下降；二是电源的波动或者干扰也可能使单片机电源电压跌落。当供电电压跌落到一定程度时，将会使得单片机不能可靠运行，有可能使机器死机或者程序混乱，因此当出现这种情况的时候，总是希望单片机进入复位状态。HR6P92H 单片机将这一门槛电压设定为 3.5V，即当单片机供电电压低于 3.5V 时，单片机自动进入复位状态，直到供电电压高于 3.5V，如果定时器 PWRT 已经开启，那么单片机将在延时 72ms 后，摆脱复位状态进入程序运行状态。在这段复位状态期间，各寄存器的值不会改变，目的是为了使系统在电源恢复正常工作之后，能够继续运行下去，实现这一功能的要求是跌落后电源电压值还能维持 RAM 内的数据不丢失。

5. 外部端口#MRST 复位

当 HR6P92H 单片机的#MRST 引脚为低电平时，单片机进入复位状态，这种复位称为外部复位，通常将这种复位设计成人工按钮复位。当单片机程序陷入死循环或者运行状态混乱时，可以通过人工按钮强行单片机复位。典型的人工按钮复位电路如图 2 - 11 所示。

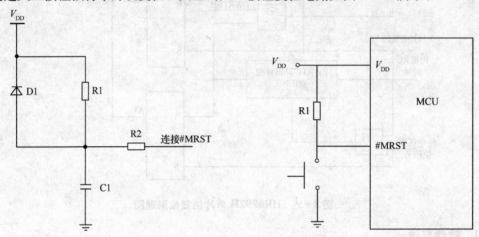

图 2 - 10   上电复位电路图   图 2 - 11   人工按钮复位电路图

6. 看门狗定时器 WDT 溢出复位

HR6P92H 单片机内部集成一个看门狗电路（Watch Dog Timer, WDT），从本质上讲，它是一个定时器电路，一般有一个输入，习惯上被称为喂狗输入端，一个输出接到单片机的复位端，在单片机程序正常运行的时候，每隔一段时间就给喂狗端一个信号，清除看门狗定时器的计数值，当程序跑飞超过规定时间不给看门狗喂狗信号时，看门狗电路将会输出一个复位信号到单片机复位端，使得单片机复位，程序从头开始运行。即看门狗电路的功能，是保证在程序陷入死循环时，给单片机一个复位信号，使程序从头开始运行，可见看门狗电路的设计是为了增加系统的可靠性。总之看门狗电路又可以看成是一个可清零的独立的定时复位功能模块。

HR6P92H 单片机看门狗电路的框图如图 2 - 12 所示。在看门狗电路中，有一个 RC 振荡电路，正常工作时其振荡频率为 13kHz，看门狗内部的计数器对这个振荡信号进行计数，程序运行前，通过寄存器对看门狗电路的工作方式等进行设置，设置好之后，一旦系统开始运行，看门狗的计数器就开始对 RC 振荡电路的信号进行计数，当遇到清除指令（CWDT）时，将看门狗计数器的值清零，如果由于程序闭锁或跑飞，超过设定时间没有喂狗，这个时候，看门狗电路将会出现复位信号，使得系统的程序从头开始运行。当然当看门狗定时器溢出时，如果此时看门狗中断使能端有效,也能引起中断。

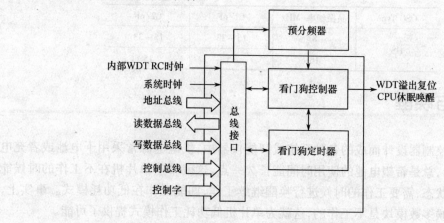

图 2 - 12　HR6P92H 单片机看门狗电路结构图

看门狗定时器的工作方式可以通过芯片配置字寄存器 CONFIG 的 bit2 位来设置,1 为使能看门狗功能,0 为禁止。看门狗清除指令是 CWDT。对于 HR 单片机来说,没有预分频时其看门狗电路典型复位值是 18ms,如果有预分频功能,分频比可以由选择寄存器 BSET 来设置。

使用看门狗时需要注意以下几点:

(1)喂狗间隔时间不能大于看门狗溢出时间,否则起不到清除计数器的功能了。

(2)避免在中断子程序中喂狗,一旦系统出现死循环,但程序还是能进入到中断子程序中,如果在中断子程序中放置了清除指令,可能造成软件死循环无法退出。

(3)避免多处喂狗。

2.5　时钟电路

单片机是由多个部件构成的,这些部件之所以能够协调有序的进行工作、实现单片机的各种功能,是由于各部件是在同一个时钟控制下来工作的,这个时钟就称做基准时钟,能够产生基准时钟的电路称为时钟电路。HR6P92H 单片机的系统时钟可以工作在 DC ~16MHz(DC 的意思是直流,表示 HR 单片机可以工作在时钟停振的状态)。

HR6P92H 单片机的时钟源比较简单,只支持晶体/陶瓷振荡器 HS 模式,图 2 - 13 是该模式的电路原理图,电路中电容参数参考表如表 2 - 3 所列。

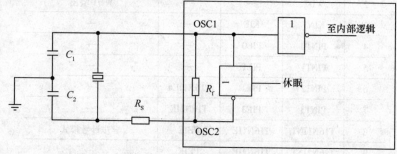

图 2 - 13　HR6P92H 单片机支持的晶体/陶瓷振荡器

表2-3　晶振电路中电容参数配置表

OSC Type	晶振频率/MHz	C1/pF	C2/pF
HS	8	15~33	15~33
	16	15	15

2.6　休眠与唤醒

以单片机为控制器设计而成的各种系统或智能仪器中,供电电源常采用干电池或者充电电池,作为设计者,总是希望电池的使用时间能长久一点,这就希望单片机在不工作的时候能进入休眠或掉电状态,需要工作的时候进行唤醒继续工作,即能工作在低功耗模式。事实上,单片机大部分时候多数模块是不工作的,这就为单片机低功耗工作模式提供了可能。

1. HR6P92H 单片机低功耗工作方式

HR6P92H 单片机通过一条指令 IDLE 即可进入休眠状态,进入休眠状态后,芯片主时钟振荡器停振,所有 I/O 接口将保持进入 IDLE 模式前的状态,若使能 WDT,则 WDT 将被清零并保持运行,程序状态寄存器的#PD 位被清零,#TO 位被置1。所有 I/O 引脚都应保持为 V_{DD} 或 V_{SS}。为了避免输入引脚悬空而引入开关电流,应在外部将高阻抗输入的 I/O 引脚拉为高电平或低电平,#MRST 引脚处于逻辑高电平。

HR6P92H 单片机的低功耗唤醒与全局中断使能无关,在低功耗模式时,若外设产生中断信号,即使全局使能 GIE 为 0 ,低功耗模式依然会被唤醒,只是唤醒之后不会执行中断程序。

2. HR6P92H 单片机的唤醒方式

HR6P92H 单片机有多种唤醒方式,可概括为以下三大类:

(1)当外部复位端#MRST 施加一个有效的低电平复位信号时,可以把单片机唤醒。

(2)当 WDT 产生超时溢出信号时,也可以将单片机唤醒。

(3)当单片机外围模块有中断请求信号时,包括外部引脚中断、B 口的按键中断、定时/计数器中断、A/D 转换结束中断、通信模块的发送接收模块中断等都能将单片机从休眠模式中唤醒。表2-4是单片机唤醒方式详细列表。

表2-4　HR6P92H 单片机唤醒方式表

序号	中断名	中断使能	外设使能	备注
1	#MRST	—	—	—
2	WDT	—	—	WDT 溢出
3	KINT	KIE	—	—
4	PINT0	PIE0	—	—
5	PINT1	PIE1	—	—
6	PINT2	PIE2	T16N1IE#	—
7	PINT3	PIE3	T16N2IE	—
8	T16N1INT	T16N1IE	PEIE	异步计数模式
9	T16N2INT	T16N2IE	PEIE	—
10	ADINT	ADIE	PEIE	A/D 时钟源为 RC 振荡器

续表 2 - 4

序号	中断名	中断使能	外设使能	备注
11	RX1INT	RX1IE	PEIE	UART1 同步从动接收模式
12	TX1INT	TX1IE	PEIE	UART1 同步从动发送模式
13	SSIINT	SSIIE	PEIE	SPI 同步从动模式
14	RX2INT	RX2IE	PEIE	UART2 同步从动接收模式 仅 HR6P92/92H 支持
15	TX2INT	TX2IE	PEIE	UART2 同步从动发送模式 仅 HR6P92/92H 支持
16	PSIINT	PSIIE	PEIE	仅 HR6P92/92H 支持

　　当唤醒事件发生后,芯片需要在时钟运行 1024 个机器周期后才执行 IDLE 下一条指令。HR6P92H 单片机休眠唤醒示意图如图 2 - 14 所示。

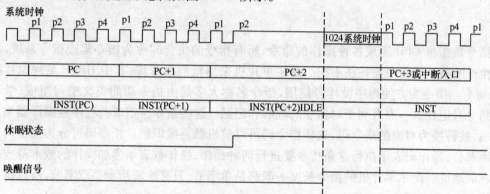

图 2 - 14　HR6P92H 单片机休眠唤醒示意图

思考题

1. 简述 HR6P92H 单片机的内核结构。
2. 怎样理解 HR6P92H 单片机的硬件堆栈?
3. HR6P92H 单片机的端口 PA、PB、PC、PD、PE 各有哪些特点,使用时应注意什么?
4. HR6P92H 单片机的中断向量入口地址是多少?
5. 简述 HR6P92H 单片机数据存储器的特点。
6. HR6P92H 单片机数据存储器的寻址方式有哪两种? 各寻址方式是如何实现寻址的?
7. HR 单片机有哪些复位方式? 各复位方式的含义是什么?
8. HR6P92H 单片机唤醒方式有哪些?

第 3 章

HR6P 系列单片机指令系统与汇编语言程序设计

指令是指挥 CPU 完成各种操作的命令,所有指令的集合即称为指令集或指令系统,不同厂家生产的单片机指令集往往不同。海尔单片机采用精简指令集,其中 HR6P 系列单片机有48 条指令。指令为方便程序设计者使用,指令名称大多是由指令功能英文缩写组成,学习单片机指令时记住这一点有利于对指令的理解和记忆。这些指令所组成的程序经编译器编译与连接后,被转换为对应的指令码,这些指令码可以被机器直接识别。指令码可分为操作码和操作数两部分,操作码表示执行这条指令要进行何种操作,操作数表示参加操作的数本身或操作数所在的地址。海尔单片机的指令长度一般都是单字节,只有跳转指令是双字节,所以执行效率较高。

按操作性质,可以将海尔单片机的指令分成数据传送、算术逻辑运算、转移控制、位操作四大类。

3.1　HR6P 系列单片机的指令系统

表 3-1 是 HR6P 系列单片机指令汇总表,有两条 NOP 指令未列入表中。为方便学习和掌握,现将指令中相关字符的含义解释如下:

I:表示立即数;

F:表示标志位;

A:表示寄存器 A;

B:表示寄存器 B;

R:表示寄存器 R;

M:表示寄存器 R 的第 M 位;

C:进位/借位;

DC:半进位/半借位;

Z:全零标志位;

表3-1　HR6P系列单片机指令汇总表

序号	指令	状态位	操　作
1	MOV　R,F	Z	(R)→(目标)
2	MOVA　R	—	(A)→(R)
3	MOVAB　F	—	(B)→(A)或者(A)→(B)
4	MOVI　I	—	I→(A)
5	CALL　I		PC+1→TOS,I→PC<10:0>(PCRH<5:3>)→(PC<13:11>)
6	CWDT	#TO,#PD	00$_H$→WDT,0(WDT Prescaler,1→#TO,1→#PD
7	GOTO　I		I→PC<10:0> (PCRH<5:3>)→(PC<13:11>)
8	IDLE	#TO,#PD	00$_H$→WDT,0→WDT Prescaler,1→#TO,0→#PD
9	JBC　R,M	—	Skip if R<M>=0
10	JBS　R,M	—	Skip if R<M>=1
11	JDEC　R,F	—	(R)-1→(目标),Skip if(目标)=0
12	JINC　R,F	—	(R)+1→(目标),Skip if(目标)=0
13	JUMP　I	—	I→PC<7:0>PCRH<5:0>->PC<13:8>
14	LCALL　I	—	PC+1→TOS,I→PC<13:0>
15	NOP	—	No operation
16	RET	—	TOS→PC
17	RETIA　I	—	I→(A),TOS→PC
18	RETIE	—	TOS→PC,1→GIE
19	ADD　R,F	C,DC,Z	(R)+(A)→(目标)
20	ADDC　R,F	C,DC,Z	(R)+(A)+C→(目标)
21	ADDCI　I	C,DC,Z	I+(A)+C→(A)
22	ADDI　I	C,DC,Z	I+(A)→(A)
23	AND　R,F	Z	(A).AND.(R)→(目标)
24	ANDI　I	Z	I.AND.(A)→(A)
25	BCC　R,M	—	0→R<M>
26	BSS　R,M	—	1→R<M>
27	CLR　R	Z	(R)=0
28	CLRA	Z	(A)=0
29	COM　R,F	Z	(~R)→(目标)
30	DAR　R,F	C,DC,Z	(R)(BCD)→(目标)
31	DAW	C,DC,Z	(A)(BCD)
32	DEC　R,F	Z	(R)-1→(目标)

序号	指令		状态位	操作
33	INC	R,F	Z	(R)+1→(目标)
34	IOR	R,F	Z	(A).OR.(R)→(目标)
35	IORI	I	Z	I.OR.(A)→(A)
36	MUL	R,F	—	(R).MUL.(A)→{B,目标}
37	MULI	I	—	I.MUL.(A)→{B,A}
38	RL	R,F	C	
39	RR	R,F	C	
40	SUB	R,F	C,DC,Z	(R)-(A)→(目标)
41	SUBC	R,F	C,DC,Z	(R)-(A)-(~C)→(目标)
42	SUBCI	I	C,DC,Z	I-(A)-(~C)→(A)
43	SUBI	I	C,DC,Z	I-(A)→(A)
44	SWAP	R,F		R<3:0>→(目标)<7:4> R<7:4>→(目标)<3:0>
45	XOR	R,F	Z	(A).XOR.(R)→(目标)
46	XORI	I	Z	I.XOR.(A)→(A)

3.1.1 数据传送类指令

传送类指令主要完成数据从源地址传送到目的地址,是指令系统中使用最频繁的一类指令,HR6P 系列单片机有 4 条数据传送类指令:MOV、MOVA、MOVAB、MOVI。

1. MOV 将数据从寄存器 R 传送到目标寄存器指令

指令格式: MOV R,F

指令说明:该指令的功能是完成数据从寄存器 R 到目标寄存器的传送,当 F=0 时,目标寄存器是寄存器 A,当 F=1 时,目标寄存器是寄存器 R。

(R)→(目标)

影响标志位:全零标志位 Z。

例 3 - 1:MOV PCRH,0

该指令的功能是将寄存器 PCRH 的内容传送到寄存器 A。

2. MOVA 将寄存器 A 内容传送到寄存器 R 指令

指令格式:MOVA R

指令功能:该指令的功能是将寄存器 A 的内容传送到寄存器 R。

(A)→(R)

影响标志位:无。

例 3 - 2:MOVA　　IAA

该指令的功能是将寄存器 A 的内容传送到寄存器 IAA。

3. MOVAB 寄存器 A 和 B 内容传送指令

指令格式:MOVAB　　F

指令功能:如果 F = 1,将寄存器 A 的内容传送到寄存器 B,如果 F = 0,将寄存器 B 的内容
　　　　　传送到寄存器 A。

　　　　　(B)→(A)　或者　(A)→(B)

影响标志位:无。

例 3 - 3:MOVAB　　0

该指令执行后,将寄存器 B 的内容传送到寄存器 A。

4. MOVI 将立即数传送到寄存器 A 指令

指令格式:MOVI　　　I

指令功能:该指令的功能是将立即数送到寄存器 A。

　　　　　I→(A)

影响标志位:无。

例 3 - 4:MOVI　　　0x5A

该指令的功能是将立即数 5AH 传送到寄存器 A。

3.1.2　算术运算类指令

算术运算类指令主要完成数据的算术运算,共有 17 条:ADD、ADDC、ADDI、ADDCI、SUB、
SUBC、SUBCI、SUBI、DEC、INC、MUL、MULI、RL、RR、SWAP、DAR、DAW,这类指令大多数影响
标志位。

1. ADD 加法指令

指令格式: ADD　　R,F

指令功能:该指令的功能是将寄存器 R 的内容与寄存器 A 的内容相加,结果存放到目标
　　　　　寄存器,目标寄存器根据 F 的值决定,如果 F = 0,目标寄存器为寄存器 A;如果
　　　　　F = 1,目标寄存器为 R。

　　　　　(R) + (A)→(目标)

影响标志位:C、DC、Z。

例 3 - 5:MOVI　　0x05

ADD　　IIC_BUF,0

这两条指令的功能实现寄存器 A 的内容 05H 与寄存器 IIC_BUF 的内容相加,结果回送到
寄存器 A。

2. ADDC 带进位加法指令

指令格式:ADDC　　R,F

指令功能:将寄存器 R 的内容和寄存器 A 的内容和进位 C 的内容相加,将结果存放到目
　　　　　标寄存器。如果 F = 0,目标寄存器为寄存器 A;如果 F = 1,目标寄存器为 R。

$$(R) + (A) + C \rightarrow (目标)$$

影响标志位：C,DC, Z。

3. ADDCI 带进位的立即数加法指令

指令格式：ADDCI   I

指令功能：这条指令的功能是将立即数和寄存器 A 的内容及进位位 C 相加,结果存放到
寄存器 A。

$$I + (A) + C \rightarrow (A)$$

影响标志位：C,DC、Z。

例 3 - 6：MOVI   0x03

ADDCI   0x05

假设已知进位位 C 的值为 1,执行上面两条指令之后,结果为 0x03 + 0x05 + 1 = 0x09,并存
放到寄存器 A 中。

4. ADDI 立即数加法指令

指令格式：ADDI   I

指令功能：该指令的功能是将立即数和寄存器 A 相加,结果存放寄存器 A。

$$I + (A) \rightarrow (A)$$

影响标志位：C、DC、Z。

例 3 - 7：MOVI   0x03

ADDI   0x04

该指令的功能是将立即数 4 和寄存器 A 的内容相加,结果存放到寄存器 A。

则上两条程序运行之后,和为 0x07,并存放到寄存器 A。

5. SUB 减法指令

指令格式：SUB   R,F

指令功能：该指令的功能是将寄存器 R 的内容减去寄存器 A 的内容,结果存放到目标寄
存器,如果 F = 0,目标寄存器为寄存器 A;如果 F = 1,目标寄存器为 R。

$$(R) - (A) \rightarrow (目标)$$

影响标志位：C、DC、Z。

例 3 - 8：MOVI   0x50

SUB   R_TEMP2H,0

上面两条指令的功能是实现寄存器 R_TEMP2H 减轻寄存器 A 的内容 0x50,将结果还存
放到寄存器 A。

6. SUBC 带进位减法指令

指令格式：SUBC   R,F

指令功能：该指令的功能是用寄存器 R 的内容减去寄存器 A 的内容再减去进位位值,将
结果存放到目标寄存器,如果 F = 0,目标寄存器为寄存器 A;如果 F = 1,目标寄
存器为 R。

$$(R) - (A) - (\sim C) \rightarrow (目标)$$

影响标志位：C、DC、Z。

7. SUBCI　带进位的立即数减法指令

指令格式:SUBCI　I

指令功能:该指令的功能是用立即数减去寄存器 A 的内容再减去进位位 C 的值,将结果
　　　　　存放到寄存器 A。

$$I - (A) - (\sim C) \rightarrow (A)$$

影响标志位:C,DC,Z。

例 3 - 9:MOVI　　0x50

SUBCI　0x55

假设已知进位位 C 的值是 1,则上面两条指令执行之后,结果为 0x55 - 0x50 - 1 = 0x04H,
并且结果存放到寄存器 A。

8. SUBI 立即数减法指令

指令格式:SUBI　　I

指令功能:该指的功能是用立即数减去寄存器 A 的内容,将结果存放到寄存器 A。

$$I - (A) \rightarrow (A)$$

影响的标志位:C,DC,Z。

例 3 - 10:MOVI　　0x03

SUBI　　0x33

上面两条的功能是用立即数 0x33 减去寄存器 A 的内容 0x03,结果为 0x30,存放到寄存器
A 中。

9. DEC 减 1 指令

指令格式:DEC　　R,F

指令功能:该指令的功能是将寄存器 R 的内容减 1,将结果存放到目标寄存器,如果 F =
　　　　　0,目标寄存器为寄存器 A;如果 F = 1,目标寄存器为 R。

$$(R) - 1 \rightarrow (目标)$$

影响的标志位:Z。

例 3 - 11:DEC　　　R_TEMP2H,1

该指令执行后寄存器 R_TEMP2H 的内容减 1,结果仍然存放在 R_TEMP2H 中。

10. INC 加 1 指令

指令格式:INC　　R,F

指令功能:该指令的功能是将寄存器 R 的内容加 1,将结果存放到目标寄存器,如果 F =
　　　　　0,目标寄存器为寄存器 A;如果 F = 1,目标寄存器为 R。

$$(R) + 1 \rightarrow (目标)$$

影响标志位:Z。

例 3 - 12:INC　　　PCRH,1

该指令执行后寄存器 PCRH 的内容加 1,结果仍然存放到 PCRH 中。

11. MUL 乘法指令

指令格式:MUL　　R,F

指令功能:该指令的功能是将寄存器 R 的内容和寄存器 A 的内容相乘,乘积的高字节放
　　　　　到寄存器 B,低字节放到目标寄存器,如果 F = 0,目标寄存器为寄存器 A;如果

F＝1,目标寄存器为 R。

（R）.MUL.（A）→{B,目标}

影响标志位:Z。

12. MULI 立即数乘法指令

指令格式:MULI I

指令功能:该指令的功能是将立即数和寄存器 A 的内容相乘,乘积的高字节放到寄存器 B,低字节放到寄存器 A。

    I.MUL.（A）→{B,A}

影响标志位:Z。

例 3 - 13:MOVI 0x01

MULI 0x20

上面两条指令的功能是用立即数 0x20 乘以寄存器 A 的内容 0x01,结果为 0x20,该结果的高 8 位即 0x00 存放到寄存器 B,而低 8 位 0x20 存放到寄存器 A。

13. RL 带进位循环左移指令

指令格式: RL R,F

指令功能:将寄存器 R 的内容和进位位 C 一起循环左移 1 位,操作的结果是把 C 移到寄存器的最低位,原寄存器的最高位放到进位位 C 中。

  当 F＝0 时,结果存放到寄存器 A;当 F＝1 时,结果存放到寄存器 R。

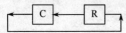

影响标志位:C。

例 3 - 14:BCC PSW,0

RL FREQ_L,1

上面两条执行后,使得寄存器 FREQ_L 的内容和进位位 C 一起左移一位。

14. RR 带进位循环右移指令

指令格式:RR R,F

指令功能:将寄存器 R 的内容和进位位 C 一起循环右移 1 位,操作的结果使进位位 C 移到寄存器的最高位,原寄存器的最低位放到进位位 C 中。

  当 F＝0 时,结果存放到寄存器 A;当 F＝1 时,结果存放到寄存器 R。

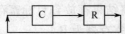

影响标志位:C。

例 3 - 15:RR CCP_BUFH,1

该指令执行,将寄存器 CCP_BUFH 的内容和进位位 C 一起右移一位,结果回存到寄存器 CCP_BUFH。

15. SWAP R 半字节交换指令

指令格式:SWAP R,F

指令功能:将寄存器 R 的低 4 位和高 4 位进行交换,结果存放到目标寄存器。

  当 F＝0,目标寄存器为寄存器 A;当 F＝1,目标寄存器为 R。

$$R<3:0> \rightarrow (目标)<7:4>$$
$$R<7:4> \rightarrow (目标)<3:0>$$

影响标志位:无。

例 3 - 16:SWAP　　PSW,1

假设已知 PSW 存储器的内容是 0x1234,该指令执行后,使寄存器 PSW 的低半字节和高半字节交换,结果依然存到 PSW,即 PSW 的内容变成了 0x3412。

16. DAR 寄存器 R BCD 码调整指令

指令格式:DAR　　R,F

指令功能:取寄存器 R 的 BCD 码,结果存放到目标寄存器,当 F = 0 时,目标寄存器为寄存器 A;当 F = 1,目标寄存器为 R。

　　　　　(R)(BCD)→(目标)

影响标志位:C,DC,Z。

17. DAW 寄存器 A 的 BCD 码调整指令

指令格式:DAW

指令功能:取寄存器 A 的 BCD,结果存放到目标寄存器。

　　　　　(A)(BCD)→(目标)

影响标志位:C,DC,Z。

3.1.3　逻辑运算类指令

HR6P 单片机的指令系统有 7 条逻辑运算类指令:AND、ANDI、IOR、IORI、XOR、XORI、COM,这类指令主要完成逻辑运算。

1. AND 与运算指令

指令格式:AND　　R,F

指令功能:将寄存器 A 的内容和寄存器 R 的内容相与,结果存放到目标寄存器,当 F = 0,目标寄存器为寄存器 A;当 F = 1,目标寄存器为 R。

　　　　　(A).AND.(R)→(目标)

影响标志位:Z。

例 3 - 17:MOVI　　0xF0

AND　　PA,1

上面两条指令的功能是将端口 A 的低 4 位清零,高 4 位保持不变。

2. ANDI 立即数与运算指令

指令格式:ANDI　　I

指令功能:将立即数与寄存器 A 的内容相与,结果存放到寄存器 A。

　　　　　I.AND.(A)→(A)

影响标志位:Z。

例 3 - 18:MOVI　　0x0A

ANDI　　0x05

上面两条指令的功能是将寄存器 A 的内容与立即数 0x05 相与,结果存放到 A。

3. IOR 或操作指令

指令格式: IOR　　R,F

指令功能: 将寄存器 A 的内容与寄存器 R 的内容相或,结果存放到目标寄存器,如果 F = 0,目标寄存器为寄存器 A;如果 F = 1,目标寄存器为 R。

　　　　(A). OR. (R)→(目标)

影响标志位: Z。

例 3 - 19: MOVI　　0xF0

IOR　　PA,1

以上两条指令的功能是将端口 A 的高 4 位置 1,低 4 位保持不变。

4. IORI 立即数或运算指令

指令格式: IORI　　I

指令功能: 将立即数与寄存器 A 相或,结果存放到寄存器 A。

　　　　I. OR. (A)→(A)

影响标志位: Z。

5. XOR 异或指令

指令格式: XOR　　R,F

指令功能: 将寄存器 A 的内容与寄存器 R 的内容相异或,结果存放到目标寄存器,当 F = 0,目标寄存器为寄存器 A;当 F = 1,目标寄存器为 R。

　　　　(A). XOR. (R)→(目标)

影响标志位: Z。

例 3 - 20: MOVI　　0xAA

XOR　　PC,1

上面两条指令的功能是将端口 C 的内容与寄存器 A 的内容 0xAA 进行异或。

6. XORI 立即数异或指令

指令格式: XORI　　I

指令功能: 将立即数 I 与寄存器 A 的内容相异或,结果存放到寄存器 A。

　　　　I. XOR. (A)→(A)

影响标志位: Z。

7. COM 求寄存器 R 的补码指令

指令格式: COM　　R,F

指令功能: 将寄存器 R 的内容取反后,结果存放到目标寄存器,当 F = 0 时,目标寄存器为寄存器 A;当 F = 1,目标寄存器为 R。

　　　　(~R)→(目标)

影响标志位: Z。

例 3 - 21: MOVI　　0x0F　　　　　　　;将立即数 0x0F 传送到寄存器 A

MOVA　　PCH_TEMP　　　;将 A 中的内容传送到寄存器 PCH_TEMP

COM　　PCH_TEMP,1　　　;将寄存器 PCH_TEMP 的内容取反,即该程

　　　　　　　　　　　　　　　;序执行后,PCH_TEMP 的值为 0xF0

3.1.4　位操作类指令

位操作指令主要完成可位寻址的寄存器、存储器某位的置 1 或清零操作,共有 4 条指令:BCC、BSS、CLR、CLRA。

1. BCC 寄存器 R 第 M 位清零指令

指令格式:BCC　　R,M

指令功能:将寄存器 R 的第 M 位清零。

$$0→R < M >$$

影响标志位:无。

例 3 - 22:BCC　　PSW,0　　　　;将状态标志寄存器 PSW 第 0 位清零

　　　　　　BCC　　PD,5　　　　 ;将端口 D 的第 5 位清零

2. BSS 寄存器 R 第 M 位置位指令

指令格式:BSS　　R,M

指令功能:将寄存器 R 的第 M 位置 1。

$$1→R < M >$$

影响标志位:无。

例 3 - 23:BSS　　PSW,7　　　　;将状态标志寄存器 PSW 的第 7 位置 1

　　　　　　BSS　　PB,0　　　　 ;将端口 B 的第 0 位置 1

3. CLR 寄存器 R 清零指令

指令格式:CLR　　R

指令功能:将寄存器 R 清零,并把 Z 标志位置 1。

$$(R) = 0$$

影响标志位:Z。

例 3 - 24:CLR　　PSW　　　　　;将状态标志寄存器 PSW 清零

　　　　　　CLR　　PCRH　　　　;将寄存器 PCRH 清零

4. CLRA 寄存器 A 清零指令

指令格式:CLRA

指令功能:将寄存器 A 清零,并把 Z 标志位置 1。

$$(A) = 0$$

影响标志位:Z。

3.1.5　程序控制类指令

程序控制类指令包括无条件跳转指令 GOTO、JUMP;条件跳转指令 JBC、JBS、JDEC、JINC;子程序调用与返回指令 CALL、LCALL、RET、RETI、RETIE;空操作指令 NOP、NOP2、NOP3 及看门狗定时器清除指令 CWDT 及休眠指令 IDLE 等,共 16 条指令。

1. JBC 为 0 跳转指令

指令格式 :JBC　　R,M

指令功能:如果寄存器 R 的第 M 位为 1,则执行下一条指令;如果寄存器 R 的第 M 位为 0 ,则跳过下一条指令继续执行。

Skip if R < M > = 0

影响标志位:无。

例 3 - 25: INC   LED_TEMP,F

JBC   LED_TEMP,4 ;如 LED_TEMP 的第 4 位为 0,则跳过下一条指令

CLR   LED_TEMP

MOVI   HIGH(TABLE_8LED)

2. JBS 为 1 跳转指令

指令格式:JBS   R,M

指令功能:如果寄存器 R 的第 M 位为 0,则执行下一条指令;如果寄存器 R 的第 M 位为 1 ,则跳过下一条指令继续执行。

Skip if R < M > = 1

影响标志位:无。

例 3 - 26: JBS   PSW,0   ;如果 PSW 的第 0 位的值为 1,则跳过下一条执行

GOTO   BK0

3. JDEC 减 1 为 0 跳转指令

指令格式:JDEC   R,F

指令功能:将寄存器 R 内容减 1,当 F = 0 时将结果存放到寄存器 A,当 F = 1 时,将结果存放到寄存器 R;

如果结果不为 0,则接着执行下一条指令,如果结果为 0,则跳过下一条指令继续执行。

(R) - 1→(目标),Skip if (目标) = 0

影响标志位:无。

例 3 - 27: JDEC   TIMER1L , 1   ;寄存器 TIMER1L 的内容减 1,结果若为 0 则跳过下一条指令

MOVI   0x55

4. JINC 加 1 为 0 跳转指令

指令格式:JINC   R,F

指令功能:将寄存器 R 内容加 1,当 F = 0 时将结果存放到寄存器 A,当 F = 1 时将结果存放到寄存器 R;

如果结果不为 0,则接着执行下一条指令;如果结果为 0,则跳过下一条指令继续执行。

(R) + 1→(目标),Skip if (目标) = 0

影响标志位:无。

5. CALL 调用指令

指令格式: CALL   I

指令功能:程序调用指令,程序在 2K 范围内跳转,执行该指令后,该指令的下一条指令所在的地址值自动存入栈顶 TOS。

$$PC + 1 \rightarrow TOS, \quad I \rightarrow PC < 10:0 >$$
$$(PCRH < 5:3 >) \rightarrow (PC < 13:11 >)$$

影响标志位:无。

例3 - 28:……

CALL　　　TABLE_8LED　　;调用子程序 TABLE_8LED

6. GOTO 跳转指令

指令格式:GOTO　　I

指令功能:实现程序的无条件跳转,

$$I - > PC < 10:0 >$$
$$(PCRH < 5:3 >) - > (PC < 13:11 >)无条件跳转指令$$

例3 - 29: GOTO　　　INT_TIMER2_0　;跳转到标号 INT_TIMER2_0 处执行程序

7. JUMP 短跳转指令

指令格式:JUMP　　I

指令功能:无条件跳转指令,该指令的执行使得程序在256字节的范围内跳转,跳转到的
　　　　　地址即立即数 I 代表的值。该指令是双周期指令。

$$I \rightarrow PC < 7:0 >$$
$$PCRH < 7:0 > \rightarrow PC < 15:8 >$$

影响标志位:无。

8. LCALL 长调用指令

指令格式:LCALL　I

指令功能:长调用指令,该指令可调用8KB范围内的程序,当执行该调用指令时,首先将
　　　　　返回地址(PC + 1)压入堆栈,低13位直接地址装载进 PC 的 <12:0> 位,该指
　　　　　令是双周期指令。

$$PC + 1 \rightarrow TOS, I \rightarrow PC < 13:0 >$$

影响标志位:无。

9. RET 子程序返回指令

指令格式:RET

指令功能:子程序返回指令,当遇到该指令时,堆栈栈顶的值将从 TOS 自动弹回 PC,程序
　　　　　回到在子程序调用的下一个指令处继续运行,双周期指令。

影响标志位:无。

例3 - 30:　　　　CALL　　DELAY1　　;调用子程序 DELAY1
　　　　　　　　　　……
DELAY1　　　　　　……
　　　　　　　　　　RET　　　　　　　;子程序返回

10. RETIA 带立即数的子程序返回指令

指令格式:RETIA　I

指令功能:当执行该返回指令时,堆栈栈顶值自动送到 PC 寄存器,同时立即数 I 的值会传
　　　　　送到寄存器 A。

$$I \rightarrow (A), TOS \rightarrow PC$$

影响标志位:无。

例 3 - 31:　　　　　CALL　　NUMindex　　;调用子程序 NUMindex

　　　　　　　　　　　… …

NUMindex　　　　　　… …

　　　　　　　　　　　RETIA　　0　　　　　　　　;子程序返回,并将立即数 0 送到寄存器 A

11. RETIE　中断返回指令

指令格式:RETIE

指令功能:执行该指令时,栈顶值送到 PC 寄存器,同时将中断总开关 GIE 置 1。

　　　　　TOS→PC,1→GIE

影响标志位:无。

12. CWDT　看门狗定时器清零指令

指令格式:CWDT

指令功能:该指令执行后,将看门狗定时器清零。

　　　　　00H→WDT,　0→WDT Prescaler

影响标志位:使标志位#TO 置 1、#PD 置 1。

13. IDLE 进入休眠状态指令

指令格式:IDLE

指令功能:该指令执行后,使单片机进入休眠状态。

　　　　　00H→WDT,0→WDT Prescaler,

　　　　　1→#TO,0→#PD

影响标志位:使标志位#TO 置 1,#PD 清零。

14. NOP 空操作指令

指令格式:NOP

指令功能:该指令无实际的操作意义,但执行该指令要占用时间,因此常用在延时程序中,以拼凑成需要的延时时间。

影响标志位:无。

另有两条空操作指令 NOP2、NOP3 与 NOP 指令相同。

3.2　HR 单片机汇编语言(HASM)程序设计

HASM 汇编语言编写源程序时有一定的书写格式,通常一条语句按照从左到右的顺序由以下几部分组成:

　　　　　　　指令

　　标号　　助记符　操作数　　　　;注释

　　　　　　　宏

标号必须从第一列开始,标号用来表示一行、一组代码或一个常数值。通常会被用作一条指令或一段程序的标记,实际又是这条指令或这段程序的符号地址。它与指令的操作码之间需要用空格分开。

当然,并不是每条指令之前都用标号,为了便于编程、阅读或识别,在一段程序的入口处要给以标号,在作为转移指令转移目标地址的指令前面也应该给以标号。

助记符,即操作码,操作码和操作数一起即是指令自身。助记符的功能是告诉汇编器对哪些机器指令进行汇编。宏是用户定义的一组指令,每当调用宏时,这些指令将嵌入汇编源程序中。

操作数是参与指令操作的数据或者数据所在的地址,必须用一个或多个空格或制表符将操作数与助记符分开。有些指令没有操作数,如 NOP,有些指令有一个操作数,有些指令有两个操作数,当操作数有两个或两个以上时,必须用逗号将这些操作数分开。

注释是解释一行或数行代码操作的文本,必要的注释,有助于对程序的阅读和理解。注释和指令必须用分号分开,分号后的任何文本都被视作注释。

为方便后面章节的学习,下面先介绍与汇编语言相关的字符集、常数等基本知识。

1. 字符集

HASM 的字符集为 8 位的 ASCII 字符集。ASCII 码字符集见附录 D。

2. 常数

常数的表达方式包括十六进制、十进制、八进制、二进制、ASCII 码。

3. 分割符

空格把标号和助记符号分开,也把助记符和操作数分开;分号把注释和指令分开;逗号分割多个操作数;换行表示一条代码的结束。

4. 标识符

标识符必须以字母、下画线或汉字开始,标识符可以包含字母、数字、下画线、汉字及? @ #,标识符的长度不能超过 32 个字符。

5. 字符串

字符串可以是用双引号引出的有效的 ASCII 字符,字符串中不能包含双引号和换行符,但可以包含转义字符(转义字符见表 3－2)。

表 3－2　转义字符表

转义字符	说　明
\a	报警字符
\b	后退字符
\f	换页符
\n	换行符
\r	回车符
\t	水平制表符
\v	垂直制表符
\\	反斜杠
\?	问号字符
\'	单引号
\"	双引号
\Ooo	八进制
\xHH	十六进制

6. 表达式

表达式中运算符的优先级如表3-3(从高到低)所列,运算符只能和指令一起使用。

表3-3　运算符及运算优先级列表

运算符	说明	示例
$	当前/返回程序计数器	GOTO $
(	左括号	1 * (a + 2)
)	右括号	(b - 3)/3
!	非(逻辑取反)	! a
-	取反	- len
~	取补	~ f
low	返回地址低字节	MOVI low a
high	返回地址次高字节	MOVI high b
upper	返回地址最高字节	MOVI upper c
*	乘	B * C
/	除	B/C
%	取余数	D % C
+	加	C = A + B
-	减	(B - D) * E
< <	左移	Flag < <8
> >	右移	Flag > >8
> =	大于或等于	IFA > = B
>	大于	WHILE B >0
<	小于	IF C <0
< =	小于或等于	WHILE B < = C
= =	等于	IF A = = B
! =	不等于	IF A ! = B
&	位与	Flag & B
^	位异或	Flag ^ B
|	位或	Flag | B
&&	逻辑与	(A >0)&& (B <0)
||	逻辑或	(A >0) || (B <0)
=	赋值	A =4
+ =	加赋值	A + =3
- =	减赋值	B - =4
* =	乘赋值	C * =3
/ =	除赋值	D/ =6
% =	取余数赋值	E% =2
< < =	左移赋值	Flag < < =8
> > =	右移赋值	Flag > > =8
& =	与赋值	Flag & = B
| =	或赋值	Flag | = B
^ =	异或赋值	Flag ^ = B
+ +	加1	I + +
- -	减1	I - -

3.3　伪指令

除 3.1 节介绍的 48 条指令外,HR6P92H 单片机还有多条伪指令,伪指令不令计算机做任何操作,没有对应的机器码,不产生目标程序,不影响程序的执行,但伪指令能够完成变量、内存单元及寄存器对应数据或地址的定义,能够指定程序段起始地址,能够帮助 CPU 管理文件等多种功能。

伪指令一般也有 4 个字段组成:

　　　符号名　　　伪指令助记符　　　操作数　　　;注释

HASM 汇编语言中有多条伪指令,本节仅介绍几个常用的伪指令,其他伪指令可在需要的时候查阅相关资料。

1. DB

功能说明:DB 指令以字节(byte)为单位初始化一段内存,以创建数字和文本数据,其参数为表达式列表,其中每个表达式的内存为连续分配。

格式:［label］　DB　expr［,expr,…,expr］

使用示例:

a　　　DB　　　'a'+1,"abc","abcd",1235567,32 +1

bb　　DB　　　'b'

c　　　DB　　　'c'

在内存中的实际存储情况为:

6162 6362 6261 6463 3367　0062 0063。

2. DBT

功能说明:DBT 指令以字(2B)为单位初始化一段内存,以创建数字和文本数据,其参数为表达式的列表,其中每个表达式被翻译为一个字(2B),其高位补 0x58。

格式:　［label］　DBT　expr［,expr,…,expr］

使用示例:aa　DBT　"A Message",0

在内存中的实际存储情况为:

4158 2058 4D58 6558 7358 7358 6158 6758 6558 0058。

3. DS

功能说明:DS 指令以字(2B)为单位初始化一段内存,以生成压缩的 14 位数字来表示两个 7 位的 ASCII 字符。其参数为表达式列表,其中每个表达式被翻译为一个字(2B)。如果参数表达式为字符串,那么字符串中的每 2 字节被特殊处理翻译为一个内存单位。

例 3 - 32:　CS_LABEL DS　"HAIER"

分析:该伪指令语句执行后生成 3 个 14 位数字:4124、C524、0029,分别代表 HA、IE、R 所对应的 ASCII 码,其中 H 和 A 的 ASCII 码分别为 48h(01001000)和 41h(01000001),这两个值都分别用 7 位二进制码表示为(0)1001000 和(0)1000001,则压缩的 14 位数字是 100100001000001,它被存储为 0100 0001 (00) 10 0100　或 4124。

格式:　　［label］DS　expr［,expr2,…,exprn］

注意事项:如果参数表达式超过一个内存单位的表示范围,HASM 将报错。

使用示例:

```
        ORG     0x0000
        GOTO    START
START   GOTO    $
        ORG     0x0100
Cs_string   DS  'a'+1,"abc","abcd"
        END
```

内存 0x0100 为:6200 E230 8031 E230 E431。

3. DW

功能说明:为数据保留程序存储器字(2B),并将该存储空间初始化为特定值。其参数为表达式列表,其中每个表达式被翻译为一个字(2B)。如果参数表达式为字符串,那么字符串中的每两个字符被翻译为一个内存单位。

格式:[label] DW expr[,expr,...,expr]

注意事项:如果参数表达式超过一个内存单位的表示范围,HASM 将报错。

使用示例: label DW 'a'+1,"abc","abcd"

内存存储为:6200 6261 0063 6221 6463。

4. END

功能说明:表示程序结束。

格式: END

注意事项:注意不要过早使用 END 指令,防止程序过早结束。

6. EQU

功能说明:EQU 指令定义一个汇编常数。

格式:label EQU expr

expr 的值被赋值给 label。

注意事项:在单个汇编文件程序中,EQU 通常用于将变量名称分配给 RAM 中的地址单元。在编译一个已链接的项目时,不要使用此方法分配变量;在数据段指令(IDATA 和 udata)内部使用 RSEG 指令。

使用示例:ONE   EQU 1

7. MACRO

功能说明:宏是一系列指令,可以使用一个宏调用将这一系列指令插入到汇编源代码中。

格式:label MACRO [arg,…arg]

注意事项:

(1) 必须首先定义宏,然后才能在后续的源代码中引用它。

(2) 一个宏可以调用另一个宏或者递归调用自己。

(3) 宏调用的最大嵌套数量为 16 层。

(4) 宏不能嵌套定义。

使用示例:

a   MACRO b

```
MOVA    b
GOTO    $
ENDM
```

8. MCU

功能说明:MCU 用以设置处理器的类型,与 LIST 指令选项'p = '设置有相同作用。如果重复定义处理器类型,将采用最后一次的设置,参见 LIST 说明。

格式: MCU   processor_type

使用示例: MCU   hr6p92h

9. ORG

功能说明:ORG 指令用于指定后面的源程序存放的起始地址,也就是汇编后目标机器码存放的首地址。若 ORG 后面不带地址参数,则默认为 0。若 ORG 带标号,则地址参数也赋值给该标号。在一个源程序中,可以根据需要多次使用 ORG 指令定位。对于 HR6P 器件,ORG后面的地址位仅允许偶数值。生成目标文件时,ORG 指令被引入一个绝对寻址的代码段,段名由编译器生成。

例 3 - 33:

START：ORG   0x10

被编译为:

. org_%10 CODE 0x10

START ：

格式:[label] org   expr

使用示例: ORG   0x1FF

GOTO   Main

ORG   0

Main   MOVI 3

10. TITLE

功能说明:指定列表文件的标题。

格式: TITLE "program's TITLE"

注意事项:操作数个数不为零。

使用示例:TITLE   "the file's TITLE"

11. VAR

功能说明:VAR 指令用于定义表达式中的变量符号,使变量和常量在表达式中可以互换使用。VAR 指令定义变量的值不能在表达式的操作数中修改,必须在单独的行上进行变量的赋值、递增和递减。

格式:VAR label[= expr][,label[= expr]...]

注意事项:VAR 不能用于声明 HR6P 系列 MCU 运行时的变量,而是用于声明由 HASM 汇编器使用的变量。

使用示例:

VAR   length = 64

MOVI   length

12. SECSEL

功能说明：SECSEL 用于生成存储区选择代码，以选择由 label 指定的存储区。

格式：SECSEL   label

注意事项：SECSEL 操作数中只能使用一个 label，不能对其执行任何操作，并且该 label 须在前面已被定义。

使用示例：

SecTest EQU 0x22

…

MOVA   0x88

SECSEL SecTest

MOVA   SecTest

13. #DEFINE

功能说明：#DEFINE 指令的功能有两种（也可以将其看成 C 中的#DEFINE）：

1）文本替换功能

例 3－34：#DEFINE compiler "This is HASM"

当在源码中遇到"compiler"字符串时，会将其替换成"This is HASM"。

2）内部定义标志

例 3－35：#DEFINE CASE_INSENSITIVE

则定义了一个内部标识符 CASE_INSENSITIVE，该标识符可以用来作为 IFDEF（或 IF-NDEF）指令的操作数。

格式：#DEFINE name［string］

注意事项：处理器特定的包含文件#INCLUDE 中有预定义的 SFR 名称，推荐使用这个文件来进行定义，不要自行定义变量。

另外除 DEFINE 外，CONST、EQU、SET 均可以定义标签，但使用上又有所区别。

（1）如果使用 DEFINE 某标签后，其他的指令无效，如果其他的指令定义了某标签，在没有定义 DEFINE 时为其定义的值，否则当用 DEFINE 定义后则以后就为再次定义的该值。

（2）如果使用 CONST 定义了某标签，不能再使用 EQU 定义同样的标签，可以使用 SET 和 DEFINE 定义标签，如果再次定义，则使用再次定义的该值，CONST 定义时要保证没有用除了 DEFINE 以外的其他标签定义过。

（3）如果使用 SET 定义了某标签，首先不能使用 CONST 定义改标签，可以使用 EQU 和 DEFINE 定义标签，不过使用 EQU 定义无效，使用 DEFINE 再次定义则有效。

（4）如果使用 EQU 定义标签，则可以用 EQU 和 DEFINE 重新定义标签，且均生效。总之，对于重复定义同一标签，DEFINE 的定义属于宏定义，所以和其他的定义不属于同一类，或者可以称 DEFINE 的优先级别最高，其他的非宏定义伪指令中，EQU 优先级别最低，CONST 不能和 SET 混用，CONST 必须保证其他指令没有定义同样的标签。

14. #INCLUDE

功能说明：#INCLUDE 指令将制定的头文件包含进当前文件，相当于将头文件插入到当前文件，编译器处理完该头文件后，会继续处理当前文件。

格式：

#INCLUDE "INCLUDE_file"

#INCLUDE < INCLUDE_file >

注意事项:(1) INCLUDE_file 中包含的任何空间都必须用引号或尖括号括起来,如果指定了完全合格的路径,就只会搜索到该路径,否则,搜索的顺序如下:

① 当前工作目录。

② 源文件目录。

③ HASM 汇编器可执行文件目录。

(2) 头文件包含最多允许 5 层嵌套。

使用示例:#INCLUDE < SSC1630. INC >

　　　　　#INCLUDE "c:\es – ide\INCLUDE\myfun. INC"

15. #UNDEFINE

功能说明:UNDEFINE 指令屏蔽前文中用#DEFINE 指令定义的标识符。

格式:#UNDEFINE label

注意事项:此指令经常和 IFDEF 和 IFNDEF 指令一起使用,这两个指令在符号表中寻找是否存在某个项。

使用示例:#DEFINE lenStr 0x55

　　　　　… …

　　　　　#UNDEFINE lenStr

以上是 15 个编程和读程序时常常会用到的伪指令。在编写汇编语言程序时灵活合理的应用伪指令会增加程序的可读性、提高程序的执行效率。

3.4 HR 单片机软件程序设计

3.4.1 HR 单片机软件设计概述

有了指令系统和 HASM 汇编语言程序设计的基本语法,要想设计出一个好的程序来,还要注意以下几点:

(1)程序结构模块化,程序易读、易调试、易维护。

(2)执行速度快。

(3)占用内存空间小等。

采用 HASM 汇编语言进行程序设计时,通常程序结构有 4 种:顺序结构、分支结构、循环结构和子程序结构。

1. 顺序结构

顺序结构的程序一般是简单程序,程序顺序执行,无分支,无循环,也没有转移,即程序按照指令的顺序逐条运行到结尾,但这种结构的程序很少。

例:编程实现将寄存器 A 的高 4 位和低 4 位分离,分离出来的高 4 位存放到 30H 单元,分离出来的低 4 位存放到 31H 单元。

MOVA   TMP   ;将 A 先存放到临时寄存器 TMP

```
ANDI    0FH     ;将 A 的低 4 位分离出来
MOVA    30H     ;将低 4 位存放到 30H 单元
MOV     TMP ,0;将临时寄存器 TMP 再回放到 A
ANDI    0F0H    ;将 A 的高 4 位分离出来
MOVA    31H     ;将高 4 位存放到 31H 单元
```

在上面这段程序执行过程中,是按照语句逐条进行的,没有跳转、没有循环,各语句仅执行一遍。

2. 分支结构

在程序运行过程中,有时候需要根据不同的条件选择不同的处理方法,这就需要用分支结构的程序设计,分支结构程序流程图如图 3 - 1 所示。

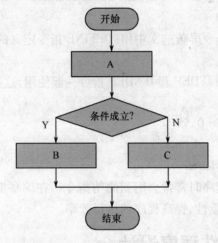

图 3 - 1　分支结构程序流程图

例:比较 50H 和 51H 单元中数据的大小,若 50H 中的数据大于 51H 单元的数据,将 A 置为 1,否则将 A 置为 0。

程序如下:

```
        BCC     PSW,C       ;将进位标志位 C 清零
        MOV     50H,0       ;将 50H 的内容送到 A
        SUB     51H,0       ;用(51H) -(A)→A
        MOVI    0
        JBS     PSW,C       ;if (51H) > =(50H)  then  PSW.C 置1
        MOVI    1
NEXT:   NOP
```

3. 循环程序结构

HASM 汇编语言的循环结构程序一般有两种形式:一种是"先执行,后判断",如图 3 - 2
(a)所示,还有一种是"先判断,后执行",如图 3 - 2(b)所示。

从图 3 - 2 能够看出,无论哪种循环体都包括如下几个部分:

(1)初始化。初始化是为循环做准备,在初始化程序段内通常需要设置循环计数值,设置初始地址,设置变量初值等。

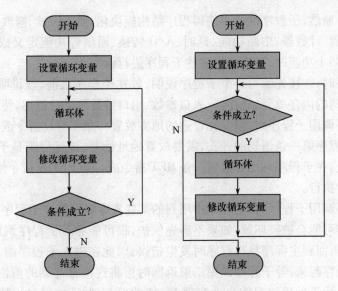

图3-2 循环结构程序流程图

（2）循环体。循环体是循环部分的核心，循环体内包括了循环的全部执行指令。

（3）修改参数。通常指修改操作数所在的地址或操作数存放的地址，为下次循环做准备。

（4）循环控制。循环控制是指控制程序继续运行循环体或者跳出循环体，控制的方法可以通过判断计数器值是否为0，或者根据事先约定的条件，判断程序运行结果是否达到了约定的条件，然后决定是否跳出循环体。

显然，对于"先执行，后判断"，这种循环结构，进入循环后至少执行一次循环体，再判断循环是否结束；对于"先判断，后执行"结构，先判断结束条件，再决定是否执行循环体，可能一次也不执行循环体。

例：编程实现将数据寄存器中地址从50H开始的10个单元的内容清零。

采用循环结构的程序如下：

```
        MOVI    0AH         ;将立即数10送到寄存器A
        MOVA    COUNT       ;移位10次
        MOVI    0X50        ;对指针初始化
        MOVA    IAA         ;IAA指向RAM
NEXT1
        CLR     IAD
        INC     IAA         ;指针IAA内容加1
        JDEC    COUNT       ;到2FH完成否？
        GOTO    NEXT1       ;未完成，循环到下一个单元清零
        END
```

在该例程中，先执行一次对数据存储器单元清零操作，然后再判断是否10个单元都已经清零，属于先判断后执行的循环结构。

4. 子程序结构

汇编语言中常常将多次使用或具有特定功能的程序写成一个独立的程序段，称为子程序，当程序中需要执行这一程序段时，就进行调用子程序，当子程序执行完毕后再返回原来调用它

的程序继续运行。显然,子程序的使用使得程序结构模块化,便于阅读、修改、移植。在单片机中,则常常将定时器/计数器、中断功能、延时、A/D 转换、通信等功能定义成一个个独立的子程序,当需要用到某个功能时,可直接对这些子程序进行调用。

在编写子程序时,往往先编写一个子程序说明,放在子程序之前,该说明的主要内容是对子程序的功能、用到的内存单元、寄存器、入口参数、出口参数等进行描述,使阅读者一目了然。

当主程序需要调用子程序时,只需在合适的地方放置一条 CALL 指令或 LCALL 指令即可实现调用,而在子程序第一条语句的开头,需要放置地址标号,该标号既是子程序的名字也是子程序的入口地址,在子程序结尾处放置一条 RET 指令或一条 RETIA 指令使子程序执行完毕后返回主程序继续执行。

当发生主程序调用子程序时,主程序中用到的某些寄存器可能在子程序中也会用到,因此原来寄存器的内容可能会被破坏掉,如果不事先保护,很可能导致子程序调用结束后,该寄存器的值发生变化,再回到主程序执行程序时发生错误,因此在进入子程序前,应先将子程序也会用到的寄存器保存起来,等子程序调用结束返回时再将这些寄存器的值恢复。但需要注意的是,HR6P92H 单片机的堆栈只能自动实现 PC 值的保存,并不能通过出栈入栈指令保存其他寄存器的值,因此一般采取将寄存器的值送到 RAM 单元进行暂时保存,这一点编程时应该注意。

3.4.2 常用子程序设计

本节介绍几个常用的子程序的设计方法。

1. 软件延时子程序

单片机的延时可以通过定时器(参考后续章节)实现,这类延时往往认为是硬件延时,硬件延时比较精确,适用于对延时要求严格的场合,但使用硬件延时就会占用单片机的定时器资源。也可以通过软件实现单片机的延时,软件延时会有一定的误差,适用于对延时要求不是很严格的场合,软件延时实现起来较硬件延时程序更为简单且不占用单片机片上硬件资源。下例即为软件延时的程序。

例 3 - 36:延时子程序

```
DELAY    MOVI    0FFH        ;将常数 0FFH 存放到寄存器 A,作循环计数次数
         MOVA    30H         ;将 0FFH 存放到 30H 单元
LOOP     JDEC    30H,1       ;减 1,为 0 跳转,否则执行下一条指令
         GOTO    LOOP
         RET
```

上述程序中,计数次数 0FFH 决定了延时时间的长短,如果想增加延时时间,可以在循环体中加入 NOP 指令,也可以通过双重或多重循环来实现。

例 3 - 37:不同延时时间子程序

```
DELAY20US      MOVI    0x04              ;20μs 延时入口
               GOTO    DELAYUS_ENTR
DELAY9US       MOVI    0x01              ;9μs 延时入口
DELAYUS_ENTR   MOVA    DLY_1
```

```
          JDEC    DLY_1,1
          GOTO    $ -1
DELAY5US  NOP3                        ;5μs 延时入口
DELAY4US                             ;4μs 延时入口
          RET
```

上述程序中,巧妙利用循环和空操作指令,实现了不同时间的延时。

2. 分支跳转子程序

分支跳转结构子程序,也是单片机中常用的子程序结构,这种结构的子程序通常是利用跳转指令、根据判断条件构成多个执行通道,此结构在键盘扫描程序中应用最多。当键盘中某个功能键的状态发生变化时,需要键盘扫描程序判断出是哪个功能键,然后按照预先设定好的分支跳转到相应的按键程序中去执行。下例即是一个按键跳转分支程序。

例 3 – 38:编写 16 个键盘功能选择子程序

```
;---------------该程序是根据按键键值进行跳转,然后执行相应操作---------------
          ORG   0000H
          ......
          CALL  KEY         ;调用键盘扫描程序得到按下去的功能键键号存储
                            ;到 KEY_VALUE
          MOVI  HIGH    KEYFUN
          MOVA  PCRH
          MOV   KEY_VALUE,A
          CALL  KEYFUN      ;调用相应的键盘功能子程序
          ......
;---------------多分支子程序---------------------------------
KEYFUN    ADD   PCRL,F      ;计算出跳转子程序相对于函数首地址的偏移量
          GOTO  KEY0        ;转到 KEY0 执行按键 0 对应的功能程序
          GOTO  KEY1        ;转到 KEY1 执行按键 1 对应的功能程序
          GOTO  KEY2        ;转到 KEY2 执行按键 2 对应的功能程序
          ......
          GOTO  KEY15       ;转到 KEY15 执行按键 15 对应的功能程序
```

3. 数学运算子程序设计

加法、减法、乘法、除法、BCD 码及二进制数据的互相转换也是单片机中常用的运算类子程序,尤其是在程序中用到计算程序时,通常都将这些运算类的程序设计成子程序,以便主程序多次调用。

例 3 – 39:编写双精度运算程序实现两个无符号 16 位数据相加(假设两个 16 位无符号数相加不会产生溢出)。

假设:被加数存放在地址 30H、31H 两个单元,加数存放在地址 32H、33H 两个单元,相加之后的结果存放在 34H、35H 中,其中高位存放高地址,低位存放低地址。

程序如下:

```
;---------------两个无符号 16 位数求和运算子程序---------------
J1L       EQU     30H       ;定义被加数低位所在的地址单元
```

```
J1H        EQU        31H        ;定义被加数高位所在的地址单元
J2L        EQU        32H        ;定义加数低位所在的地址单元
J2H        EQU        33H        ;定义加数高位所在的地址单元
J3L        EQU        34H        ;定义结果低位将存放的地址单元
J3H        EQU        35H        ;定义结果高位将存放的地址单元
ORG        0000H
MOVI       12H                   ;确定被加数的高 8 位
MOVA       J1H
MOVI       23H                   ;确定被加数的低 8 位
MOVA       J1L
MOVI       34H                   ;确定加数的高 8 位
MOVA       J2H
MOVI       56H                   ;确定加数的低 8 位
MOVA       J2L
CALL       ADDFUN                ;调用加法子程序
.....

;-------------------------------加法子程序-----------------------------
ADDFUN  MOV        J1L,0    ;J1L→A,被加数低 8 位数送到寄存器 A
        ADD        J2L,0    ;相加的结果存放到 A
        MOVA       J3L      ;相加的结果存放到 J3L
        MOV        J1H,0    ;JIH→A,被加数高 8 位数送到寄存器 A
        ADDC       J2H,0    ;带进位相加结果存放到 A
        MOVA       J3H      ;将高位相加结果存放到 J3H
        RETIA      00H      ;子程序返回,并将寄存器 A 清零,为下次调用作准备
```

例 3 - 40:将 16 位二进制转换为 BCD 码。

BCD 码是用 4 位二进制表示 1 位十进制,因此 1 字节可以表示两位 BCD 码。

```
;入口参数:BinH、BinL 中存放要转换的二进制数
;出口参数:R2、R1、R0 中存放转换后的 BCD 码
;头文件及变量定义
        #INCLUDE "HR6P92H.INC"
        R2         EQU        0X30
        R1         EQU        0X31
        R0         EQU        0X32
        BinH       EQU        0X33
        BinL       EQU        0X34
        TMP        EQU        0X26
        TMP1       EQU        0X27
        ORG        0X00
        GOTO       START
START
        MOVI       0X7F
        MOVA       BINH
```

```
            MOVI    0XFF
            MOVA    BINL
            CALL    BiBCD
            NOP
            GOTO    START
BiBCD                                ;二进制转换 BCD 码子程序
            CLR     R2
            CLR     R1
            CLR     R0
            MOVI    BINH
            MOVA    IAA
            MOVI    0X2
            MOVA    TMP
HTB3_NEXT
            MOVI    0X8
            MOVA    TMP1
LOOP
            RL      IAD
            MOV     R2,A
            ADDC    R2,A
            DAW
            MOVA    R2
            MOV     R1,A
            ADDC    R1,A
            DAW
            MOVA    R1
            MOV     R0,A
            ADDC    R0,A
            DAW
            MOVA    R0
            JDEC    TMP1
            GOTO    LOOP
            INC     IAA                  ;指向高字节
            JDEC    TMP
            GOTO    HTB3_NEXT
            RET
END
```

思考题

1. 在海尔单片机中,一个指令周期通常包含几个时钟周期?

2. 假设海尔单片机的时钟振荡频率是 4MHz,则对应的单指令的执行时间是多少 μs?

3. 海尔单片机的指令通常由哪两部分组成？

4. 海尔单片机指令系统中指令 GOTO 和 CALL 的区别是什么？

5. 指令 NOP 的含义是什么？通常如何使用该指令？

6. 在 HASM 语言中，程序的结构常分为哪几种？

7. 编程实现将 20～50H 单元的内容清零。

8. 试编写 1ms 的延时子程序。

第**4**章

HR 单片机的 I/O 接口

4.1 HR 单片机 I/O 接口概述

　　单片机的 I/O(输入/输出)接口是信号的输入、输出口,既能够检测到外部信号的输入,也能将经过单片机处理过的信号输出,从而实现单片机模块的各种功能。HR 单片机的 I/O 端口数因型号而异,HR6P90 /HR6P90H 有 22 个 I/O 口,HR6P91 /HR6P91H 有 25 个 I/O 口,HR6P92 /HR6P92H 有 33 个 I/O 口。尽管 I/O 数不同,但所有的 I/O 端口都是 TTL/SMT 输入和 TTL 输出。每个 I/O 端口是用作输入还是输出,可以由相应的方向控制寄存器 PxT 来进行设置:当 PxT = 1 时,将相应端口设置成输入状态,当 PxT = 0 时,将相应端口设置成输出状态,这里 x 为 A,B,C,D,E,即对应着端口 A、B、C、D、E。当 I/O 引脚处于输出状态时,其电平由寄存器 Px 决定,Px = 1 时,为高电平,Px = 0 时,为低电平;当 I/O 引脚处于输入状态时,其电平状态可由寄存器 Px 读取,这里 x 也为 A,B,C,D,E,同样也对应着端口 A、B、C、D、E。当 HR 单片机复位后,所有 I/O 引脚自动回到高阻抗输入状态。

4.2 I/O 接口的内部结构

　　尽管 HR 单片机有 A 口、B 口、C 口、D 口、E 口,但是它们的内部结构并不完全相同,可以分成两类,分别如图 4-1 和图 4-2 所示。其中 A 口、E 口、C 口、D 口的内部结构都属于图 4-1 所示的结构 A,B 口属于图 4-2 所示的结构 B。

　　由图 4-1 可知,具有结构 A 图所示的 I/O 结构主要由 I/O 逻辑电路、I/O MUX 电路、逻辑与门、或门、非门、场效应管及钳位二极管等构成,形成 8 位的 I/O 端口。其中,I/O 逻辑电路包括系统时钟、地址总线、读数据总线、写数据总线及控制总线等,I/O MUX 电路则包括外设使能、外设输出、外设输入、数模选择、模拟输出、模拟输入等部分。结构 B 与结构 A 的区别是增加了弱上拉电阻,同时属于结构 B 的端口 B 具有外部按键输入中断功能。

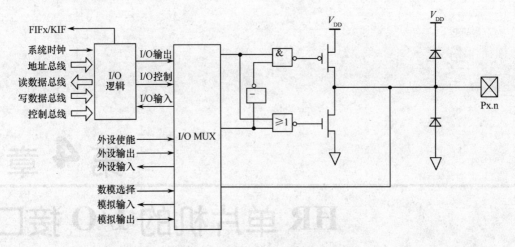

图 4-1 输入/出端口结构 A 图

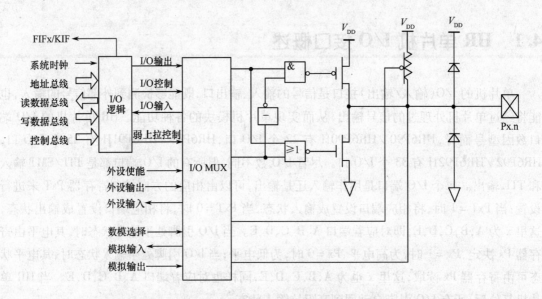

图 4-2 输入/出端口结构 B 图

4.3 HR 单片机 I/O 接口的读写操作

对 HR 单片机 I/O 接口的读写操作按实现的功能又可以分成以下四类基本操作：

（1）设置端口的工作状态，即向端口的方向控制寄存器写控制信息，确定端口的输入/输出状态，这类操作一般是在端口初始化程序中完成。

（2）经端口输出数据，将欲输出的数据写入端口数据寄存器中，此时的数据信息可能是已经经过单片机处理好的数据，也可能是单片机送出的控制信号（比如高、低电平）。

（3）经端口输入数据，读取端口上的逻辑电平状态信息，比如来自外部传感器的模拟信号或者外部按键的状态等信息。

（4）查询端口的输入/输出状态，是指从端口的方向控制寄存器读取控制信息，确定端口的工作状态。

　　从电路内部结构上来讲,对端口进行写操作是把数据写在它的数据锁存器上,HR 单片机的数据锁存器由 D 触发器构成。当单片机引脚工作在输入状态时,对端口寄存器进行一次写操作后数据还是会被放到此数据锁存器上锁存,不会出现在引脚上。当引脚工作在输出状态时,在输出逻辑信号"1"时,图 4-1 中的 P 沟道场效应管导通,N 沟道场效应管截止,那么在引脚上就得到了高电平,驱动负载的电流由 P 沟道场效应管拉出提供;反之当输出逻辑信号"0"时,N 沟道场效应管导通,P 沟道场效应管截止,引脚上得到的是低电平,外围负载的电流可以通过 N 沟道场效应管灌入到单片机。

　　同样从电路内部结构上来讲,当对端口进行读操作时,其实质是直接读取引脚的电平信号。当该引脚工作在输入状态时,读入的结果完全是取决于所加在引脚上的外部信号电压和其门限判别电路的判别标准,写在端口锁存器上的信号由于 P 沟道和 N 沟道场效应管同时截止而不会出现在引脚上。若作为输入的引脚悬空,受外部干扰信号的影响将读不到确定的值,因此在设计单片机系统硬件电路时,尽量不让引脚悬空。若引脚设定为输出状态,则写在端口锁存器上的逻辑信号将通过驱动场效应管而直接以高电平体现在引脚上。这样,正常情况下,输出和读回的值一致。

　　值得注意的是,所有写 I/O 接口引脚的操作都是"读入—修改—写入"操作,因此,写 I/O 接口的操作意味着总是先读 I/O 引脚电平,然后修改这个值,最后再写入 I/O 接口的数据锁存器。

4.4　各端口的特点及相关的寄存器

4.4.1　端口 A 的特点及相关的寄存器

　　HR6P92H 单片机的端口 A 有 6 个引脚 PA0 ~ PA5,除了可作为双向的 I/O 接口之外,还和模拟输入通道及其他的信号引脚复用。但 PA4 未与模拟输入通道复用,而与 T8CKI 复用,因此 PA4 具有普通数字 I/O 和定时器 T8 的外部计数脉冲输入来使用。端口 A 输入/输出状态的设定由 8 位方向控制寄存器 PAT 来决定。当 PATx(x = 0,1,2,3,4,5)设置为 1 时,相应引脚被设置成输入状态,当 PATx(x = 0,1,2,3,4,5)设置为 0 时,相应引脚被设置成输出状态。图 4-3 是方向控制寄存器 PAT 的格式图。图 4-4 是端口 A 数据寄存器的格式图。

bit7	bit6	bit5	bit4	bit3	bit2	bit1	bit0
—	—	PAT5	PAT4	PAT3	PAT2	PAT1	PAT0

图 4-3　端口方向控制寄存器 PAT

bit7	bit6	bit5	bit4	bit3	bit2	bit1	bit0
—	—	PA5	PA4	PA3	PA2	PA1	PA0

图 4-4　端口数据寄存器 PA

4.4.2　端口 B 的特点及相关的寄存器

HR6P92H 单片机端口 B 有 8 个引脚,即 PB0 ~ PB7,这 8 个引脚均可工作在输入/输出状态,当这些引脚作为输入时,对应每个引脚内部都有一个弱上拉电阻可以通过寄存器设置使用或禁止,端口 B 除具有普通双向 I/O 口功能之外,又与外部端口中断、外部按键中断引脚复用。

其中 PB < 3:0 > 这 4 个引脚各支持一个外部端口中断,每个外部端口中断由相应的寄存器 PIE 使能,通过设置 INTEDG 来选择上升沿触发还是下降沿触发,中断的产生将影响相应的中断标志位 PIF。PB < 7:4 > 这四个引脚各支持一个外部按键中断,按键中断支持最多 4 个按键输入端 KIN < 3:0 >,按键中断由 KIE 使能,任何一个按键输入电平变化都会产生外部按键中断,该中断的产生将影响标志位 KIF。有关端口 B 的中断程序将在第五章作详细的介绍。

与端口 B 相关的寄存器有数据寄存器 PB,方向控制寄存器 PBT,中断使能寄存器 PIE/KIE,触发沿选择寄存器 INTEDG 及中断标志位寄存器 PIF/KIF。图 4 - 5、图 4 - 6、图 4 - 7、图 4 - 8 列出了与端口 B 相关的寄存器及相应的控制位。

1. 方向控制寄存器 PBT

bit7	bit6	bit5	bit4	bit3	bit2	bit1	bit0
PBT7	PBT6	PBT5	PBT4	PBT3	PBT2	PBT1	PBT0

图 4 - 5　端口 B 的方向控制寄存器 PBT

2. 中断控制寄存器 INTC0

bit7	bit6	bit5	bit4	Bit3	bit2	bit1	bit0
GIE	PEIE	T8IE	PIE0	KIE	T8IF	PIF0	KIF

图 4 - 6　中断控制寄存器 INTC0

GIE:全局中断使能位

    0:禁止所有中断使能

    1:使能所有未屏蔽的中断

PIE0:外部端口 0 中断使能位

    0:禁止外部端口 0 中断

    1:使能外部端口 0 中断

KIE:外部按键中断使能位

    0:禁止外部按键中断

    1:使能外部按键中断

PIF0:外部端口 0 中断标志位

    0:外部端口 0 上无电平变化

    1:外部端口 0 上有电平变化(且必须用软件清零)

KIF:外部按键中断标志位

0:外部按键端口无电平变化

1:外部按键端口有电平变化(必须用软件清零)

3. 片内外设中断使能寄存器 INTE1

bit7	bit6	bit5	bit4	Bit3	bit2	bit1	bit0
RX2IE	TX2IE	T8P2IE	T16N2IE	PIE3	PIE2	PIE1	TE2IE

图 4 - 7　片内外设中断使能寄存器 INTE1

PIE1:外部端口 1 中断使能位

　　　0:禁止外部端口 1 中断

　　　1:使能外部端口 1 中断

PIE2:外部端口 2 中断使能位

　　　0:禁止外部端口 2 中断

　　　1:使能外部端口 2 中断

PIE3:外部端口 3 中断使能位

　　　0:禁止外部端口 3 中断

　　　1:使能外部端口 3 中断

4. 片内外设中断标志寄存器 INTF1

bit7	bit6	bit5	bit4	Bit3	bit2	bit1	bit0
RX2IF	TX2IF	T8P2IF	T16N2IF	PIF3	PIF2	PIF1	TE2IF

图 4 - 8　片内外设中断标志寄存器 INTF1

PIF1:外部端口 1 中断标志位

　　　0:外部端口 1 上无外部中断信号

　　　1:外部端口 1 上有外部中断信号(必须软件清零)

PIF2:外部端口 2 中断标志位

　　　0:外部端口 2 上无外部中断信号

　　　1:外部端口 2 上有外部中断信号(必须软件清零)

PIF3:外部端口 3 中断标志位

　　　0:外部端口 3 上无外部中断信号

　　　1:外部端口 3 上有外部中断信号(必须软件清零)

4.4.3　端口 C 的特点及相关的寄存器

　　HR6P92H 的端口 C 有 8 个引脚,除了作为普通数字 I/O 外,还复用成与定时计数器、SPI、IIC、PSI 等功能相关的引脚,由于定时计数器、SPI、IIC 等外围模块还会在后面章节中详细讲解,本节不在赘述。

　　与端口 C 相关的寄存器有数据寄存器 PC,方向控制寄存器 PCT,及与复用模块相关的寄存器。图 4 - 9 是端口 C 方向控制寄存器。

bit7	bit6	bit5	bit4	Bit3	bit2	bit1	bit0
PCT7	PCT6	PCT5	PCT4	PCT3	PCT2	PCT1	PCT0

图4-9 端口C方向控制寄存器PCT

4.4.4 端口D的特点及相关寄存器

HR6P92H的端口D有8个引脚,除了作为普通数字I/O外,还复用成与PSI等功能相关的引脚,与端口D相关的寄存器有数据寄存器PD,方向控制寄存器PDT,及与复用模块相关的寄存器。图4-10是端口D方向控制寄存器。

bit7	bit6	bit5	bit4	Bit3	bit2	bit1	bit0
PDT7	PDT6	PDT5	PDT4	PDT3	PDT2	PDT1	PDT0

图4-10 端口D的方向控制寄存器PDT

4.4.5 端口E的特点及相关的控制寄存器

HR6P92H的端口E有3个引脚,除了作为普通数字I/O外,还与模拟通道AN5、AN6、AN7及片选、读写信号复用,与端口E相关的寄存器有数据寄存器PE,方向控制寄存器PET,及与复用模块相关的寄存器。端口E的方向控制器与前几个端口的方向控制不同,有几位有特定的含义,如图4-11所示。

bit7	bit6	bit5	bit4	Bit3	bit2	bit1	bit0
WF	RF	WOF	PSIM	—	PET2	PET1	PET0

图4-11 端口E的方向控制寄存器PET

WF:写入缓冲器满标志位

　　该位为0,表示缓冲器中未写入新数据

　　该位为1,表示缓冲器中已写入新的数据

RF:读出缓冲器满标志位

　　该位为0,表示缓冲器中数据被读出

　　该位为1,表示缓冲器中的数据未被读出

WOF:写入溢出标志位

　　该位为0,表示未发生写入溢出

　　该位为1,表示发生写入溢出

PSIM:PSI功能使能位

　　该位为0,表示禁止PSI功能,端口D和E作为普通I/O口使用

　　该位为1,表示使能PSI功能,端口D和E作为PSI使用

PET2～PET0:端口E各引脚的输入输出状态

　　　为0时,该引脚被设为输出状态

为 1 时,该引脚被设为输入状态

4.5　端口应用举例

电路原理图如图 4 - 12 所示,利用端口 D 实现如下功能:使端口 D 的 8 个引脚工作在输出模式,使 PD 端口按照从 PD0→PD1→PD2…→PD7 的顺序依次轮流输出高电平,然后再按照 PD7→PD6→PD5…→PD0 的顺序依次送出高电平,并且周而复始的循环重复上述操作,使 8 个发光二极管按照:LED0→LED1→LED2…→LED7→LED7→LED6→…LED0 的顺序循环点亮。

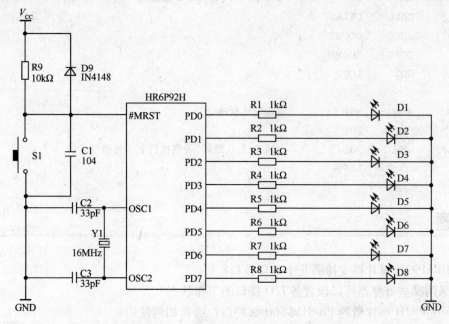

图 4 - 12　利用端口 D 轮流点亮发光二极管

程序如下:

```
        ORG     0000H
        MOVI    00H
        BSS     PSW, RP0
        MOVA    PDT         ;将 D 口均设置为输出状态
        BCC     PSW, RP0
        CLR     PB
        CLR     FLAG
LOOP
        MOVI    08H
        MOVA    COUNT
        MOVI    01H
        XOR     FLAG , 1
        JBS     FLAG, 0
        GOTO    LOOP2
```

```
        BSS     PSW, C
LOOP1
        RL      PD              ;将 PD 的内容左移 1 位输出
        CALL    DELAY
        JDEC    COUNT
        GOTO    LOOP1
        GOTO    LOOP

LOOP2
        RR      PD              ;将 PD 的内容右移 1 位输出
        CALL    DELAY
        JDEC    COUNT
        GOTO    LOOP2
        GOTO    LOOP


DELAY   MOVI    50H             ;延时子程序
        MOVA    20H
LOPP    JDEC    20H, 1          ;减 1,为 0 跳转,否则执行下一条指令
        GOTO    LOPP
        RET
```

思考题

1. HR6P92H 单片机支持哪几个 I/O 接口?

2. 采用哪些寄存器可以设置各 I/O 接口的工作状态?

3. HR6P92H 单片机的 PB 引脚有什么特点? 通常如何使用?

4. 当 HR6P92H 单片机复位后,其各端口的引脚被设置为什么状态?

第5章

HR 单片机中断系统

中断系统是微型计算机、微控制器的重要组成部分,在实时检测、自动控制、突发事件处理等系统中常常用到中断系统,在计算机或微控制器与外围设备进行数据传递及人机接口中也往往采用中断方式进行,因此中断工作方式已成为提高计算机、微控制器工作效率的重要途径,几乎每款计算机、微控制器芯片上都带有中断系统。

5.1 HR 单片机中断系统概述

5.1.1 中断的基本概念

当 CPU 正常运行程序时,内部或外设发生某一事件请求 CPU 迅速去处理,于是 CPU 暂时终止当前的工作,转去处理所发生的事件,待处理完该事件后,再返回被终止的程序继续运行,这一过程称为中断。

5.1.2 HR 单片机的中断源

引起程序中断的事件称为中断源。HR6P92H 支持 20 类中断源,包括软件中断、外部输入中断、定时器计数器溢出中断、A/D 转换结束中断等中断源,而且这些中断源绝大部分能在单片机休眠时将其唤醒。表 5-1 是各中断源及对应使能位列表。

各中断源的名字如下:

(1) 软中断;

(2) KINT:外部按键中断;

(3) PINT0:外部输入中断 0;

(4) PINT1:外部输入中断 1;

(5) PINT2:外部输入中断 2;

(6) PINT3:外部输入中断 3;

(7) T8INT:定时器计数器 T8 溢出中断;

（8）T8P1INT：定时器计数器 T8P1 溢出中断；

（9）T16N1INT：定时器计数器 T16N1 溢出中断；

（10）T8P2INT：定时器计数器 T8P2 溢出中断；

（11）T16N2INT：定时器计数器 T16N2 溢出中断；

（12）ADINT：A/D 转换结束中断；

（13）TX1INT：UART1 发送完成中断；

（14）RX1INT：UART1 接收完成中断；

（15）SSIINT：SSI 中断；

（16）TE1INT：TE1 中断；

（17）TE2INT：TE2 中断；

（18）TX2INT：UART2 发送完成中断；

（19）RX2INT：UART2 接收完成中断；

（20）PSIINT：并行从动接口中断。

表 5-1　中断源列表

序号	中断名	中断标志	中断使能	外设使能	全局使能
1	软中断	SOFTIF	—	—	GIE
2	KINT	KIF	KIE	—	GIE
3	PINT0	PIF0	PIE0	—	GIE
4	PINT1	PIF1	PIE1	—	GIE
5	PINT2	PIF2	PIE2	—	GIE
6	PINT3	PIF3	PIE3	—	GIE
7	T8INT	T8IF	T8IE		GIE
8	T8P1INT	T8P1IF	T8P1IE	PEIE	GIE
9	T16N1INT	T16N1IE	T16N1IE	PEIE	GIE
10	T8P2INT	T8P2IF	T8P2IE	PEIE	GIE
11	T16N2INT	T16N2IF	T16N2IE	PEIE	GIE
12	ADINT	ADIF	ADIE	PEIE	GIE
13	TX1INT	TX1IF	TX1IE	PEIE	GIE
14	RX1INT	RX1IF	RX1IE	PEIE	GIE
15	SSIINT	SSIIF	SSIIE	PEIE	GIE
16	TE1INT	TE1IF	TE1IE	PEIE	GIE
17	TE2INT	TE2IF	TE2IE	PEIE	GIE
18	TX2INT	TX2IF	TX2IE	PEIE	GIE
19	RX2INT	RX2IF	RX2IE	PEIE	GIE
20	PSIINT	PSIIF	PSIIE	PEIE	GIE

5.1.3 中断向量表

中断向量表又称中断子程序入口地址表,其功能是存放中断子程序的入口地址。当CPU响应中断之后,中断逻辑会在中断向量表里找到相应的中断子程序入口地址,将该地址送到程序计数器PC,然后才能去执行中断子程序。

HR6P92H单片机的中断向量入口位于0004H、000DH、0021H处。中断向量表的具体分配方法由中断向量控制寄存器INTC1决定,详见寄存器INTC1的说明。在编写中断程序时,应根据中断向量表的分配方法,将不同中断源对应的中断子程序安排在相应的中断向量表中。但由于0004H与000DH、000DH与0021H之间的存储单元较少,通常存放不下中断子程序,因为往往在此安排一条无条件跳转指令GOTO,跳转到中断子程序。

```
例5-1:      ORG      0X0000
            ORG      0X0004        ;中断程序入口地址
            ……                    ;判断是哪一类中断源
            GOTO     INTPRO1       ;跳转到标号INTPRO1所在的中断子程序
            ORG      0X000D        ;中断子程序入口地址
            ……                    ;判断是哪一类中断源
            GOTO     INTPRO2       ;跳转到标号INTPRO2所在的中断子程序
            ……
MAIN        ……                    ;主程序开始
            ……
INTPRO1     ……                    ;INTPRO1中断子程序
            RETIE
INTPRO2     ……                    ;INTPRO2中断子程序
            ……
            RETIE
            END
```

5.2 HR单片机中断控制逻辑

HR6P92H单片机有20种中断源,除软中断外,其中断逻辑为其余19种中断源都配置了中断请求标志位xxIF及中断使能位xxIE,当满足中断条件后硬件自动将中断请求标志位xxIF置为有效(xxIF高电平有效),xxIE则是用户根据实际情况自行设置,需要打开相应中断时将其置位,将xxIE清零则可屏蔽掉相应中断源的中断请求。

对于KINT、PINT0、PINT1、PINT2、PINT3及T8INT这6种中断源,当xxIF和xxIE均有效时,就可以向CPU发出中断请求,在全局中断使能位GIE也有效时,就能得到CPU的响应,进入中断子程序。但对于另外13种中断源T8P1INT、T16N1INT、T8P2INT、T16N2INT、ADINT、

TX1INT、RX1INT、SSIINT、TE1INT、TE2INT、TX2INT、RX2INT、PSIINT，当 xxIF 和 xxIE 都有效时未必能得到 CPU 的响应，还要看外设中断使能位 PEIE 和全局中断使能 GIE，只有当 xxIF、xx-IE、PEIE 及 GIE 全部有效时，这些中断源的中断请求才能得到 CPU 的响应，进入相应的中断子程序。HR6P92H 单片机的中断控制逻辑可简化为图 5-1 所示的结构。

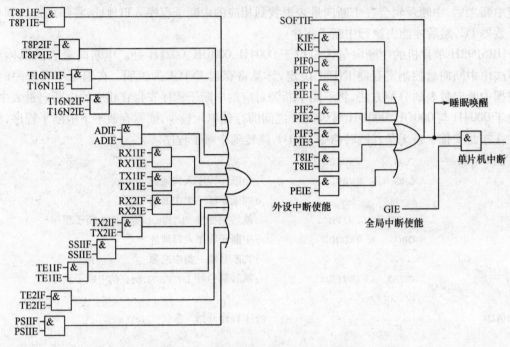

图 5-1　HR6P92H 单片机中断逻辑图

HR6P92H 单片机中断系统中没有安排硬件中断优先级，那么上述 20 种中断源的优先顺序由软件决定，即当中断源发生中断申请后，编程判断申请中断的中断源类型的先后顺序就决定了中断源的优先级。而且是判别出一个中断源就做一个中断子程序，一般不考虑中断子程序的嵌套，即只有一个中断子程序执行完之后才有可能响应下一个中断申请。

例 5-2：编程查询中断源的类型并转到相应的中断服务子程序

```
;----------------中 断 向 量----------------------------
        ORG     0x0004              ;中断入口
;----------------中 断 保 护----------------------------
INT_PUSH
        MOVA    A_TEMP              ;A 寄存器入栈保护
        SWAP    PSW,A
        BCC     PSW,RP0
        MOVA    PSW_TEMP            ;PSW 寄存器入栈保护
        MOV     PCRH,A
        MOVA    PCH_TEMP           ;PCRH 寄存器入栈保护
        CLR     PCRH
;----------------------------------------------------
        BSS     PSW,RP0            ;设置寄存器体 1
```

```
        JBS      INTE0,RX1IE        ;检测 UART1 接收中断是否使能
        GOTO     $ + 4              ;否,判断下一个中断
        BCC      PSW,RP0            ;是,恢复寄存器体 0
        JBC      INTF0,RX1IF        ;检测是否为 UART1 接收中断
        CALL     INT_UART_RX        ;是,调用 UART1 接收中断服务
;----------------------------------------------------------------
        BSS      PSW,RP0            ;否,设置寄存器体 1
        JBS      INTE0,TXIIE        ;检测 UART1 发送中断是否使能
        GOTO     $ + 4              ;否,判断下一个中断
        BCC      PSW,RP0            ;是,恢复寄存器体 0
        JBC      INTF0,TX1IF        ;检测是否为 UART1 发送中断
        CALL     INT_UART_TX        ;是,调用 UART 发送中断服务
;----------------------------------------------------------------
        BSS      PSW,RP0            ;否,设置寄存器体 1
        JBS      INTE1,TE2IE        ;检测 TE2 中断是否使能
        GOTO     $ + 4              ;否,判断下一个中断
        BCC      PSW,RP0            ;是,恢复寄存器体 0
        JBC      INTF1,TE2IF        ;检测是否为 TE2 中断
        CALL     INT_TE2            ;是,调用 TE2 中断服务
        ……
```

5.3　与中断有关的专用控制寄存器

由于 HR6P92H 单片机几乎所有的外围模块都具有中断工作方式,因此与中断相关的控制寄存器特别多,现将和中断有关的寄存器描述如下。

5.3.1　中断控制寄存器 INTC0

中断控制寄存器 INTC0 如图 5-2 所示。

bit7	bit6	bit5	bit4	bit3	bit2	bit1	bit0
GIE	PEIE	T8IE	PIE0	KIE	T8IF	PIF0	KIF

图 5-2　中断控制寄存器 INTC0

寄存器 INTC0 各位的含义如下:

GIE:全局中断使能位

　　0:禁止所有中断使能

　　1:使能所有未屏蔽的中断

PEIE:外围中断使能位

　　0:禁止外围接口中断

　　1:使能未屏蔽的外围接口中断

T8IE:T8 溢出中断使能位

0:禁止 T8 中断

1:使能 T8 中断

PIE0:外部端口 0 中断使能位

0:禁止外部端口 0 中断

1:使能外部端口 0 中断

KIE:外部按键中断使能位

0:禁止外部按键中断

1:使能外部按键中断

T8IF:T8 溢出中断标志位

0:T8 计数未溢出

1:T8 计数溢出(必须软件清零)

PIF0:外部端口 0 中断标志位

0:外部端口 0 上无电平变化

1:外部端口 0 上有电平变化(必须用软件清零)

KIF:外部按键中断标志位

0:外部按键端口无电平变化

1:外部按键端口有电平变化(必须用软件清零)

5.3.2 片内外设中断使能寄存器 1 INTE0

片内外设中断使能寄存器如图 5-3 所示。

	bit7	bit6	bit5	bit4	bit3	bit2	bit1	bit0
	PSIIE	ADIE	RX1IE	TX1IE	SSIIE	TE1IE	T8P1IE	T16N1IE

图 5-3 片内外设中断使能寄存器 1 INTE0

寄存器 INTE0 各位的含义如下:

T16N1IE:T16N1 中断使能位

0:禁止 T16N1 中断

1:使能 T16N1 中断

T8P1IE:T8P1 中断使能位

0:禁止 T8P1 中断

1:使能 T8P1 中断

TE1IE:TE1 中断使能位

0:禁止 TE1 中断

1:使能 TE1 中断

SSIIE:SSI 中断使能位

0:禁止 SSI 中断

1:使能 SSI 中断

TX1IE:UART1 发送中断使能位

　　0:禁止 UART1 发送中断

　　1:使能 UART1 发送中断

RX1IE:UART1 接收中断使能位

　　0:禁止 UART1 接收中断

　　1:使能 UART1 接收中断

ADIE:ADC 中断使能位

　　0:禁止 ADC 中断

　　1:使能 ADC 中断

PSIIE:并行从动接口中断使能位

　　0:禁止并行从动接口中断

　　1:使能从动并行接口中断

5.3.3　片内外设中断标志寄存器 1　INTF0

片内外设中断标志寄存器如图 5-4 所示。

bit7	bit6	bit5	bit4	bit3	bit2	bit1	bit0
PSIIF	ADIF	RX1IF	TX1IF	SSIIF	TE1IF	T8P1IF	T16N1IF

图 5-4　片内外设中断标志寄存器 1　INTF0

寄存器 INTF0 各位的含义如下:

T16N1IF:T16N1 中断标志位

　　0:T16N1 计数未发生溢出

　　1:T16N1 计数发生溢出(必须软件清零)

T8P1IF:T8P1 中断标志位

　　0:T8P1 计数器未发生溢出

　　1:T8P1 计数器发生溢出(必须软件清零)

TE1IF:TE1 中断标志位

　　0:捕捉方式,表示未发生捕捉中断

　　　比较方式,表示未发生比较匹配中断

　　　PWM 方式,未使用

　　1:捕捉方式,表示发生捕捉中断(必须软件清零)

　　　比较方式,表示发生比较匹配中断(必须软件清零)

　　　PWM 方式,未使用

SSIIF:SSI 中断标志位

　　0:SSI 还未发送或接收完数据

　　1:SSI 已经发送或接收完数据

TX1IF:UART1 发送中断标志位

　　0:发送缓冲区满(未完成发送)

1:发送缓冲区空(已完成发送),写 TXR1 清零

RX1IF:UART1 接收中断标志位

    0:接收缓冲区空(未完成接收)

    1:接收缓冲区满(已完成接收),读 RXR1 清零

ADIF:ADC 中断标志位

    0:正在进行 A/D 转换

    1:A/D 转换已结束(必须软件清零)

PSIIF:PSI 并行从动接口中断标志位

    0:未发生并行从动接口中断

    1:发生并行从动接口中断(必须软件清零)

5.3.4 片内外设中断使能寄存器 2 INTE1

片内外设中断使能寄存器如图 5-5 所示。

bit7	bit6	bit5	bit4	bit3	bit2	bit1	bit0
RX2IE	TX2IE	T8P2IE	T16N2IE	PIE3	PIE2	PIE1	TE2IE

图 5-5 片内外设中断使能寄存器 INTE1

寄存器 INTE1 各位的含义如下:

TE2IE:TE2 中断使能位

    0:禁止 TE2 中断

    1:使能 TE2 中断

PIE1:外部端口 1 中断使能位

    0:禁止外部端口 1 中断

    1:使能外部端口 1 中断

PIE2:外部端口 2 中断使能位

    0:禁止外部端口 2 中断

    1:使能外部端口 2 中断

PIE3:外部端口 3 中断使能位

    0:禁止外部端口 3 中断

    1:使能外部端口 3 中断

T16N2IE:T16N2 中断使能位

    0:禁止 T16N2 中断

    1:使能 T16N2 中断

T8P2IE:T8P2 中断使能位

    0:禁止 T8P2 中断

    1:使能 T8P2 中断

TX2IE:UART2 发送中断使能位

    0:禁止 UART2 发送中断

1:使能 UART2 发送中断

RX2IE:UART2 接收中断使能位

　　0:禁止 UART2 接收中断

　　1:使能 UART2 接收中断

5.3.5　片内外设中断标志寄存器 2　INTF1

片内外设中断标志寄存器如图 5 - 6 所示。

bit7	bit6	bit5	bit4	bit3	bit2	bit1	bit0
RX2IF	TX2IF	T8P2IF	T16N2IF	PIF3	PIF2	PIF1	TE2IF

图 5 - 6　片内外设中断标志寄存器 2　INTF1

寄存器 INTF1 各位的含义如下:

TE2IF:TE2 中断标志位

　　0:捕捉方式,表示未发生捕捉中断

　　　比较方式,表示未发生比较中断

　　　PWM,未使用

　　1:捕捉方式,表示发生捕捉中断(必须软件清零)

　　　比较方式,表示发生比较中断(必须软件清零)

　　　PWM,未使用

PIF1:外部端口 1 中断标志位

　　0:外部端口 1 上无外部中断信号

　　1:外部端口 1 上有外部中断信号(必须软件清零)

PIF2:外部端口 2 中断标志位

　　0:外部端口 2 上无外部中断信号

　　1:外部端口 2 上有外部中断信号(必须软件清零)

PIF3:外部端口 3 中断标志位

　　0:外部端口 3 上无外部中断信号

　　1:外部端口 3 上有外部中断信号(必须软件清零)

T16N2IF:T16N2 中断标志位

　　0:T16N2 计数未发生溢出

　　1:T16N2 计数溢出(必须软件清零)

T8P2IF:T8P2 中断标志位

　　0:T8P2 计数未发生溢出

　　1:T8P2 计数溢出(必须软件清零)

TX2IF:UART2 发送中断标志位

　　0:发送缓冲区满(表示发送未完成)

　　1:发送缓冲区空(表示发送已完成),写 TXR 清零

RX2IF:UART2 接收中断标志位

  0:接收缓冲区空(表示接收未完成)

  1:接收缓冲区满(表示接收已完成),读 RXR 清零

5.3.6　中断向量控制寄存器 INTC1

中断向量控制寄存器如图 5-7 所示。

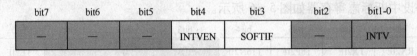

bit7	bit6	bit5	bit4	bit3	bit2	bit1-0
—	—	—	INTVEN	SOFTIF	—	INTV

图 5-7　中断向量控制寄存器 INTC1

寄存器 INTC1 各位的含义如下:

INTV:中断向量表选择位,说明如表 5-2 所列。

表 5-2　中断向量分配表

向量	00	01	10	11
0004H	软中断,外部端口中断,外部按键中断	软中断,外部端口中断	软 中 断,SSI/UART1／UART2/PSI 接 收 和 发 送中断	软 中 断,T8/T16N1/T16N2/T8P1/T8P2/TE1/TE2 中断,A/D 中断
000DH	T8/T16N1/T16N2/T8P1/T8P2/TE1/TE2　中断,A/D 中断	T8/T16N1／T16N2/T8P1/T8P 2/TE1/TE2 中断,A/D 中断,外部按键中断	外部端口中断,外部按键中断	SSI/UART1／UART2/PSI 接收和发送中断
0021H	SSI/UART1 ／ UART2/PSI 接收和发送中断	SSI/UART1 ／ UART2/PSI 接收和发送中断	T8/T16N1/T16N2/T8P1/T8P2/TE1/TE2 中断,A/D 中断	外部端口中断,外部按键中断

SOFTIF:软件中断标志位

INTVEN:中断向量表及软件中断使能位

  0:中断向量表及软件不使能,中断入口地址位于 0004H

  1:中断向量表及软件使能

5.4　中断响应及处理过程

  当外部中断源向 CPU 发出中断请求后,如果对应中断源没有被屏蔽,总中断使能也是有效的,这个时候单片机就会停下正在执行的程序,转去执行相应的中断子程序,在完成整个子程序的过程中,一般需要经过如下几个步骤:

  (1)保护断点和保护现场。CPU 响应中断之后,首先将程序被打断时所在的地址(PC 寄存器的值)自动存放到堆栈中进行保护,并清除全局中断标志位 GIE,使得单片机不再响应其他中断,通常把这一过程称为保护断点。

保护现场则是指将主程序中某些关键寄存器(例如寄存器 A,状态标志寄存器 PSW 等)的内容进行保护,这是因为在中断子程序中可能还会用到这些寄存器,如果不进行保护,在中断子程序执行过程中很有可能改变这些寄存器的值,那么等中断子程序结束之后返回到主程序继续运行时可能产生错误的执行结果。由于 HR6P92H 单片机没有出栈入栈指令,因此这些寄存器的内容不能自动存放到堆栈保护,而是通过编程借助某些暂时不用的 RAM 单元将这些关键寄存器的内容进行保护。

(2)判断中断源的类型及执行中断子程序。当有中断源发出中断申请后,根据中断标志位的置位情况,判别出中断源的类型,然后根据 HR6P92H 的中断逻辑,分配中断向量,转到相应的中断服务子程序。

(3)清除中断标志。执行完中断服务子程序之后,将中断标志清零,以免该中断重复响应。

(4)恢复现场。恢复前面保护过的关键寄存器。

(5)中断返回。

执行中断返回指令 RETIE 时,单片机会自动将断点地址从堆栈送回 PC 寄存器,并将全局中断标志位开放(GIE = 1),继续执行主程序。

在上述中断响应与处理过程中,中断请求、断点保护、断点返回是硬件自动完成的,无需用户干预,但现场保护、中断源类型的确定、清除中断标志及现场恢复则需要软件编程实现。

例 5 - 3:中断保护和中断恢复模板程序如下:

```
        ORG        0x0004               ;中断入口
;------------------中 断 保 护------------------------------------
INT_PUSH
        MOVA       A_TEMP               ;A 寄存器入栈保护
        SWAP       PSW,A
        BCC        PSW,RP0
        MOVA       PSW_TEMP             ;PSW 寄存器入栈保护
        MOV        PCRH,A
        MOVA       PCH_TEMP             ;PCRH 寄存器入栈保护
        CLR        PCRH


;------------------中 断 恢 复------------------------------------
INT_POP
        MOV        PCH_TEMP,A
        MOVA       PCRH                 ;恢复 PCRH 寄存器
        SWAP       PSW_TEMP,A
        MOVA       PSW                  ;恢复 PSW 寄存器
        SWAP       A_TEMP,F
        SWAP       A_TEMP,A             ;恢复 A 寄存器
        RETIE                           ;中断返回
```

5.5 中断子程序应用举例

在第 4 章中提到端口 B 的 PB0、PB1、PB2、PB3 各支持一个外部端口中断,PB4、PB5、PB6、

PB7 各支持一组按键中断。对于外部端口中断,可以通过设置 INTEDG(BSET 寄存器的 bit6)来选择下降沿还是上升沿触发,当 INTEDG = 0 时下降沿触发,当 INTEDG = 1 时上升沿触发;对于按键中断,当按键输入发生电平变化时则引起中断,即引脚状态变化中断。无论是外部输入中断还是按键中断,都可以唤醒单片机的休眠状态。

例:利用 HR6P92H 单片机的 PB 端口的中断来设计一个抢答器,该抢答器最多可供 4 组参赛队使用。每个参赛队座位前装有 1 个抢答按钮开关和 1 个信号灯,主持人座位前安装 1 只复位按钮、1 只蜂鸣器和 1 个抢答器工作状态指示灯。只要有一个参赛队的按钮按下时,蜂鸣器就发出声音,表示抢答成功,工作状态灯熄灭;当主持人按下复位按钮时,工作状态指示灯重新点亮,可以开始下次的抢答。该抢答器的电路原理图如图 5-8 所示,图中,S1 ~ S4 为四组抢答开关,S5 为复位按钮,D1 ~ D4 为四组参赛队的抢答灯,S5 为工作状态指示灯,BUZ 为蜂鸣器。

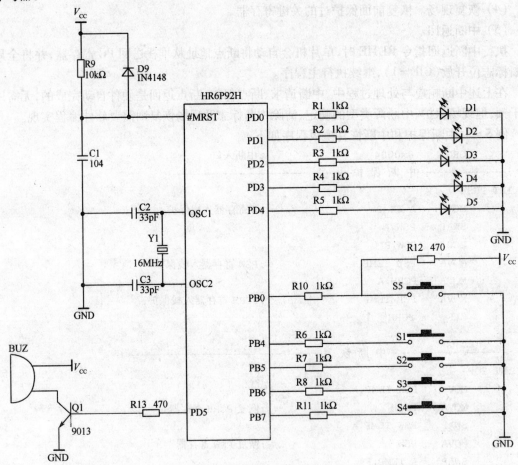

图 5-8 抢答器电路原理图

程序设计:

```
#INCLUDE "HR6P92H.inc"

;--------------------------定义复位向量和中断向量--------------------------

ORG  0000H
```

```
          NOP
          GOTO    MAIN
          ORG     0004H
          GOTO    SERV
;---------------------------主程序开始---------------------------------
MAIN
          BSS     PSW,RP0
          MOVI    00H       ;
          MOVA    PDT       ;将端口 D 设置成输出
          MOVI    0FFH      ;
          MOVA    PBT       ;将端口 B 设置成输入
          MOVI    02H       ;启用上拉电阻,INT 下降沿触发
          MOVA    BSET
          BCC     PSW,RP0   ;选中 section 0
          MOVI    98H       ;开放外部输入中断和按键输入中断
          MOVA    INTC0
          CLR     PD        ;将端口 D 的内容清零,即 LED 灯熄灭
          MOV     PB,1      ;读取端口 B 的值
          BCC     INTC0,1   ;清除 PB 端口的外部输入中断标志位
LL        IDLE              ;进入休眠模式
          NOP
          GOTO    LL
;--------------------------中断服务子程序-------------------------------
SERV      ……              ;中断现场保护
          JBC     INTC0,1   ;判断不是外部中断,跳过下一条指令
          GOTO    INTSERV
          JBC     INTC0,0   ;判断不是按键中断,跳过下一条指令
          GOTO    KEYSERV
          GOTO    RETURNIE  ;返回
;--------------------------外部输入中断子程序----------------------------
INTSERV
          BCC     INTC0,1   ;将外部输入中断标志位清零
          CLR     PD        ;将 LED 熄灭
          BSS     PD,4      ;抢答器工作状态指示灯亮
          RETIE
;--------------------------外部按键中断子程序----------------------------
KEYSERV   CALL    DELAY10ms ;调用 10ms 延时以去除按键抖动
          SWAP    PB,0      ;将端口 B 的内容高低字节交换
          XORI    0XFF      ;读取端口 B 的内容取反
          ANDI    0FH       ;将高 4 位屏蔽(读取 PB 高 4 位的值)
          MOVA    PD        ;将数据送到端口 D,去点亮 LED
          BSS     PD,5      ;蜂鸣器叫
          BCC     PD,4      ;抢答器的状态指示灯灭
```

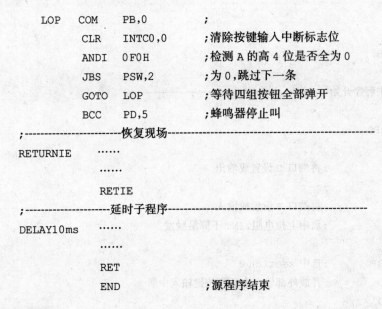

```
       LOP   COM   PB,0              ;
             CLR   INTC0,0           ;清除按键输入中断标志位
             ANDI  0F0H              ;检测 A 的高 4 位是否全为 0
             JBS   PSW,2             ;为 0,跳过下一条
             GOTO  LOP               ;等待四组按钮全部弹开
             BCC   PD,5              ;蜂鸣器停止叫
;--------------------恢复现场--------------------------------------------
RETURNIE     ……
             ……
             RETIE
;--------------------延时子程序--------------------------------------------
DELAY10ms    ……
             ……
             RET
             END                    ;源程序结束
```

思考题

1. HR6P92H 单片机的中断服务程序入口地址是多少?
2. HR6P92H 单片机可支持多少类型的中断源?
3. GIE、PEIE 的含义是什么?
4. HR6P92H 单片机的端口 PB 能引起什么类的中断?
5. 简述 HR6P92H 单片机的中断响应过程。

第6章

HR 单片机定时器/计数器

定时器/计数器是单片机使用最频繁的功能模块之一,在自动检测、智能控制及现代仪器中,常用来实现定时检测、定时控制或对外部事件进行计数等功能。从本质上讲,定时器是对单片机内部时钟周期进行计数,因为内部时钟周期是已知量,所以可以很容易计算出计数所用的时间,该时间就是定时器的定时时间;而计数器是对外部脉冲进行计数。

HR6P92H 单片机定时器计数器资源丰富,包括 1 组 8 位的定时器/计数器 T8,2 组 PWM 时基定时器 T8P1 和 T8P2,2 组门控型 16 位定时器 T16N1 和 T16N2,此外还包含 2 组定时器扩展模块 TE1 和 TE2。T8 通常作为通用 8 位的定时器/计数器使用,既可以工作在定时器模式,也可以工作在计数器模式;T8P1/T8P2 可以工作在定时器模式,通过与扩展模块 TE 配合,能实现 PWM 脉宽调制功能;T16N1/T16N2 可以作 16 位的门控计数器和定时器使用,同时通过与扩展模块 TE 配合,能实现捕捉功能和比较器功能。

6.1　8 位定时器/计数器 T8

6.1.1　T8 的内部结构及特点

定时器/计数器 T8 是通用的 8 位定时器/计数器,内部结构图如图 6-1 所示,主要由总线接口单元、模式选择器、预分频器、分频控制器、边沿检测、计数器等组成。定时器/计数器 T8 的核心单元是 8 位的计数器,该 8 位的计数器配合其他单元实现定时和计数功能,其主要功能特点如下:

（1）可以用作 8 位的定时器,也可以用作 8 位的计数器。

（2）内有一个 8 位可配置的预分频器,其分频比可以通过控制寄存器进行选择。

（3）当用作计数器时,可以对内部时钟/预分频输出进行递增计数或对外部时钟边沿进行递增计数。

（4）当设为外部时钟边沿计数时,可以选择是上升沿计数还是下降沿计数。

（5）当对内部时钟进行计数即 T8 工作在定时器模式时,内部时钟源为 $F_{osc}/4$,其中 F_{osc} 为系统时钟频率。

（6）当计数值增加至 FFH 时,计数值将重新回 0,且发生溢出,此时会将溢出中断标志位 T8IF 置位,可以查询 T8IF 的值或者通过中断程序来处理 T8 溢出。

（7）休眠模式下定时器/计数器 T8 不可用。

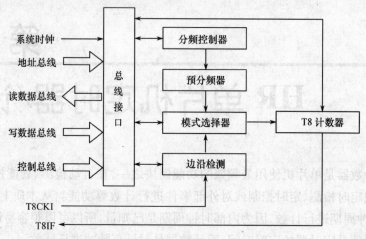

图 6-1　定时器/计数器 T8 的内部结构框图

6.1.2　与定时器/计数器 T8 相关的寄存器

1. 选择寄存器 BSET

选择寄存器 BSET 是与单片机的 I/O 接口、定时计数器时钟源、中断信号触发方式等相关的 8 位寄存器,在第 2 章已有介绍,这里仅列出与定时器/计数器相关的位,如图 6-2 所示。

bit7	bit6	bit5	bit4	bit3	bit2	bit1	bit0
#PBPU	INTEDG	T8CS	T8SE	PSA	PS<2:0>		

图 6-2　选择寄存器

BSET 寄存器各位的含义如下:

PS <2:0> : T8/WDT 分频比选择位,可读可写

000：T8/WDT 分频比为 1:2

001：T8/WDT 分频比为 1:4

010：T8/WDT 分频比为 1:8

011：T8/WDT 分频比为 1:16

100：T8/WDT 分频比为 1:32

101：T8/WDT 分频比为 1:64

110：T8/WDT 分频比为 1:128

111：T8/WDT 分频比为 1:256

PSA：预分频器选择位，可读可写

　　当该位为 0 时，预分频器用于 T8；

　　当该位为 1 时，预分频器用于 WDT。

T8SE：T8 时钟沿选择位，可读可写

　　当该位为 0 时，T8CKI 外部时钟上升沿计数；

　　当该位为 1 时，T8CKI 外部时钟下降沿计数。

T8CS：T8 时钟源选择位，可读可写

　　当该位为 0 时，内部系统时钟 4 分频 F_{osc}；

　　当该位为 1 时，T8CKI 外部时钟输入。

2. 中断控制寄存器 INTC0

INTC0 各位的具体含义见第 5 章相关内容。

3. T8 寄存器

8 位的寄存器，表示 T8 计数值，可读可写，取值范围为 00H ～ FFH。

6.1.3　T8 的工作模式

1. T8 工作模式的设置

　　T8 可以工作在定时器模式，也可以工作在计数器模式，可通过专用控制寄存器 BSET 的第 5 位即 T8CS 来进行选择。

　　当 T8CS 为 0 时，T8 被设为定时器模式，使用内部时钟，此时若不使用预分频器时，T8 寄存器的递增周期为一个机器周期，即 $F_{osc}/4$，若使用预分频器，T8 寄存器的递增周期为预分频器的输出信号周期。

　　当 T8CS 为 1 时，T8 被设为计数器模式，计数时钟使用外部时钟。外部时钟信号从 T8CKI 端口输入，通过专用控制寄存器 BSET 的第 4 位（T8SE）来设置选择对外部时钟上升沿或下降沿进行计数：当 T8SE 为 0 时，选择上升沿计数，T8SE 为 1 时，选择下降沿计数。T8 寄存器在外部时钟的上升沿或下降沿到来时递增计数，计数初值一般从 00H 开始，也可以是 00H ～ FFH 的任何一个整数。当 T8 工作在计数模式时，要求外部输入时钟与内部时钟同步，可以通过内部相位时钟 P2 和 P4 采样，实现 T8CKI 与内部相位时钟的同步，但 T8CKI 需要保持高电平或者低电平时间至少是 4 个时钟周期。

2. 预分频器

　　T8 定时器/计数器中预分频器的功能是将进入 T8 的时钟信号频率除以 1 个整数倍 n，即将该时钟信号 n 分频，n 即是分频比，n 由专用控制寄存器 BSET 的 bit2 ～ bit0 来设置。分频后的信号频率降低、周期增加，当对该分频后的信号进行计数 Tc 次时，与对未分频的信号计数 Tc 次相比，显然增加了所需要的时间，因此在 T8 作定时器工作时，可以通过设置分频比来达到更长定时时间的目的。

　　值得注意的是，看门狗定时器 WDT 与 T8 共用一个分频器，但是两者又不能同时使用该分频器，在某一时刻分频器是分配给 T8 还是 WDT 需要通过专用控制寄存器 BSET 的第 3 位即 PSA 来设置：当 PSA 为 1 时，将预分频器分配给 WDT，此时，预分频器是对 WDT 送出的时钟信号进行分频，清除 WDT 的操作会将预分频器计数值清零，但不会改变预分频器的分频比;当 PSA 为 0 时,将预分频器分配给 T8,当预分频器分配给 T8 时,任何对 T8 寄存器的操作都会把预分频器的计数值清零,也不会改变预分频器的分频比。但预分频器的计数值是无法读写的。

3. 定时器/计数器溢出中断

定时器/计数器 T8 提供了一个溢出中断标志位 T8IF,当 T8 计数器递增计数,计数值由 FFH 变为 00H,T8 计数器发生溢出,将中断标志位 T8IF 位置 1,如果此时 T8IE 使能,则可产生 T8 溢出中断,如果 T8IE 不使能,则屏蔽这个中断。需要注意的是,在重新使能这个中断之前,为避免触发中断,T8IF 位必须用软件清零。当 CPU 处于休眠状态时,该中断不能响应。

6.1.4 T8 的应用举例

例 6-1:T8 初始化及 T8 中断响应判断程序的编写。

```
        ORG     0X00
        GOTO    MAIN
;--------------------中断矢量与 T8 是否中断的判别----------------------------
        ORG     0X0004              ; 中断子程序入口地址
        ……                         ;根据需要,编写现场保护代码
        JBC     INTC0, 5            ;判断 T8 是否使能,若使能,跳过下一条指令
        JBS     INTC0, 2            ;判断是否发生 T8 溢出中断,有跳过下一条指令
        GOTO    OTHERINT            ;无 T8 溢出中断,则跳过下一条指令
;--------------------T8 中断子程序------------------------------------------
        BCC     INTC0, 2            ;清除中断标志位 T8IF
        …….                        ;中断服务子程序代码
OTHERINT ……                        ;其他中断程序
        ….…                        ;现场恢复
        RETIE                       ;中断返回
;--------------------主程序-------------------------------------------------
MAIN    BSS  PSW, 5                 ; 选 section1
        MOVI      0X83              ;
        MOVA      BSET              ; 将预分频器分配给 T8,分频比为1:16
        BCC  PSW, 5                 ;选择 section0
        CLR  INTC0                  ;将 INTC0 清零
        BSS  INTC0,5                ;使能 T8IE
        BSS  INTC0,7                ;使能全局中断 GIE
;--------------至此初始化完毕,开始做主程序的循环体--------------
        … ……
        END
;------------------------程序结束-------------------------------------
```

例 6-2:

要求:电路图如图 6-3 所示,将端口 PD 连接 8 只发光二极管,编程实现轮流点亮这 8 只

发光二极管,且点亮时间间隔为0.5s。假设系统时钟为4MHz。

分析:(1)采用 T8 作定时器使用,实现 0.5s 时间间隔。

(2)T8 最大定时时间。由 T8 定时器的内部结构知,当 T8 做定时器且分频比设置为1:256 时,T8 能实现的最大定时时间为: $Tmax = =65536\mu s \approx 65ms$。

(3)特殊处理。要实现 0.5s 的定时,还需要做一下处理:将 T8 定时 50ms,进行 10 次 T8 定时溢出,$50ms \times 10 = 500ms$,则可实现 0.5s 的定时要求;

(4)计数初值的计算:利用公式 $50ms = (256 - T0) \times 256/(F_{osc}/4)$,可求得计数初值 T0 $=3CH$。

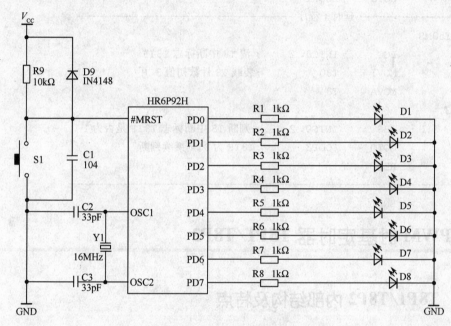

图 6-3　HR6P92H 与二极管连接电路图

程序如下:

```
        #INCLUDE " HR6P92H. INC"
        T80     EQU     0X3C        ; T8 的计数初值 3CH
        COUNTER EQU     0X30        ; COUNTER 用来存放定时次数
;-------------------------主程序-------------------------------
                ORG     0X0000
START           NOP
                MOVI    0X00
                MOVA    PDT         ;设置端口 D 为输出状态
                MOVI    0X87        ;
BSS             PSW,5               ; 选 section 1
                MOVA    BSET        ;预分频器分配给 T8;预分频比为 1:256
                BCC     PSW, 5      ; 选 section0
                MOVI    0X1
                MOVA    PD          ;D1  LED 灯亮
```

```
LOOP1
        MOVI    0XA              ;进行 10 次定时
        MOVA    COUNTER
        RL      PD               ;实现 D1~D8 循环点亮
LOOP2
        CALL    DELAY50MS        ;调用 50ms 延时
        JDEC    COUNTER,1        ;结果为 0 跳过下一条指令
        GOTO    LOOP2            ;延时未到 0.5s,跳 LOOP2
        GOTO    LOOP1
;-------------------------延时子程序-------------------------
DELAY50MS
        BCC     INTC0,2          ;清 T8 中断标志 T8IF
        MOVI    T80              ;装载 T8 计数初值 3CH
        MOVA    T8
LOOP3
        JBS     INTC0,2          ;判断 T8 中断标志 T8IF 是否为 1
        GOTO    LOOP3            ;T8IF 为 0,则继续判断
        RET
;-----------------------------------------------------------
        END
```

6.2 PWM 时基定时器 T8P1/T8P2

6.2.1 T8P1/T8P2 内部结构及特点

T8P1 和 T8P2 的内部结构图如图 6-4 所示,主要由总线接口电路、T8PxP 寄存器、T8Px 计数器、预分频器、后分频器、比较器及中断发生器等构成,其中 x 在本节中的取值为 1、2。T8Px 的核心单元是 8 位的计数器 T8Px、8 位的周期寄存器 T8PxP 及比较器,T8Px 主要功能特点如下:

(1)支持内部时钟源,内部时钟源频率为 $F_{osc}/4$。

(2)可用作 8 位的定时器。

(3)内有 1 组可配置的预分频器和 1 组可配置的后分频器。

(4)支持 1 组 8 位计数器,可以对内部时钟/预分频输出进行计数。

(5)内有 1 组 8 位的周期寄存器 T8PxP(x 取值 1,2),存放计数值。

(6)计数器同周期寄存器比较,当匹配时,可产生匹配中断,并将计数器清零。

(7)通过定时器/计数器扩展模块,能实现 PWM 输出。

6.2.2 T8P1/T8P2 的工作模式

1. 工作模式

T8P1/T8P2 可以工作在定时器模式,在这种工作模式下,T8P1/T8P2 使用内部时钟源

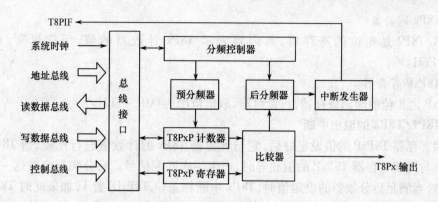

图 6-4　T8P1/T8P2 的内部结构框图

$(F_{osc}/4)$,对内部时钟源或内部时钟源分频以后的信号进行计数以实现定时。

通过定时器/计数器扩展模块,T8P1/T8P2 可以实现 PWM 输出,见 6.4 节。

2. 预分频器和后分频器

T8P1/T8P2 包含一个可配置的预分频器和一个可配置的后分频器。预分频器和后分频器的计数值无法读写,但分频比可以通过专用控制寄存器 T8PxC 来配置。但当修改 T8P1/ T8P2 的控制寄存器或计数器时都会把预分频器和后分频器清零。

3. 相关的寄存器

1) T8PxC 寄存器

T8PxC 寄存器如图 6-5 所示。

bit7	bit6	bit5	bit4	bit3	bit2	bit1	bit0
—		TxOUTPS				T8PxON	CKPxS

图 6-5　T8PxC 寄存器

T8PxC 寄存器各位的含义:

TxOUTPS:T8Px 后分频器分频比选择位

　　0000:分频比为 1:1

　　0001:分频比为 1:2

　　0010:分频比为 1:3

　　0011:分频比为 1:4

　　… …

　　1111:分频比为 1:16

T8PxON:T8Px 使能位

　　0:关闭 T8Px

　　1:使能 T8Px

CKPxS:T8Px 预分频器分频比选择位

　　00:分频比为 1:1

　　01:分频比为 1:4

　　1x:分频比为 1:16

2）T8Px 寄存器

T8P1/T8P2 是 8 位的寄存器,其内容表示 T8Px 计数器的值,可读可写,取值范围为00H ~ FFH。

3）T8PxP 寄存器

T8PxP 为 8 位的周期寄存器,可读可写,取值范围为 00H ~ FFH。

4. T8P1/T8P2 的溢出中断

周期寄存器 T8PxP 的值设定好后,它与计数器 T8Px 的计数值进行比较,当 T8Px 的计数值递增到与周期寄存器 T8PxP 的值相等时,产生一次匹配信号。后分频器会对这一匹配信号进行计数,当满足后分频器的设定值时,T8Px 中断标志位 T8PxIF 置 1,如果此时 T8PxIE 使能（即 T8PxIE 为高电平）,则产生 T8Px 中断,如果 T8PxIE 不使能（即 T8PxIE 为低电平）,则屏蔽该中断。同样,在重新使能这个中断之前,先用软件将 T8PxIF 清零。当单片机处于休眠状态时,该中断也不再响应。与中断相关的专用控制寄存器见第 5 章。

6.3 定时器/计数器 T16N1/T16N2

6.3.1 T16Nx 的内部结构及特点

16 位的定时器/计数器 T16Nx 由 2 个 8 位宽的寄存器 T16NxL 和 T16NxH 组成,其中 T16NxL 是计数器的低 8 位,T16NxH 是计数器的高 8 位,计数值可从 0000H 递增到 FFFFH,之后计数值重新回0,同时使 T16Nx 的溢出中断标志位 T16NxIF 置 1,若此时 T16NxIE、全局中断使能位 GIE、外围器件使能位 PEIE 均被使能,则可引起 T16Nx 中断,若 T16NxIE、GIE、PEIE 之中任何一个没有被使能,则 T16Nx 溢出中断不能被响应。T16Nx 的内部结构如图 6 - 6 所示,主要由总线接口单元、边沿检测、模式选择器、预分频器、低 8 位计数器 T16NxL 和高 8 位计数器 T16NxH 构成,显然 T16Nx 的核心单元是 16 位的计数器。

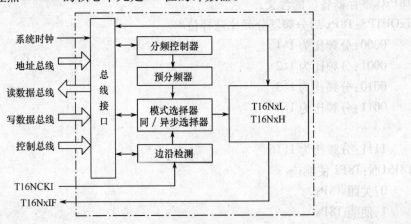

图 6 - 6 T16N1/T16N2 的内部结构框图

T16Nx 的功能特点如下:

（1）可以用作 16 位的定时器,也可以用作 16 位的计数器。

（2）用作计数器时,支持同步计数模式和异步计数模式。

（3）支持 2 组计数器(T16NxL 和 T16NxH),可以对内部时钟/预分频输出进行递增计数或对外部时钟边沿进行递增计数。

（4）内有 1 个可配置预分频器,分频比由专用控制寄存器 T16NxC 进行选择。

（5）支持溢出中断。当 T16Nx 工作在异步计数模式时,此中断可将单片机的休眠唤醒。

（6）自带低频时基振荡器,可以实现实时时钟的功能。

（7）通过与 TE1/TE2 模块配合,T16Nx 能实现捕捉功能。

（8）通过与 TE1/TE2 模块配合,T16Nx 能实现比较器功能。

6.3.2　T16Nx 的工作模式

1. 工作模式的选择

T16Nx 可以工作在定时器模式,也可以工作在计数器模式,还可以用作实时时钟,具体工作方式由专用控制寄存器 T16NxC 来进行选择。图 6－7 是寄存器 T16NxC 的具体内容。

bit7	bit6	bit5	bit4	bit3	bit2	bit1	bit0
—	—	T16NxCKPS		T16NxOSCEN	T16NxSYNC	T16NxCS	T16NxON

图 6－7　T16NxC 寄存器

寄存器 T16NxC 各位的含义如下:

T16NxON:T16Nx 使能位

　　0:关闭 T16Nx

　　1:打开 T16Nx

T16NxON 控制位的存在,使得在需要 T16Nx 工作时,只需将 T16NxON 设置成有效状态(高电平),T16Nx 即可处于运行状态;若不需要 T16Nx 工作时,只需将 T16NxON 设置成无效状态(低电平),T16Nx 就会处于停止状态。显然 T16NxON 控制位的使用起到了降低功耗的作用,在 T8Px 中也有类似的控制位,但在定时器/计数器 T8 中没有类似的控制位。

T16NxCS:T16Nx 时钟源选择位

　　0:工作于定时方式,用内部时钟 $F_{osc}/4$

　　1:对 T16NIO1 端口(上升沿)输入的外部时钟信号计数

T16NxSYNC:T16Nx 外部时钟输入同步控制位

　　0:T16NxCS ＝1,与外部时钟输入同步

　　　T16NxCS ＝0,T16Nx 工作于定时器方式下,未用此位

　　1:T16NxCS ＝1,不与外部时钟输入同步

　　　T16NxCS ＝0,T16Nx 工作于定时器方式下,未用此位

T16NxOSCEN:T16N1 振荡器使能

　　0:不使能 T16N1 振荡器

　　1:使能 T16N1 振荡器

T16NxCKPS:T16Nx 输入预分频选择位

　　00:分频比为 1:1

01：分频比为 1:2

10：分频比为 1:4

11：分频比为 1:8

与 T16Nx 相关的寄存器还有：T16NxL、T16NxH

T16NxL 是 8 位的寄存器，其内容表示定时器/计数器 T16Nx 的低 8 位计数器，可读可写，其取值范围为 00H ~ FFH。

T16NxH 也是 8 位的寄存器，其内容表示定时器/计数器 T16Nx 的高 8 位计数器，可读可写，其取值范围为 00H ~ FFH。

2. T16Nx 的定时器模式

当 T16NxCS = 0 时，T16Nx 工作在定时器方式，作 16 位的定时器使用，此时 T16Nx 的时钟信号是内部时钟的 4 分频 $F_{osc}/4$。

当未使用预分频器时，T16Nx 的定时时间为：

$$T = (65536 - T_0) \times F_{osc}/4 \qquad (6-1)$$

其中 T 表示定时时间，T_0 表示计数初值。

当使用预分频器时，定时时间为：

$$T = (65536 - T_0) \times n \times F_{osc}/4 \qquad (6-2)$$

其中 T 表示定时时间，T_0 表示计数初值，n 为预分频倍数。

3. T16Nx 同步计数器模式

当 T16NxCS = 1 时，T16NxSYNC = 0 时，T16Nx 工作在同步计数方式下。因为外部时钟需要与内部时钟 P4 同步，所以外部时钟必须满足一定的要求。当预分频比是 1:1 时，外部时钟的输入与预分频器的输出相同，所以要求 T16NCKI 端口上的输入脉冲信号的高或低电平时间至少保持 $4T_{osc}$ 即一个机器周期，小于一个机器周期的脉冲可能会丢失。

当 T16Nx 工作在同步计数器方式时，如果单片机进入休眠模式，时钟同步模块也会进入休眠模式，尽管此时外部的时钟输入仍在工作，但 T16Nx 将无法工作。

4. T16Nx 异步计数器模式

当 T16NxCS = 1、T16NxSYNC = 1 时，T16Nx 工作在异步计数方式下。此时外部输入的触发信号与系统时钟信号不同步。T16Nx 异步计数器在休眠期间继续工作并在溢出时产生中断，而且该中断能够唤醒休眠的 CPU。

在异步计数器方式下，对 T16Nx 的读写需要特别注意，因为 T16Nx 是由两个 8 位的寄存器 T16NxL 和 T16NxH 组成，因此对 T16Nx 进行读操作时，需要分两次进行。但在读取过程中，可能会遇到低 8 位 T16NxL 向高 8 位 T16NxH 进位的情况，也可能会遇到计数值从 FFFFF 变到 0000 的情况，在这些情况下，分两次读写的时候无论先读取低字节还是先读取高字节，都会读取到错误的结果，因此正确的读取办法是先各读取一次高低字节，紧接着再读取一次高字节，判断两次高字节是否一样，如果相同，说明读取结果正确，如果不同，可再重新读取一次，见例 1。

例 6-3：

要求：编程实现读取 T16N1 的计数值，并将该值存放到 50H 与 51H 单元中。

分析：由于 T16N1 是 16 位的定时器/计数器，由 T16N1L 和 T16N1H 组成，因此读取 T16N1 的计数值，应该分为 2 次进行。

具体程序如下:

```
                BCC     INTC0 , 7        ;关闭 GIE,即禁止所有中断
RDCOUNTER
                MOV     T16N1H, 0        ;取 T16N1H 的值存放到寄存器 A
                MOVA    51H              ;存放到 51H
                MOV     T16N1L, 0        ;取 T16N1L 的值存放到寄存器 A
                MOVA    50H              ;存放到 50H
                MOV     T16N1H, 0        ;再次读取 T16N1H 的值,检验是否低位进
                                         ;位起其变化
                XOR     51H, 0           ;将再次读取的值和原来的值进行异或
                JDEC    51H, 0           ;两次读取的结果不一致,跳过下一条指令
                GOTO    NEXT             ;读取结果相同,跳到 NEXT 继续执行程序
                GOTO    RDCOUNTER        ;读取结果不同,重新读取
    NEXT    .... ....
```

当对 T16Nx 进行写操作时,如果计数器的值还在递增,也可能会产生一个不确定的值,因此在写操作时,最好是先停止计数器运行,再写入设定值。

例 6 - 4:

```
                HDATA EQU   0X12         ;待写入数据的高 8 位
                LDATA EQU   0X34         ;待写入数据的低 8 位
                ......
                BCC     INTC0 , 7        ;关闭全局中断 GIE
                CLR     T16N1L           ;将计数器低 8 位清零
                MOVI    HDATA            ;将待写的高 8 位送到 A
                MOVA    T16N1H           ;传送到高 8 位
                MOVI    LDATA            ;将待写的低 8 位送到 A
                MOVA    T16N1L           ;传送到低 8 位
                BSS     INTC0 , 7        ;开放全局中断 GIE
                ......
```

5. T16Nx 扩展功能

与定时器/计数器扩展模块 TEx 相结合,T16Nx 可以实现捕捉和比较器两种功能。详见 6.4 节。

当 T16Nx 作计数器模式时,T16Nx 不能使用振荡器。

当使能 T16N1 振荡器时,T16NOSC1 和 T16NOSC2 可外接 32 ~ 100kHz 振荡器。该振荡器是利用两条外接引脚 T16NOSC1 和 T16NOSC2 跨接石英晶体,构成电容三点式振荡器电路,跨接在 T16NOSC1 和 T16NOSC2 之间的反馈电阻与逻辑门电路构成模拟放大器。该振荡器的频率取决于所接的晶体,另外要注意不同频率需要配接不同的外接电容值。通常利用该振荡器,设计成智能仪器或设备中需要的实时时钟功能。

6.3.3 T16N 应用举例

例 6 - 5:

要求:利用 T16N1 的定时器功能,实现定时 1ms 后,对端口 PA0 进行取反操作,从而实现

在端口 PA0 输出方波。假设系统时钟频率为 4MHz。

分析:T16N1 是 16 位的定时器/计数器,要实现 1ms 的定时,将预分频器的分频比设为 1:1 则 T16N1 的计数初值可由公式 $1ms = (65536 - T0) \times 1\mu s$ 计算得,$T0 = 0FC17H$。

程序如下:

```
            ORG     0X0000
            GOTO    START
            ORG     0X0004              ;设置中断向量入口
            GOTO    T16INT
            ......
START       NOP
            BSS     PSW, RP0            ;选择 section1
            MOVI    0X00
            MOVA    PAT                 ;将端口 A 设置为输出状态
            BSS     INTC0, 7            ;开发全局中断 GIE
            BSS     INTC0, 6            ;开放外围中断使能位 PEIE
            BCC     PSW, RP0            ;选择 section0
            MOVI    0X00
            MOVA    T16N1C              ;将 T16N1C 寄存器清零
            MOVI    0X17
            MOVA    T16N1L              ;给计数器低 8 位赋初值
            MOVI    0XFC
            MOVA    T16N1H              ;给计数器高 8 位赋初值
            BSS     INTE0 , 0           ;开放 T16N1 的中断使能位 T16N1IE
            BSS     T16N1C, 0           ;打开 T16N1 定时器 T16N1ON
MAIN        NOP
            GOTO    MAIN
T16INT
INT_PUSH
            ......                      ;中断现场保护
            JBS     INTF0, 0            ;判断是否发生了 T16N1 中断
            GOTO    INT_POP
            BCC     INTF0, 0            ;清除 T16N1 的中断标志位 T16N1IF
            BCC     T16N1C, 0           ;关闭 T16N1 定时器 T16N1ON
            MOVI    0X17
            MOVA    T16N1L              ;重新给计数器低 8 位赋初值
            MOVI    0XFC
            MOVA    T16N1H              ;重新给计数器高 8 位赋初值
            MOVI    01H
            XOR     PA, 1               ;将端口 PA0 取反,输出方波
            BSS     T16N1C, 0           ;再次打开 T16N1 定时器
INT_POP
            ......                      ;出战
```

```
RETIE                              ;中断返回
END
```

6.4　定时器/计数器的扩展模块 TE1/TE2

　　HR6P92H 单片机有 2 组定时器/计数器扩展模块：TE1 和 TE2。

　　定时器/计数器扩展模块 TE1/TE2 包括 3 种功能扩展：T16N 捕捉功能扩展、T16N 比较器功能扩展及 T8P 脉冲宽度调制功能扩展。捕捉功能是指检测单片机引脚上输入信号的状态，当信号的状态符合设定条件时(信号上升沿或下降沿出现时)产生中断，并记录当时定时器/计数器的值；比较器是指将事先设定好的值与定时器方式或同步计数方式下的值进行比较，当两个值相等时，产生中断并驱动事先设定好的动作；脉冲宽度调制功能是指能从单片机的相应引脚输出脉冲宽度及周期可调的 PWM 信号，该功能常常应用在直流电动机调速、步进电动机步进控制及 D/A 转换中。

　　尽管每组 TE 都有 3 种功能扩展，但 1 组 TE 不能同时设置多个扩展功能，可以通过设置专用控制寄存器 TExC 的 bit3 ~ 0(即 TExM) 来选择 TE1/TE2 工作在哪种扩展功能。通过设置 TExC 的 bit7 即 TExTBS 来选择是采用 T16N1 还是 T16N2 做比较器、捕捉器的扩展，也可以通过 TExTBS 来选择是采用 T8P1 还是 T8P2 做 PWM 的时基。具体配置表如表 6 - 1 所列。当 T16N 及 T8P 设置为比较器、捕捉器或 PWM 功能时，对应的引脚配置表如表 6 - 2 所列。

表 6 - 1　TEx 配置表

TE 配置	T16N1	T16N2	T8P1	T8P2
TE1TBS = 0	TE1	—	TE1	—
TE1TBS = 1	—	TE1	—	TE1
TE2TBS = 0	TE2	—	TE2	—
TE2TBS = 1	—	TE2	—	TE2

表 6 - 2　TEx 引脚配置表

引脚配置	T16N1	T16N2	T8P1	T8P2
TE1TBS = 0	TE1CI/TE1CO	—	PWM1	—
TE1TBS = 1	—	TE1CI/TE1CO	—	PWM1
TE2TBS = 0	TE2CI/TE2CO	—	PWM2	—
TE2TBS = 1	—	TE2CI/TE2CO	—	PWM2

6.4.1　相关的控制寄存器

1. 控制寄存器 TE1C

控制寄存器 TE1C 如图 6 - 8 所示。

bit7	bit6	bit5	bit4	bit3	bit2	bit1	bit0
TE1TBS	—	PWM1Y	PWM1X	TE1M			

图 6-8　TE1C 寄存器

寄存器 TE1C 各位的含义:

TE1M:TE1 工作方式选择位

  0000 = 关闭 TE1 模式,即 TE1 复位

  0100 = 捕捉每个脉冲下降沿(捕捉功能扩展)

  0101 = 捕捉每个脉冲上升沿(捕捉功能扩展)

  0110 = 捕捉每 4 个脉冲上升沿(捕捉功能扩展)

  0100 = 捕捉每 16 个脉冲上升沿(捕捉功能扩展)

  1000 = 匹配时输出 1(比较器功能扩展)

  1001 = 匹配时输出 0(比较器功能扩展)

  1010 = 匹配时产生软件中断

     (比较器功能扩展,TE1IF = 1,TE1 端口不受影响)

  1011 = 触发特别事件(TE 清零 T16Nx,TE1 端口没影响)

  11xx = PWM 功能扩展

PWM1Y ~ PWM1X:10 位 PWM 工作循环周期低 2 位

  该两位数值需通过 PWM 功能扩展相关的公式计算求得,详见 6.4.3 节。

TE1TBS:TE1 时基选择位

  1:选择 T16N2 作为比较器、捕捉器/T8P2 作为 PWM 时基

  0:选择 T16N1 作为比较器、捕捉器/T8P1 作为 PWM 时基

2. 控制寄存器 TE2C

控制寄存器 TE2 如图 6-9 所示。

bit7	bit6	bit5	bit4	bit3	bit2	bit1	bit0
TE2TBS	—	PWM2Y	PWM2X	TE2M			

图 6-9　TE2C 寄存器

寄存器 TE2C 各位的含义:

TE2M:TE2 工作方式选择位

  0000 = 关闭 TE2 模式,即 TE2 复位

  0100 = 捕捉每个脉冲下降沿(捕捉功能扩展)

  0101 = 捕捉每个脉冲上升沿(捕捉功能扩展)

  0110 = 捕捉每 4 个脉冲上升沿(捕捉功能扩展)

  0100 = 捕捉每 16 个脉冲上升沿(捕捉功能扩展)

  1000 = 匹配时输出 1(比较器功能扩展)

  1001 = 匹配时输出 0(比较器功能扩展)

1010 = 匹配时产生软件中断

（比较器功能扩展，TE2IF = 1，TE2 端口不受影响）

1011 = 触发特别事件

（TE 清零 T16Nx，TE2 端口没影响，

如果 ADC 转换使能，则启动 ADC 转换）

11xx = PWM 功能扩展

PWM2Y ~ PWM2X：10 位 PWM 工作循环周期低 2 位

这两位的取值需通过 PWM 功能扩展相关的公式计算求得，详见 6.4.3 节。

TE2TBS：TE2 时基选择位

1：选择 T16N2 作为比较器、捕捉器/T8P2 作为 PWM 时基

0：选择 T16N1 作为比较器、捕捉器/T8P1 作为 PWM 时基

3. TE1L 寄存器

TE1L 寄存器是 TE1 低 8 位比较寄存器的值，可读可写，取值范围为 00H ~ FFH。

4. TE1H 寄存器

TE1H 寄存器是 TE1 高 8 位比较寄存器的值，可读可写，取值范围为 00H ~ FFH。

5. TE2L 寄存器

TE2L 寄存器是 TE2 低 8 位比较寄存器的值，可读可写，取值范围为 00H ~ FFH。

6. TE2H 寄存器

TE2H 寄存器是 TE2 高 8 位比较寄存器的值，可读可写，取值范围为 00H ~ FFH。

6.4.2 T16N 捕捉功能扩展

图 6 - 10 是 TE 在捕捉功能扩展的内部结构图，主要由总线接口电路、T16Ny、TExH/TExL、TEx 控制器、TEx 控制寄存器（本节中 x、y 取值为 1 或 2）及输入检测逻辑单元构成。

当 TE 设置成捕捉功能扩展时，T16Ny 与 TEx 一起对 TExCI 端口进行实时监测，T16Ny 作为计数器，TE 作为捕捉器，当 TExCI 端口的状态变化符合捕捉条件时，TEx 将 T16Ny 的计数值捕捉到 TEx 寄存器（TEx 寄存器由 TExH 和 TExL 组成），将 TExIF 置 1，并产生 TE 中断。

TE 支持 4 种捕捉条件：捕捉每 1 个下降沿脉冲，捕捉每 1 个上升沿脉冲，捕捉每 4 个上升沿脉冲，捕捉每 16 个上升沿脉冲。通过设置寄存器 TExC 来选择其中的一种捕捉条件。

需要注意的是，在禁止 TE 模块或改变 TE 工作模块时，预分频计数器都会被清零，修改捕捉预分频比时，预分频计数器不会被清零。因此，首次捕捉可以从一个非零预分频计数器开始。当捕捉条件满足时，产生的中断标志位必须由软件清除，而捕捉到的 TEx 寄存器的值如果没有被及时读取，那么在下一次捕捉条件满足时，新的捕捉值会覆盖原来的值。

另外在初始化 TExCI 端口时，必须将相应的 TExCI 端口所在的引脚设置成输入状态。在初始化 T16N 时，必须将其设置成定时器模式或者同步计数模式。TE 模式改变时，也许会导致错误中断产生。因此为了避免产生错误中断，用户在改变模式时应保持 TExIE 为 0，并且将标志位 TExIF 清零。

例 6 - 6：T16N 捕捉功能扩展设置举例

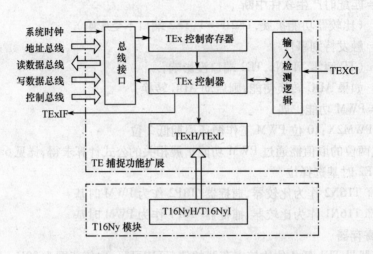

图 6 - 10   TE 在捕捉功能扩展的内部结构框图

```
;----------------------CCP2 模块捕捉模式设置----------------------
MODE3_INIT
        MOVI    0X04          ;TE1 扩展模块,捕捉每一个下降沿
        MOVA    TE1C          ;送到 TE1C 寄存器
        MOVI    0X03          ;设置 T16N1,1:1 预分频,计数模式
        MOVA    T16N1C
        BSS     INTC0,6       ;开片内外设中断允许位 PEIE
        CLR     T16N1H
        CLR     TI6N1L        ;清 T16N1 计数器的值
        BCC     INTF0,2       ;清除中断标志位 TE1IF
        BSS     PSW ,RP0
        BSS     INTE0,2       ;开中断使能位 TE1
        BSS     PCT,2         ;设置 PC2/TE1CI 为输入
        BCC     PSW,RP0
        BSS     T16N1C,0      ;开启 T16N1 的使能位 T16N1ON
        …… ……
```

例 6 - 7：

要求：利用 T16N 的捕捉扩展功能,实现对 PC2 引脚输入脉冲信号周期的测量。

分析：测量脉冲的周期,即测量相邻两个上升沿之间或下降沿之间的时间间隔,具体算法：在第一次捕捉到上升沿时将 T16N1 计数器清零,在下一次捕捉到上升沿时计数器内的数值即为脉冲信号的周期。

程序如下：

```
;TEMP1,TEMP2 为临时变量
;FALG 设置为捕捉完毕标志变量,当 FLAG 为 0 时,表示捕捉完毕,当 FALG
;为 1 时,表示未捕捉完毕。
        ORG     0X0000
        GOTO    START
```

```
            ORG     0X0004
            GOTO    CAPINT
            ORG     0X30
    START   NOP
            CLR     INTC0                   ;禁止中断
            BSS     PSW, RP0                ;选择 section1
            MOVI    0X00
            MOVA    PBT                     ;将端口 B 设置为输出状态
            MOVI    0X04
            MOVA    PCT                     ;将端口 PC2 设置为输入状态
            MOVI    0XC0
            MOVA    INTC0                   ;打开全局中断 GIE 和外围中断 PEIE
            BCC     PSW, RP0                ;选择 section0
            BCC     INTF0, 2                ;清除 TE1 中断标志位 TE1IF
            CLR     T16N1L                  ;清除 T16N1 的计数值
            CLR     T16N1H                  ;清除 T16N1 的计数值
            CLR     TE1                     ;清除 TE1 寄存器的内容
            MOVI    0X32
            MOVA    T16N1C                  ;设置 T16N1 计数器方式,预分频比 1:8
            MOVI    0X05
            MOVA    TE1C                    ;设置 TE1C,捕捉每一个上升沿
            BSS     INTE0, 0                ;开放 T16N1 中断
            BSS     T16N1C,0                ;打开 T16N1
    LOOP    NOP
            GOTO    LOOP                    ;等待捕捉中断发生
    CAPINT  BCC     INTF0, 2                ;清除 TE1 中断标志位 TE1IF
            MOV     TE1, 0                  ;将 TE1 的内容传送到 A
            JDEC    FLAG, 0                 ;未捕捉完毕,跳过下一条指令
            GOTO    CAPOVER                 ;如果已经捕捉完毕,跳到 CAPOVER
            BCC     T16N1C, 0               ;关闭 T16N1
            CLR     T16N1L
            CLR     T16N1H
            BSS     T16N1C,0                ;打开 T16N1
            MOVI    0
            MOVA    FLAG                    ;给标志变量赋值 0
            RETIE
    CAPOVER
            MOV     TE1L, 0                 ;将计数器的值送到 TE1 的低 8 位
            MOVA    TEMP1                   ;将计数值存放到临时变量 TEMP1
            MOV     TE1H, 0                 ;将计数器的值送到 TE1 的高 8 位
            MOVA    TEMP2                   ;将计数值存放到临时变量 TEMP2
            MOVI    1
            MOVA    FLAG                    ;给标志变量的值赋 1
```

```
        RETIE
        END
```

6.4.3　T16N 比较器功能扩展

图 6 - 11 是 TE 比较器功能扩展的内部结构图,主要由总线接口电路、T16Ny 模块、比较器、TExH /TExL、TEx 控制器、TEx 控制寄存器、及输出逻辑电路组成。

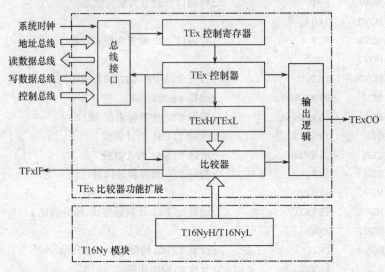

图中各模块包括：系统时钟、地址总线、读数据总线、写数据总线、控制总线 连接到 总线接口；TEx 控制寄存器、TEx 控制器、TExH/TExL、比较器 组成 TEx 比较器功能扩展；T16NyH/T16NyL 组成 T16Ny 模块；输出逻辑 输出 TExCO；TFxIF 输出。

图 6 - 11　TE 在比较器功能扩展的内部结构图

当 TEx 设置成比较功能扩展时,T16Ny 与 TEx 一起实现比较器功能。T16Ny 作为计数器进行递增计数,TEx 存放比较内容。当 T16Ny 中的计数值与 TEx 寄存器(TExH:TExL)中存放的比较内容相同时,TEx 产生比较匹配,并执行相应的比较匹配事件,且将 TE 中断标志位 TExIF 置 1,产生 TE 中断。这里,y 的值参照表 6 - 1 来选取。

比较匹配事件可由 TExC 寄存器中的 TExM <3:0> 设置,支持以下几种事件:

（1）TExCO 端口输出高电平。

（2）TExCO 端口输出低电平。

（3）TExCO 端口输出保持不变。

（4）特殊事件触发。

在初始化 TExCO 端口时,必须将相应的 TExCO 端口所在的引脚设置成输出状态。

6.4.4　T8P 脉宽调制功能扩展

图 6 - 12 是 TE 在 PWM 功能扩展的内部结构图,主要由总线接口单元、TEx 控制寄存器、TEx 寄存器、比较器、T8Py 计数器、T8PyP 寄存器、输出逻辑电路等组成。

当 TE 设置成 PWM 功能扩展时,PWMx 端口可产生 10 位分辨率的 PWM 输出。在初始化 PWMx 端口时,必须将相应的 PWMx 端口所在的引脚设置成输出状态。对应 PWM 输出,波形可以用图 6 - 13 描述。PWM 的周期由 PWM 时基定时器 T8Py 提供。T8Py 计数器从 0 开始递

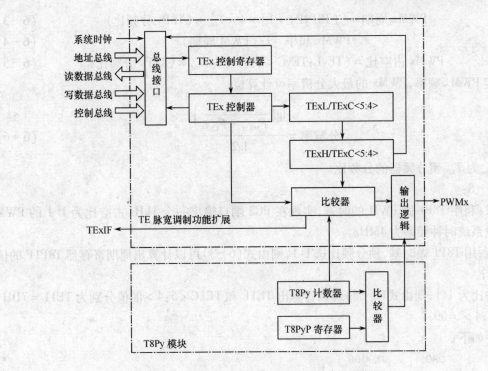

图6-12 TE在PWM功能扩展的内部结构图

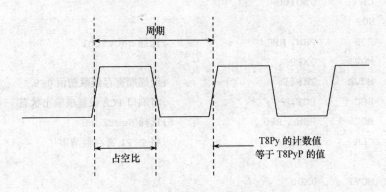

图6-13 PWM输出示意图

增计数,当计数值等于T8PyP寄存器的内容时,完成了PWM的计数周期。满足计数周期时,将会进行如下操作:TEx端口被置1,但如果PWM的占空比为0%,TEx端口将不会置1;PWM占空比从TExL被锁存到TExH;T8Py被清零。

PWM占空比由写入TExL寄存器和TExC<5:4>位的值来决定。TExL:TExC<5:4>在任何时候都是可写的,但是占空比值要到T8PyP与T8Py相等后才锁存到TExH即周期完成。如果PWM占空比值比PWM周期要长,TEx端口将不会清零。在PWM方式下,TExH是一个只读寄存器。

对TExC寄存器清零将会强迫PWMx输出锁存器为低电平,而不是I/O端口的输出电平值。

PWMx公式如下:

$$PWMx \ 周期 = [(T8PyP) + 1] \times 4 \times T_{osc} \times (T8Py \ 分频比) \qquad (6-3)$$

$$PWMx \ 频率 = 1/(PWM \ 周期) \qquad (6-4)$$

$$PWMx \ 占空比 = (TEyL:TEyC < 5:4 >) \times T_{osc} \times (T8Py \ 分频比) \qquad (6-5)$$

给定 PWMx 频率,PWMx 的最大分辨率可计算位:

$$分辨率 = \frac{\lg\left(\dfrac{F_{osc}}{F_{PWM} \cdot F_{CKPS}}\right)}{\lg 2} \qquad (6-6)$$

式中,F_{ckps} 为 T_{8Py} 预分频器的分频比。

例 6-8:

要求:利用 T8P1 做 PWM 的时基,实现在 PC2 端口输出一个 1kHz 占空比为 1:1 的 PWM 波。假设系统时钟频率为 4MHz。

分析:用 T8P1 做时基,预分频比选 1:1,则由式(6-3)可以计算出周期寄存器 T8P1P 的值为:0F9H;

占空比为 1:1,则由式(6-5)可以计算出 TE1L 和 TE1C < 5:4 > 的值分别为 TE1L = 7DH,TE1C < 5:4 > = 00;

程序如下:

```
        ORG     0X0000
        GOTO    START
        ORG     0X0100
START   NOP
        BSS     PSW, RP0        ;选择 section1
        MOVI    0XF9
        MOVA    T8P1P           ;给周期寄存器赋初值 0F9
        BCC     PCT, 2          ;将端口 PC2 设置成输出状态
        BCC     PSW, RP0        ;选择 section0
        CLR     T8P1            ;将 T8P1 寄存器清零

        MOVI    0X00
        MOVA    T8P1C           ;分频比 1:1,关闭 T8P1

        MOVI    0X7D
        MOVA    TE1L            ;给 TE1L 寄存器赋初值 0X7D

        MOVI    0X0C
        MOVA    TE1C            ;设置 PWM 扩展功能,T8P1 做时基,
                                ;10 位 PWM 工作循环周期低 2 位是 00

        BSS     T8P1C,2         ;打开 T8P1
        ……
        END
```

思考题

1. 定时器和计数器的工作原理分别是什么？两者的本质区别是什么？

2. HR6P92H 单片机中有几个定时器/计数器？各定时器/计数器的特点是什么？

3. 什么是预分频器？预分频器的功能是什么？HR6P92H 单片机预分频器提供了哪几种预分频比？

4. 对于定时器 T8，不使用预分频器时其最大定时时间是多少？当使用预分频器时，其最大定时时间又是多少？（假设单片机使用的系统时钟是 4MHz。）

5. 什么是 PWM？简述采用/定时器计数器扩展模块 TE 实现 PWM 输出的工作原理。

第 **7** 章

HR 单片机片上典型模块

除具有一般单片机都有的通用 I/O 端口、定时器/计数器、中断系统外,海尔单片机还包括 A/D 转换模块、串行通信/并行通信模块等丰富的外围资源。本章即重点介绍 HR 单片机 A/D 转换模块、串行通信模块的原理及使用方法。

7.1　A/D 转换器

在以单片机为控制核心的检测控制系统和智能仪器中,往往需要将被测的物理参数如温度、湿度、压力、流量等送到单片机中进行处理,但单片机仅能处理数字量,而这些参数都是模拟量,因此需要先将这些模拟量转换为数字量(如果这些输入的模拟量不是电信号,还需要先经过传感器将其变为电信号),然后再送到单片机中进行处理,单片机处理之后,通常也需要将数字量转换为模拟量再送到外围设备。实现模拟量变数字量的器件称为 A/D 转换器,实现数字量变模拟量的器件称为 D/A 转换器。一个典型的单片机控制/检测系统如图 7-1 所示。

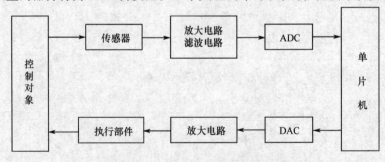

图 7-1　典型的控制系统框图

7.1.1　A/D 转换器概述

A/D 转换器种类繁多、内部结构各异,转换原理也不尽相同。根据工作原理将 A/D 转换芯片分为计数型 A/D 转换器、逐次逼近型 A/D 转换器及双重积分型 A/D 转换器;按接口方式又可以分为并行 A/D 转换器和串行 A/D 转换器;按分辨率又可分为低分辨率、中分辨率和高分辨率的 A/D 转换器等,其中逐次逼近型 A/D 转换器转换速度快,应用最为广泛。

HR6P92H 片上的 A/D 转换器就属于逐次逼近型 A/D 转换器。该类型 A/D 转换器内部结构如图 7-2 所示,其工作原理如下:由比较器、D/A 转换器、寄存器及控制电路组成,开始工作时,寄存器各位清 0,转换时,先将最高位置 1,送 D/A 转换器转换,转换结果与输入的模拟量比较,如果转换的模拟量比输入的模拟量小,则 1 保留,如果转换的模拟量比输入的模拟量大,则 1 不保留,然后从第二位依次重复上述过程直至最低位,最后寄存器中的内容就是输入模拟量对应的数字量。一个 n 位的逐次逼近型 A/D 转换器转换只需要比较 n 次,转换时间取决于位数和时钟周期。

在选择 A/D 转换器时,常常需要考虑 A/D 转换器的指标,A/D 转换器的指标主要有以下几个。

(1) 分辨率:分辨率是指 A/D 转换器能分辨的最小输入模拟量。显然,分辨率越高,转换时对输入模拟信号变化的反应就越灵敏。通常用转换数字量的位数来表示,如 8 位、10 位、12 位、16 位等,位数越高,分辨率越高。

当 A/D 转换器的分辨率是 8 位时,表示它可以对满量程的 $\frac{1}{2^8} = \frac{1}{256}$ 的增量做出反应。一个满量程是 5V 的 A/D 转换器,则 ADC 能够分辨输入电压变化的最小值是 $\frac{5}{256}V = 19.5mV$。

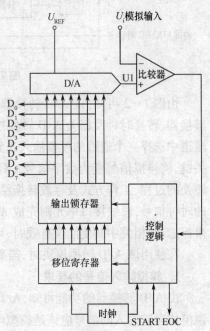

图 7-2　逐次逼近式 A/D 转换器
内部结构图

(2) 转换时间:转换时间是指 A/D 转换器完成一次转换所需要的时间,这个时间是指从启动 A/D 转换器开始到转换结束并得到稳定的数字输出量为止的时间。不同 A/D 转换器的转换时间不同,逐次逼近式 A/D 转换器的转换时间典型值是 $1.0 \sim 200\mu s$。

(3) 量程:量程是指 A/D 转换器所能转换的输入电压范围,例如 $0 \sim 5V$,$0 \sim 10V$ 等。当输入模拟信号电压不在此范围时,需要经过调理电路将其调整到这个范围之内,否则低于量程的值被转换为 00H(假设是 8 位的 ADC),高于量程的值被转换为 FFH(假设是 8 位的 ADC)。

(4) 转换精度:A/D 转换器的转换精度分为绝对精度和相对精度,绝对精度是实际需要的模拟量与理论上要求的模拟量之差;相对精度是指当满刻度值校准后,任意数字量对应的实际模拟量与理论值之差。

7.1.2　HR6P92H 片上 ADC 结构

HR6P92H 片上的 A/D 转换器,是一个逐次逼近式的 10 位 A/D 转换器,该 A/D 转换器有 8 个模拟输入通道,其内部结构如图 7-3 所示。

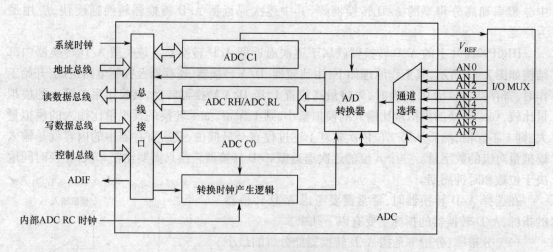

图 7 - 3 A/D 转换器内部结构图

由图 7 - 2 可知,该 A/D 转换器主要由总线接口单元、模拟输入通道、通道选择开关、模数转换器、转换时钟及相关 A/D 转换控制寄存器组成。其中通道选择用来完成从 8 路模拟输入通道中选择一个通道的模拟输入送到 A/D 转换器中进行转换,而 A/D 转换器是 A/D 模块的关键,将模拟信号变为数字信号,寄存器 ADCC1、ADCRH/ADCRL、ADCC0 用来设置控制 A/D 转换的过程、工作方式及存放转换结果等功能,转换时钟产生逻辑用来产生 A/D 转换所需要的时钟信号,总线接口单元则完成 A/D 转换与 CPU 之间的数据传输,ADIF 则是 A/D 转换结束标志,当相关中断使能位有效时,可以进入中断工作方式。

在使用该 A/D 转换模块时,需要注意以下几点:

1. 模拟输入信号的要求

由 A/D 转换器的功能可知,A/D 转换器是将模拟电压信号转换为数字信号,那么也就是说模拟通道输入的信号应该是模拟电压信号,如果输入不是模拟电压信号,则在硬件电路设计时需考虑调理电路将输入信号转换为模拟电压信号。

对于模拟电压信号来讲,通常可知的是它的幅值和频率。对于频率,需要根据奈奎斯特采样定理来考虑:要从抽样信号中无失真地恢复原信号,采样频率应大于 2 倍信号最高频率,即奈奎斯特采样频率为信号频率的两倍,工程上的采样频率一般为奈奎斯特采样频率的 2～3 倍。对于幅值,通常从两个方面考虑,一是该电压信号的幅值在 A/D 转换的输入电压范围之内,二是该电压信号的幅值能确保电路安全工作的输入电压范围之内。

正常的模拟信号电压的幅值应该位于参考电压 $V_{REF-} \sim V_{REF+}$。对于 HR6P92H 片上的 A/D 转换器来讲,其正常的模拟电压幅值范围为 $0V \sim V_{REF+}$。当输入信号电压低于 0V 时,转换结果为 000H(因为是 10 位的 A/D 转换器),而高于 V_{REF+} 的输入模拟信号,转换后的结果为 3FFH。

在实际设计时,为得到最好的 A/D 转换精度和分辨率,通常将模拟输入信号的动态变化范围覆盖整个有效的输入电压幅值区间。例如,如果输入信号的变化为 0.5V～1.5V,而 A/D 转换器的基准电压为 5V,那么在进行设计时,应先将输入信号通过调理电路调整到接近 0V～5V。

2. 参考电压的选取

在 A/D 转换模块中,基准参考电压是 A/D 转换器的重要参数,因为基准电压的精度和稳定度直接决定了 A/D 转换结果的准确性。HR6P92H 片上的 A/D 转换器可选用 HR6P92H 芯片的电源电压 VDD 作为基准参考电压,也可以通过端口 PA3 外接一个基准参考电压 V_{REF},基准参考电压的选择由寄存器 ADCC0 来进行设置。

一般情况下,如果系统设计要求不高,可直接采用电源电压 V_{DD} 作为基准参考电压,但此时要求 V_{DD} 在系统运行过程中能保持稳定,这就要求在系统硬件设计时注意电源电压的稳定保护。当系统要求较高时,可以选择通过 PA3 引脚外接基准参考电压。

3. 休眠状态下的 A/D 转换

前面章节中已经提到,A/D 转换器在单片机休眠期间也可以进行工作,这是由于 A/D 模块内部自带独立的 RC 振荡电路,而且转换结束后 ADIF 标志位置 1 可以将单片机唤醒,具体叙述可参考本书第 2 章。

4. A/D 转换结果的格式

由于 HR6P92H 片上 A/D 转换器是 10 位的 A/D 转换器,因此其转换结果需要存放在两个 8 位的寄存器中,寄存器 ADCRH 和 ADCRL 就是存放转换结果的两个 8 位的寄存器中,AD-CRH 和 ADCRL 的详细描述见 7.3 节。

具体存放格式需要通过寄存器 ADCC1 的 bit7(ADFM)来进行设置,当 ADFM 为 1 时,A/D 转换结果的高 8 位存放到 ADCRH 中,剩余的 2 位存放到 ADCRL 的高 2 位中,ADCRL 中的其他空位以 0 填充,这种格式又称为左对齐,如图 7-4(a)所示。当 ADFM 为 0 时,A/D 转换的结果低 8 位存放到 ADCRL 中,其余 2 位存放到 ADCRH 的低两位,这种存放方式称为右对齐,如图 7-4(b)所示。图中,AD0 ~ AD9 表示 10 位 A/D 转换器转换的结果,DB0 ~ DB7 表示寄存器 ADCRH 和 ADCRL 的 8 位数字量。

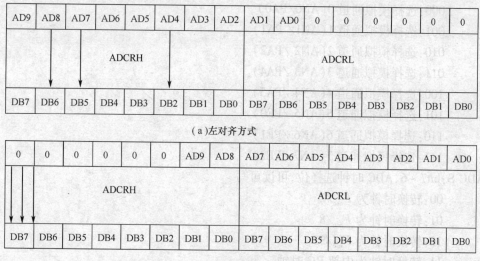

图 7-4　A/D 转换结果格式

7.1.3 与 ADC 相关的控制寄存器

1. ADCRH 寄存器

ADCRH 寄存器用来存放 A/D 转换后高位的结果:8 位的寄存器,可读可写。取值范围为 00H ~ FFH。

2. ADCRL 寄存器

ADCRL 寄存器用来存放 A/D 转换后低位的结果:8 位的寄存器,可读可写。取值范围为 00H ~ FFH。

3. ADCC0 寄存器

bit7	bit6	bit5	bit4	bit3	bit2	bit1	bit0
ADC S		CHS			GO/DONE	—	ADON

图 7 - 5 ADCC0 寄存器格式图

ADCC0 寄存器各位的含义如下:

ADON:bit0,A/D 转换使能位,可读可写

　　0:关闭 A/D 转换器

　　1:运行 A/D 转换器

GO/DONE:bit2,A/D 转换状态位,可读可写

　　0:A/D 未进行转换,或 A/D 转换已完成

　　1:A/D 转换正在进行,该位置 1 启动 A/D 转换

CHS:bit5 ~ 3,A/D 模拟通道选择位,可读可写

　　000:选择模拟通道 0(AN0/PA0)

　　001:选择模拟通道 1(AN1/ PA1)

　　010:选择模拟通道 2(AN2 /PA2)

　　011:选择模拟通道 3(AN3 /PA4)

　　100:选择模拟通道 4(AN4 /PA5)

　　101:选择模拟通道 5(AN5 /PE0)

　　110:选择模拟通道 6(AN6 /PE1)

　　111:选择模拟通道 7(AN7 /PE2)

ADC S:bit7 ~ 6,ADC 时钟选择位,可读可写

　　00:转换时钟为 $F_{osc}/2$

　　01:转换时钟为 $F_{osc}/8$

　　10:转换时钟为 $F_{osc}/32$

　　11:转换时钟为内部 RC 时钟

4. ADCC1 寄存器

ADCC1 寄存器各位的含义如下:

ADFM:bit7,10 位 ADC 转换结果格式选择位

　　0:ADCRH <1:0 >, ADCRL <7:0 >

bit7	bit6	bit5	bit4	bit3	bit2	bit1	bit0
ADFM			—			FCFG	

图 7-6 ADDC1 寄存器的格式图

1:ADCRH <7:0 >, ADCRL <7:6 >

PCFG:bit2 ~0,A/D 转换端口功能选择位,可读可写

位值说明如表 7-1 所列,表中的 A 表示模拟输入,D 表示数字输入或输出,V_{REF} 表示参考基准电压,V_{DD} 表示电源电压。

表 7-1 模拟输入端口功能配置表

PCFG	PA5	PA3	PA2	PA1	PA0	PE2	PE1	PE0	V_{REF}
000	A	A	A	A	A	A	A	A	V_{DD}
001	A	V_{REF}	A	A	A	A	A	A	PA3
010	A	A	A	A	A	D	D	D	V_{DD}
011	A	V_{REF}	A	A	A	D	D	D	PA3
100	D	A	D	A	A	D	D	D	V_{DD}
101	D	V_{REF}	D	A	A	D	D	D	PA3
110	D	D	D	D	D	D	D	D	V_{DD}
111	D	D	D	D	D	D	D	D	V_{DD}

5. 其他相关控制寄存器

与 ADC 相关的控制寄存器还有中断类的控制寄存器,请参考本书第 5 章。

7.1.4 A/D 转换过程

HR6P92H 片上 A/D 完成一次转换需要经历如下过程:

(1) 配置端口 A 或 E,选择模拟输入端口。由于端口 A 和 E 都是多功能引脚,因此需要通过专用控制寄存器 ADCC1 及端口方向控制寄存器 PxT,确定相关端口的工作状态,具体设置可参考 ADCC1 及表 7-1 所列的模拟端口配置表。

(2) 配置参考基准电压。HR6P92H 片上的 A/D 转换器可采用内部基准电压,也可以采用外部参考电压,根据实际情况而定。内部基准电压是指芯片的供电电压即表 7-1 中的 V_{DD},外部参考基准电压可以从端口 PA3 输入,此时 PA3 即是参考基准电压 V_{REF},基准电压的类型通过寄存器 ADCC1 来设置,具体设置方法如表 7-1 所列。

(3) 配置转换时钟。A/D 转换器是在转换时钟的节拍下有条不紊地进行模/数转换,HR6P92H 片上的 A/D 模块提供了 4 种不同频率的时钟可供用户选择,这四种时钟频率分别是:$F_{osc}/2$、$F_{osc}/8$、$F_{osc}/32$ 和内部 RC 时钟,可通过专用控制寄存器 ADCC0 来进行选择。

(4) 设置模拟输入通道,打开 A/D 转换使能,选择转换结果格式。通过设置 ADCC0 的 bit5 ~3 来选择模拟输入通道。将 ADCC0 的 bit0 设置为 1,打开 A/D 转换使能,如果该位是 0,则 A/D 转换器不能进行 A/D 转换。ADCC0 的 bit2 即 GO/DONE 是 A/D 转换启动位和转换结束标志位,在打开 A/D 转换器时必须将该位设置为 0。

通过设置寄存器 ADCC1 的 bit7 即 ADFM 位的值可以选择转换结果的存放格式。

（5）A/D 转换结束后的中断功能。如果 A/D 转换结束后，若采用中断方式进行处理，应在启动 A/D 转换之前将与 A/D 相关的中断控制寄存器设置好，例如要开放 ADIE、PEIE、GIE 等中断使能位，同时也要注意，在进入中断之前，应保证 ADIF 为 0。

如果不采用 A/D 转换结束中断功能，则应直接将 ADIE 设置为 0。

（6）当上述功能都设置好之后，就可以启动 A/D 转换器。启动 A/D 的方法只需将 AD-CC0 的 bit2 即 GO/DONE 置 1。

（7）等待 A/D 转换结束，读取转换结果。从 A/D 转换到 A/D 转换结束，还需要一段时间，因此要等待一段时间，再去查询 GO/DONE 或 ADIF 来判断 A/D 是否转换结束，因为当 A/D 转换结束后，GO/DONE 位自动清零，ADIF 会自动置 1，因此 GO/DONE 和 ADIF 都可以作为 A/D 转换结束的标志，但 ADIF 需要软件清零。如果 A/D 转换已结束，根据转换结果的格式设置，可读取 A/D 转换结果。

如果采用中断来响应 A/D 转换结束，则 A/D 转换结束时 ADIF 的自动置位将使单片机进入中断服务子程序。

（8）修改模拟输入通道号，重复步骤（4）~（8），可实现多通道多次 A/D 转换。

上述 A/D 转换过程可用图 7-7 所示的时序图来描述。

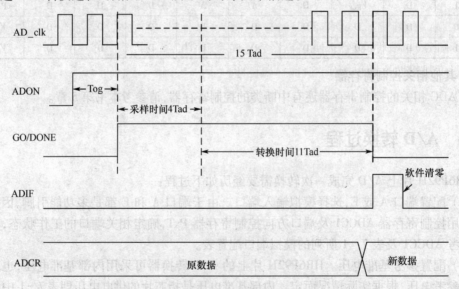

图 7-7 HR6P92H 片上 A/D 转换器转换时序

注 1：Tad 为 ADC 时钟周期；

注 2：Tog 为 A/D 转换使能——启动等待时间，必须大于等于 0。

7.1.5 应用举例

A/D 转换是数据采集系统、自动检测系统中必不可少的环节，因此 A/D 转换程序是常用的子程序，尽管 A/D 转换器的类型不同、工作原理不同、分辨率各异，但 A/D 转换程序却有着相似之处。本节就 HR6P92H 片上的 A/D 转换器举几个编写 A/D 转换程序的例子，供参考。

例 7-1：以 PA0 作为模拟输入，采用内部参考基准，启动 A/D 转换后以查询的方式等待

A/D 转换完成。

```
         ORG   0X0000
         GOTO  MAIN
MAIN     ……
         MOVI  0XC1
         MOVA  ADCC0        ;选择模拟输入通道 0,A/D 转换开启
                            ;选择内部 RC 时钟,
         MOVI  0X01
         BSS   PSW,RP0
         MOVA  ADCC1        ;选择转换结果存放方式,PA0 为模拟输入
         BCC   ADIE         ;ADIE 清零,禁止 A/D 转换结束中断
         BCC   PSW,RP0
         CALL  DELAY        ;调用延时,等待转换结束
ADCON
         JBS   ADIF         ;判断 ADIF 是否为 1,为 1 跳过下一条指令
         GOTO  ADCON        ;转换未结束,跳转到 ADCON
         MOV   ADCRH,A
         MOVA  resultH      ;将转换结果的高位存放到 resultH
         BSS   PSW,RP0
         MOV   ADCRL,A
         MOVA  resultL
         BCC   PSW,RP0      ;将转换结果的低位存放到 resultL
         BCC   ADIF         ;将 ADIF 清零
         BSS   ADCC0,2
         ...
DELAY    ...               ;延时子程序
         ...
         END
```

例 7-2:采用通道 0 进行 A/D 转换,转换结束后进入中断子程序。

```
         BCC   PSW ,RP1
         BSS   PSW,RP0        ;选择 section1
         MOVI  0X00           ;设置 A/D 模拟输入通道
         MOVA  ADCC1          ;设置 A/D 转换结果为低 10 位
         BSS   INTE0 ,ADIE    ;使能 A/D 中断,打开 A/D 转换
         BCC   PSW,RP0        ;选择 section0
         MOVI  0X01           ;打开 A/D 转换器,选择通道 0
         MOVA  ADCC0          ;PA0 作为 A/D 输入
         BCC   INTF0, ADIF    ;清 A/D 中断标志
         BSS   INTC0, PEIE    ;使能外围功能部件中断
         BSS   INTC0, GIE     ;使能总中断
DELAY    MOVI  0X10
         MOVA  DALCOUNT
LOOP     JDEC  DALCOUNT, 1
         GOTO  LOOP           ;增加一段延时,确保所需要的采样时间
```

```
        BSS      ADDC0 ,GO        ;启动 A/D 转换
        ·····                     ;A/D 转换完成后中断标志位 ADIF 将被置 1
                                  ;由于中断使能都已开启,会跳到中断子程序

ADINTPRO
        ·····                     ;中断子程序
```

例 7 - 3:单片机休眠状态下 A/D 转换例程。

```
        OGR      0X0000
        ·····

START
        MOVI   0XC1
        MOVA   ADCC0            ;设置模拟通道 0,打开 A/D 转换使能位,
                                ;选择内部 RC 振荡时钟

        MOVI   0X00
        BSS    PSW, 5           ;选 section1
        MOVA   ADCC1            ;配置端口 A 和 E,选择转换结果格式
        MOVI   0XFF             ;
        MOVA   PAT.             ;设置端口 A 为输入
        BSS    INTE0 ,6         ;将 ADIE 置 1,允许 A/D 转换结束中断
        BCC    PSW, 5           ;选择 section0
        ·····

LOOP    ·····
        BSS    ADCC0,2          ;将 GO/DONE 置 1,启动 A/D 转换
        IDLE                    ;CPU 进入休眠状态
        BCC    ADIF             ;A/D 转换结束中断后将 ADIF 清零
        MOV    ADCRH,A
        MOVA   resultH          ;将转换结果的高位存放到 resultH
        BSS    PSW,RP0
        MOV    ADCRL,A
        MOVA   resultL
        BCC    PSW,RP0          ;将转换结果的低位存放到 resultL
        JUMP   LOOP
```

7.2 串行接口 SSI

　　通过串行通信接口能够实现单片机与外围器件或单片机与单片机之间的数据交换,而且与并口通信相比,串行通信占用的单片机资源更少,因此串行通信接口被广泛应用到以单片机为控制核心的系统或智能仪器中。

　　在 HR6P92H 单片机中,串行通信模块可分成两类:同步串行接口(Synchronous Serial Interface,SSI)和通用同步异步收发器(Universal Synchronous Aynchronous Receiver Transmitter,USART),其中同步串行接口 SSI 又提供了两种串行传输模式,即 SPI 模式和 I^2C 模式,分别兼容标准的 SPI 和 I^2C 总线协议。本节介绍同步串行接口 SSI 的内部结构及工作原理,7.3 节将介绍通用同步异步收发器 USART 的内部结构及工作原理。

7.2.1　SPI 模式

1. 概述

串行外设接口(Serial Peripheral Interface ,SPI)总线是 Motorola 公司推出的一种同步串行接口技术,Motorola 首先将其应用在 MC68HC 系列处理器上。该总线允许 MCU 与各种外围设备或其他 CPU 以串行方式进行通信以完成数据交换,常见的应用有 EEPROM、Flash、实时时钟、A/D 转换器、数字信号处理器等外围器件与 MCU 的通信中。SPI 是一种高速的全双工同步的通信总线,相比并行通信方式,占用控制器的引脚数较少,大大节约了芯片的引脚,也为 PCB 的布局节省了空间,正是基于这种简单易用的特性,现在越来越多的芯片上集成了 SPI 通信协议。

采用 SPI 模式进行串行通信时,至少有一个主控设备,主控设备与从设备之间通常需要 4 根线相连(当用于单向传输时, 3 根线也可以实现 SPI 通信)。通常所说的 4 根线是指:SDI (数据输入),SDO(数据输出),SCK(时钟),CS(片选)。

(1)SDO——数据输出。

(2)SDI——数据输入。

(3)SCK——时钟信号由主设备产生。

(4)CS——从设备使能信号,由主设备控制。

其中:

CS 是从设备片选信号线,只有片选信号有效时,对此设备的操作才有效,这就允许在同一总线上连接多个 SPI 设备成为可能。

SDO 和 SDI 用于串行接收和发送数据,高位(MSB)在先,低位(LSB)在后。

SCK 用来提供时钟,SDI、SDO 则基于此脉冲完成数据一位一位的传输。数据在时钟上升沿或下降沿时改变,在紧接着的下降沿或上升沿被读取,完成一位数据传输。

需要注意的是,SCK 信号线只能由主设备控制,从设备不能控制该信号线。SPI 传输与普通的串行通信不同,普通的串行通信一次连续传送至少 8 位数据,而 SPI 允许数据一位一位的传送,甚至允许暂停,因为 SCK 时钟线由主控设备控制,当没有时钟跳变时,从设备不采集或传送数据。即主设备通过对 SCK 时钟线的控制可以完成对通信的控制。不同的 SPI 设备的实现方式不尽相同,主要是数据改变和采集的时间不同,在时钟信号上沿或下沿采集有不同定义。

2. SPI 接口的内部结构

图 7 -8 是 SPI 串行通信接口的内部结构图,由图 7 -7 可以看出 SPI 接口电路主要由总线接口单元、控制寄存器、传输控制器、时钟控制器、SSIB 及移位寄存器等组成。

总线接口单元完成 SPI 模块与 CPU 数据交换,控制寄存器和移位寄存器配合完成数据的串行输入和输出。

当采用 SPI 模式进行数据传输时,数据从 MCU 的端口移进/移出,发送/接收从最高位 (bit7)开始,一旦 8 位数据被接收完毕,数据缓冲器满标志位 BF 及中断标志位 SSIIF 置 1。任何在数据发送/接收期间写入数据缓冲寄存器的值都被忽略,同时写冲突缓冲位 WCOL 被置 1。必须对 WCOL 清零以便确定写入 SSIB 的值是否成功完成。在接收数据时,数据缓冲寄存

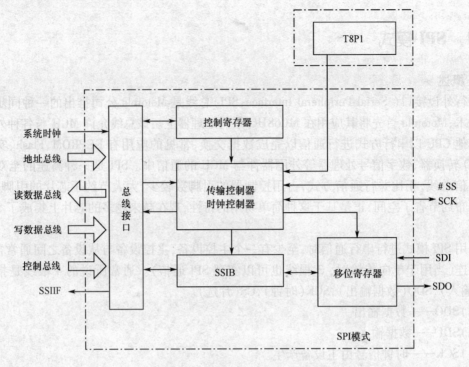

图 7 - 8　SPI 接口内部结构图

器在下一数据字节被写入之前应该被读出。缓冲寄存器满标志位 BF 表示什么时候 SSIB 寄存器已经被所接收的数据装入(发送完成)。当 SSIB 被读时,BF 位自动被清零。

3. SPI 通信模式工作原理

当单片机与外围器件或单片机采用 SPI 方式进行数据交换时,一般只有一个单片机作为主控设备,其余器件作为从设备。由主控设备发生时钟信号来启动 SPI 通信,按设定的时钟相位,在发送的时钟沿到来时,主从双方的数据同时从各自的 SDO 引脚上输出,送入对方芯片的 SDI 引脚,而双方的 SDI 引脚上的信号在所设定的采样时钟沿出现时将被送入各自的移位寄存器。即 SPI 数据的发送和接收是同时进行的,而且互不影响。

SPI 的工作模式可以配置为主控模式和从控模式两种,I^2C 的工作模式也可分为主控模式和从控模式两种,如表 7 - 2 所列。在 HR6P92H 单片机中,SPI 功能是通过引脚 PC3、PC4、PC5 和 PA5 实现的,而 I^2C 模式则较为复杂,因为 I^2C 模式下的状况模式需要软件 I/O 进行模拟,因此管脚可以由软件选择。SSI 模式下引脚配置表如表 7 - 2 所列。

表 7 - 2　SSI 模式引脚配置表

引脚名	SPI 模式		I^2C 模式	
	主控模式	从动模式	主控模式	从动模式
PC3	SCK(O)	SCK(I)	—	SCL
PC4	SDI	SDI	—	SDA
PC5	SDO	SDO	—	—
PA5	—	#SS	—	—

1）SPI 主控模式

当 SPI 设置成主控模式时，SCK 处于输出状态，主控设备可以在任何时候开始数据传输。一旦数据缓冲寄存器写入，数据就会发送或接收。如果 SPI 模式只考虑接收，可以通过软件来禁止 SDO 工作。在接收数据时，移位寄存器按照时钟节拍移位，一旦接收到一个字节，数据就传输到缓冲寄存器，同时使中断标志位 SPIIF 和状态标志位 BF 置 1，可以用来查询数据是否传送结束或申请 CPU 中断。

在主模式下，SPI 通信速率有 4 种：$F_{osc}/4$、$F_{osc}/16$、$F_{osc}/64$ 和 T8P1/2，可以通过设置 SSIC 寄存器的 bit3 ~ bit0 来设定。串行时钟边沿可由 SSIC 寄存器的 CK 位 P 进行选择。SPI 主控模式时序如图 7-9 所示，初始化流程如图 7-10 所示。

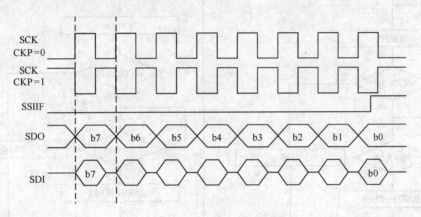

图 7-9　SPI 主控模式时序图

2）SPI 从动模式

当 SPI 配置成从动模式时，SCK 工作在输入状态，引脚#SS 可以设置作为 SPI 从动的片选。当引脚#SS 为低电平时，SPI 将响应片外设备的发送和接收。当引脚#SS 为高电平时，SDO 端口将变成高阻输出。串行时钟输出的极性也可由 CKP 进行选择。当单片机处于休眠状态时，SPI 也可以工作，并在发送结束后将单片机唤醒。从动模式下 SPI 的初始化流程如图 7-11 所示，时序图如图 7-12 所示。

7.2.2　相关的控制寄存器

1. SSIB 寄存器

SSIB 是 8 位的数据缓冲寄存器，可读可写，取值范围为 00H ~ FFH。

2. SSIA 寄存器

SSIA 寄存器是 8 位的寄存器，在 I^2C 模式下，作从模式的地址，可读可写，取值范围是 00H ~ FFH。

3. 状态寄存器 SSIS(SPI 模式)

SSIS 是 8 位的状态寄存器，用来表示数据传送时的状态。

SSIS 各位的含义如下：

BF:bit0，该位只能读不能写，缓冲器填满状态位，接收时，无效

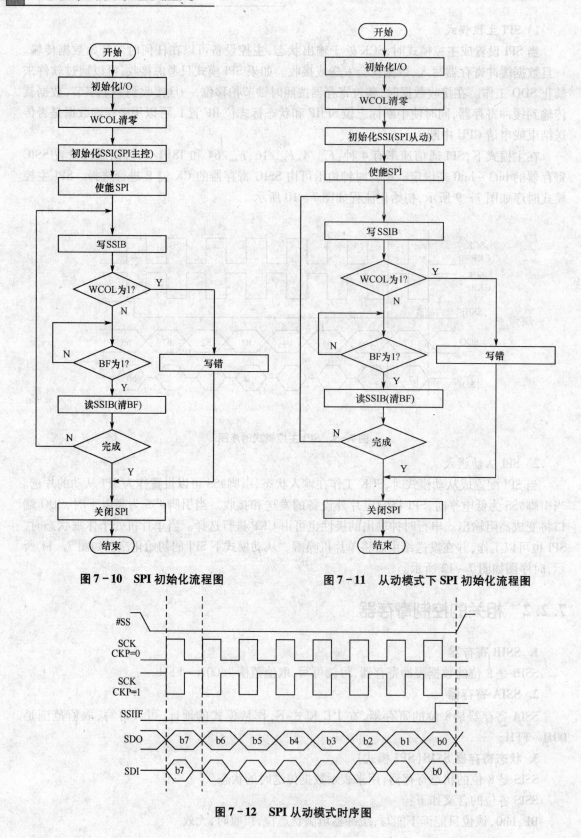

图 7-10　SPI 初始化流程图

图 7-11　从动模式下 SPI 初始化流程图

图 7-12　SPI 从动模式时序图

bit7	bit6	bit5	bit4	bit3	bit2	bit1	bit0
—	—	D/A	P	S	R/W	UA	BF

图 7 - 13　SPI 模式下状态寄存器 SSIS 位定义

　　0：表示数据发送正在进行，SSIB 空

　　1：接收完成，SSIB 被填满

UA：bit1，SPI 无效

R/W：bit2，SPI 无效

S：bit3，SPI 无效

P：bit4，SPI 无效

D/A：bit5，SPI 无效

4. SSIC 控制寄存器（SPI 模式）

SSIC 是 8 位的控制寄存器，具体格式如图 7 - 14 所示。

bit7	bit6	bit5	bit4	bit3	bit2	bit1	bit0
WCOL	SSIOV	SSIEN	CKP	SSIM			

图 7 - 14　SPI 模式下状态寄存器 SSIC 控制寄存器位定义

SSIC 寄存器各位的含义如下：

SSIM，bit3 ~ 0，同步串行端口模式选择位，可读可写

　　0000：SPI 主控模式，$SCK(O) = F_{osc}/4$

　　0001：SPI 主控模式，$SCK(O) = F_{osc}/16$

　　0010：SPI 主控模式，$SCK(O) = F_{osc}/64$

　　0011：SPI 主控模式，$SCK(O) = T8P\ OUTPUT/2$

　　0100：SPI 从动模式，SCK(I)，引脚#SS 使能

　　0101：SPI 从动模式，SCK(I)，引脚#SS 不使能

　　0110 ~ 1111：IIC 模式

CKP，bit4，时钟极性选择位，可读可写

　　0：上升沿发送，下降沿发送，时钟空闲状态是低电平

　　1：下降沿发送，上升沿接收，时钟空闲状态是高电平

SSIEN，bit5，同步串行口使能位，当使能时，SPI 端口必须作为输入或输出

　　0：串行口不使能时，SCK、SDO 和 SDI 当做 I/O 端口

　　1：串行口使能，且 SCK，SDO 和 SDI 当做串行口端口

SSIOV，bit6，同步串行溢出标志位，可读可写

　　0：没有接收溢出

1：当 SSIB 寄存器仍保持当前未读出的数据时又有新的数据被接收，发生溢出，在
　　SSISR 中的数据会丢失。溢出近在从动模式状态下发生。为了避免溢出发生，即
　　使仅仅传送数据，用户也需要先读出 SSIB 内的数据。主控模式下，溢出未设置，
　　因为每次传送时 SSIB 寄存器都被初始化。

WCOL，bit7，写冲突标志位，可读可写

0:没有写冲突

1:正在传送前一数据时又有数据写入到 SSIB 寄存器(需软件清零)

5. 应用举例

SPI 采用主控模式,时钟 = F_{osc}/4。MCU 通过 SPI 模块将发送缓冲寄存器数据传送给外接的并行 LED 显示。SPI 模块输入引脚接至 SPI 模块输出引脚,形成自发自收,同步收回发送数据,默认首字节为 0x00。

部分程序如下:

```
;函数名:MODE5_SUBROUTINE
;功能描述:SPI 工作模式举例。
;参量说明:SSIC,SSP 模块控制寄存器
;输入参数:B_INITON(bit)(初始化标志位)
;输出参数:无
;--------------------------------------------------------------------
MODE5_SUBROUTINE
    JBS      B_INITON        ;检测模式初始化标志位,看是否需要初始化
    GOTO     M5_SUB_EXIT     ;否,跳过模块初始化
MODE5_INIT
    BCC      B_INITON        ;是,清初始化标志位
;------------------------------SSP_SPI 模块设置----------------------------
    BSS      PSW,RP0         ;设置 section1
    MOVI     0xD7            ;11010111
    AND      PCT,F           ;设置 PC5(SDO)/3(SCL)为输出,PC4(SDI)为输入
    BCC      PSW, RP0        ;选择 section0
    MOVI     0x30            ;bit5 =1:使能 SPI 端口并配置
                             ;SCL/SDA/SDI 为端口引脚,bit4 =1
    MOVA     SSIC            ;ckp =1 空闲为高电平 bit3:0 =0000
                             ;SPI 主控方式,时钟 = $F_{osc}$ /4
;--------------------------------------------------------------------
    CLR      SPI_BUF         ;初始化 SPI 数据寄存器
    BSS      PC_WP           ;设置 74XX164 为移位状态
    ... ...
M5_SUB_EXIT
    RET
```

7.2.3 I²C 模式

1. 概述

I^2C 协议是 PHILIPS 公司推出的一种串行通信标准,该标准具备多主机系统所需的包括总线裁决和高低速器件同步功能的高性能串行总线。I^2C 是一种多向控制总线,多个芯片可以连接到同一总线结构下,同时每个芯片都可以作为实施数据传输的控制源。每个接到 I^2C 总线上的器件都有唯一的地址。主机与其他器件间的数据传送可以是由主机发送数据到其他器件,这时主机即为发送器,从总线上接收数据的器件则为接收器。在多主机系统中,可能同

时有几个主机企图启动总线传送数据。为了避免混乱,I^2C 总线要通过总线仲裁,以决定由哪一台主机控制总线。

与 SPI 不同的是,I^2C 是一种基于两条连线,以主从方式实现互联器件之间的双向数据通信方式。这两条连线是 SCL 和 SDA,SCL 称做串行时钟线,其功能是发送同步时钟,而 SDA 称做串行数据线,其功能是传输发送数据,如图 7-17 所示。

为了避免总线信号的混乱,要求各设备连接到总线的输出端时必须是开漏输出或集电极开路输出。I^2C 总线通过上拉电阻接正电源,当总线空闲时,两根线均为高电平。连到总线上的任一器件输出的低电平,都将使总线的信号变低如图 7-18 所示。

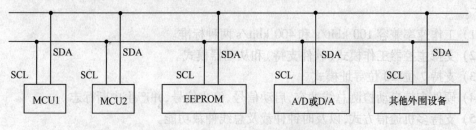

图 7-15 I^2C 总线与器件连接原理图

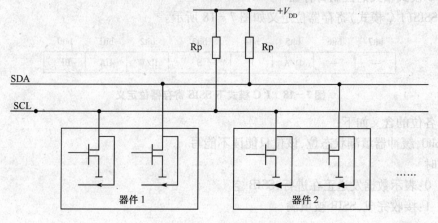

图 7-16 I^2C 总线结构

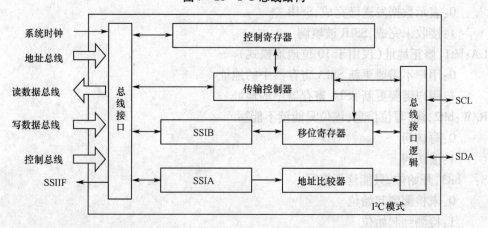

图 7-17 I^2C 模式内部结构图

2. I²C 模式的内部结构

HR6P92H 单片机片上的 I²C 模式的内部结构如图 7 - 19 所示,主要由寄存器 SSIB、SSIA、控制寄存器、传输控制器、移位寄存器、地址比较器、总线接口逻辑电路等模块组成。状态寄存器 SSIS 提供数据传输的状态,主要提供 I²C 传输的启动和结束位的检测,检测接收到的是地址还是数据,检测是读操作还是写操作,检测下一个字节是否是完整的 10 位地址;移位寄存器用于芯片输入/输出数据的移位,高位在前。在接收的数据准备好之前,SSIB 用于保存移入移位寄存器的数据;地址寄存器 SSIA 在 I²C 从动方式下,用于存放片外 I²C 设备寻呼的地址。在 10 位地址方式下,用户先写入地址的高字节,在高字节匹配后,再装入地址的低字节。其特点如下:

(1) 工作速率兼容 100 kbit/s 和 400 kbit/s 两种标准。

(2) 支持主控器工作模式(软件支持)和从动器模式。

(3) 支持 7 位/10 位寻址模式。

(4) 硬件支持自动检测总线冲突,启动信号、停止信号,并产生中断标志。

(5) 支持多机通信方式,以及时钟仲裁及总线仲裁功能。

3. I²C 模式相关的控制寄存器

(1) SSIS(I²C 模式)寄存器位定义如图 7 - 18 所示。

bit7	bit6	bit5	bit4	bit3	bit2	bit1	bit0
—	—	D/A	P	S	R/W	UA	BF

图 7 - 18　I²C 模式下 SSIS 寄存器位定义

SSIS 各位的含义如下:

BF:bit0,缓冲器填满状态位,该位只能读不能写

接收时

　　0:表示数据发送正在进行,SSIB 空

　　1:接收完成,SSIB 被填满

发送时

　　0:表示数据发送已完成,SSIB 空

　　1:接收未完成,SSIB 被填满

UA:bit1,修正地址(仅用于 10 位地址模式)

　　0:用户不需要更新 SSIA 寄存器中的地址

　　1:用户需要更新 SSIA 寄存器中的地址

R/W:bit2,读/写位信息,该位只能读不能写

　　0:写访问

　　1:读访问

S：　bit3,开始位,只能读不能写

　　0:未检测到起始位

　　1:检测到起始位

P：　bit4,停止位,只能读不能写

　　0:最后未检测到停止位

1：最后检测到停止位

D/A：bit5，数据/地址位，可读可写

0：最后收到的字节是地址

1：最后收到的字节是数据

(2) SSIC 控制寄存器(I²C 模式)位定义如图 7 – 19 所示。

bit7	bit6	bit5	bit4	bit3	bit2	bit1	bit0
WCOL	SSIOV	SSIEN	CKP	SSIM			

图 7 – 19　I²C 模式下 SSIC 控制寄存器位定义

SSIC 寄存器各位的含义如下：

SSIM，bit3 ~ 0，同步串行端口模式选择位，可读可写

0000 ~ 0101：SPI 主控模式

0110：IIC 从动方式，7 位地址

0111：IIC 从动方式，10 位地址

1011：IIC 从动方式，软件控制 I/O

0111：IIC 从动方式，起始/停止/7 位地址中断

1111：IIC 从动方式，起始/停止/10 位地址中断

CKP，bit4，时钟极性选择位，可读可写

0：保持时钟线为低电平(确保数据建立时间)

1：使能时钟工作

SSIEN，bit5，同步串行口使能位，当使能时，I²C 端口必须作为输入或输出

0：禁止串行口工作，并设定 SDA 和 SCL 为普通 I/O 口

1：使能串行口工作，并设定 SDA 和 SCL 为串行口

SSIOV，bit6，同步串行溢出标志位，可读可写

0：表示未发生溢出

1：表示 SSIB 中仍保持前一个数据时，又收到新的数据

WCOL，bit7，写冲突标志位，可读可写

0：没有写冲突

1：正在传送前一数据时又有数据写入到 SSIB 寄存器(需软件清零)

4. I²C 模式下的数据传送

I²C 模式下数据的传送过程由主机控制完成，即主机发出启动信号来启动数据的传送、发出时钟信号以及传送结束时发出停止信号，通常主机都是微处理器。被主机寻访的设备称为从机，每个接到 I²C 总线的设备都有一个唯一的地址，以便主机寻访。主机和从机的数据传送，可以由主机发送数据到从机，也可以由从机发到主机。

为了保证数据可靠地传送，任一时刻总线只能由一台主机控制，各微处理器应该在总线空闲时发送启动数据，为解决多台微处理器同时发送启动数据传送的冲突，I²C 总线通过总线仲裁决定由哪一台微处理器拥有总线控制权。

在 I²C 总线传输过程中，开始和停止条件的定义如下：当 SCL 保持"高"时，SDA 由"高"变为"低"为开始条件；当 SCL 保持"高"且 SDA 由"低"变为"高"时为停止条件，如图 7 – 20 所

示。开始和停止条件均由主控制器产生。

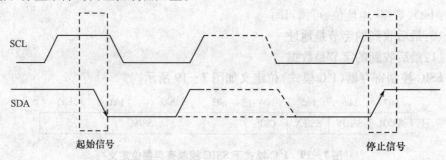

图 7－20　起始信号和终止信号示意图

SDA 线上的数据在时钟"高"期间必须是稳定的,只有当 SCL 线上的时钟信号为低时,数据线上的"高"或"低"状态才可以改变。输出到 SDA 线上的每个字节必须是 8 位,每次传输的字节不受限制,但每个字节必须要有一个应答信号 ACK。如果一接收器件在完成其他功能前不能接收另一数据的完整字节时,它可以保持时钟线 SCL 为低,以促使发送器进入等待状态;当接收器准备好接受数据的其他字节并释放时钟 SCL 后,数据传送继续进行。

应答信号 ACK 是数据传送中必须的信号,与应答对应的时钟脉冲由主控制器产生,发送器在应答期间必须下拉 SDA 线,当寻址的被控器件不能应答时,数据保持为高并使主控器产生停止条件而终止传送。在传送的过程中,在用到主控接收器的情况下,主控接收器必须发出一数据结束信号给被控发送器,从而使被控发送器释放数据线,以允许主控器产生停止条件。

5. I²C 的工作方式

HR6P92H 片上的 I²C 模块其工作方式也可以分成两种方式:主控方式和从控方式。

1) I²C 主控方式

HR6P92H 片上的 I²C 主控方式需要软件模拟才能实现,即 SCL 和 SDA 的引脚电平状态是通过改变相应 I/O 口的输入/输出状态来实现的。当 I/O 口处于输出状态时,SCL 和 SDA 被驱动为低电平,当 I/O 口处于输入状态时,引脚电平是由片外从动设备和上拉电阻共同决定的。若片外设备驱动相应引脚为低电平,则引脚电平依然为低,否则引脚电平会被上拉电阻驱动为高电平。通过这一原理,软件就可以发送 I²C 总线需要的起始信号、停止信号、应答信号及发送/接收数据。

此模式下,启动状态、停止状态及发送/接收数据字节都会将中断标志位置 1,如果相关中断使能此时有效的话,可以得到中断响应,执行中断子程序。

2) I²C 从动方式

HR6P92H 片上的 I²C 工作在从动方式时,当收到的地址匹配时或匹配的地址传送的数据被接收时,硬件会产生一个应答脉冲 ACK,并把在 SSISR 中接收到的数据传送到 SSIB 缓冲器中。在传送的数据被接收之前,如果缓冲区满同时标志位 BF 已经被置 1,或者溢出标志位 SSIOV 已经被置 1,则 I²C 不会产生 ACK 应答脉冲。

在这两种情况下,移位寄存器 SSISR 的值将不被装入缓冲器 SSIB 中,但中断标志位 SSIIF 将被置 1。BF 标志通过读 SSIB 寄存器来清除,SSIOV 溢出标志位通过软件来清零。

I²C 有 7 位和 10 位地址格式,地址都是从高位向低位发送的。图 7－21 是 7 位地址格式发送示意图,图 7－22 是 10 位地址格式发送示意图。

图 7 - 21   7 位地址格式示意图

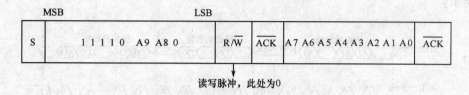

读写脉冲,此处为0

图 7 - 22   10 位地址格式示意图

I^2C 从动方式的具体操作过程如下:

(1) 寻址。当 SSI 工作时,检测到启动信号后,就把 8 位数据送到 SSISR 寄存器,每一位信号都在 SCL 的上升沿被采样。在 SCL 的第 8 个脉冲的下降沿,把 SSISR <7:1> 与地址寄存器 SSIA 的数值作比较,检查是否匹配,然后进行把 SSISR 的值装入 SSIB,置 BF 为 1,产生 ACK 脉冲信号;在 SCL 的第 9 个脉冲的下降沿,把 SSIIF 置 1,如果中断使能,便产生中断。

(2) 发送数据。当地址匹配并且地址字节的读写位为 1 时,状态寄存器 SSIS 中的读写位被置 1,同时把接收到的地址装入到 SSIB。在 SCL 的第 9 个时钟脉冲产生应答信号,同时时钟线 SCL 保持低电平。发送的数据必须送入 SSIB 和 SSISR 寄存器,然后通过把 SSIC 的 CKP 置 1,使能 SCL 线工作。在 SCL 时钟的下降沿,8 位数据依次串行输出,确保在 SCL 高电平期间 SDA 数据有效。每传送一个数据字节,都会在 SCL 的第 9 个时钟下降沿把中断标志位 SSIIF 置 1,发出中断请求。SSIIF 中断标志位必须用软件清零。7 位数据的发送时序如图 7 - 23 所示。

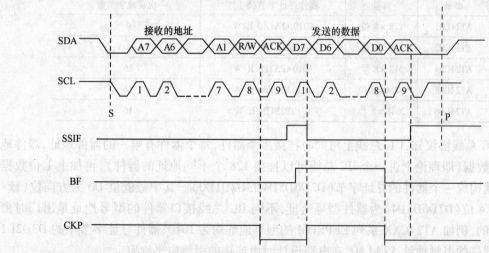

图 7 - 23   7 位数据的发送时序图

作为从动发送器,从主控接收器发出的 ACK 应答信号在 SCL 输入时钟的第 9 个上升沿被锁存。若 SDA 为高电平,表示无应答信号,数据传送已完成。从动器件再继续检测下一个启动信号何时发生,为下一次发送做准备。

(3) 接收数据。当地址匹配并且地址字节的读写位为 0 时,SSIS 中的读写位被清零,并把接收到的地址装入 SSIB。如果发送地址字节接收溢出状态,则从动器件不会产生应答信号 ACK。每个数据传送字节都会使中断标志 SSIIF 置 1 而发生中断请求,而 SSIIF 标志位必须软件清零。状态寄存器 SSIS 是用于确定数据字节的状态。7 位地址方式接收数据的时序如图 7-24 所示。

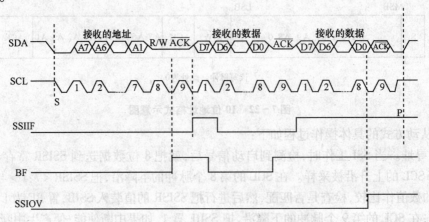

图 7-24　7 位地址方式接收数据的时序图

5. I²C 应用举例

AT24CXX 系列的 EEPROM 都具有 I²C 总线接口功能,因此 HR6P92H 单片机可以通过 I²C 总线方式读写 AT24CXX 系列芯片。AT24CXX 系列芯片有多种型号,各型号容量各异,如表7-3所列。

表 7-3　AT24CXX 系列 EEPROM 的参数表

型号	容量	器件寻址字节(8 位)	一次装载字节数 n
AT24C01	128 × 8 位	1010A2A1A0 R/W	4
AT24C02	256 × 8 位	1010A2A1A0 R/W	8
AT24C04	512 × 8 位	1010A2A1P0 R/W	16
AT24C08	1024 × 8 位	1010A2P1P0 R/W	16
AT24C16	2048 × 8 位	1010P2P1P0 R/W	16

由 I²C 总线协议知,I²C 总线上可同时挂接多个器件,每个器件有唯一的器件地址,器件地址是 7 位数据(即理论上讲一个 IIC 总线可以挂接 128 个不同地址的器件),再加上 1 位数据方向位,就构成一个器件的寻址字节(D7D6D5D4D3D2D1D0)。其中最低位 D0 为方向位(读/写);最高 4 位(D7D6D5D4)为器件型号地址,不同 IIC 总线接口器件的型号地址是出厂时由厂家给定的,例如 AT24CXX 系列 EEPROM 的型号地址均为 1010;器件寻址字节中的 D3D2D1 位,对应器件的引脚地址 A2A1A0,在电路设计时由连接的引脚电平给定。

对于 EEPROM 的片内地址,容量小于 256 字节的芯片,8 位片内寻址即可满足要求。当芯片容量大于 256 字节时,8 位片内寻址范围将不再满足要求,需借助于页寻址。以 256 字节为 1 页,多于 8 位的寻址视为页寻找。在 AT24CXX 系列芯片中对页寻址位应采取占用器件引脚地址 A2、A1、A0 的办法,例如对于芯片 AT24C08,其容量是 1024×8 位,超过了 256 字节,需使用页寻址,因此可选用 A1、A0 作为页地址,将 1024 字节分成 4 个页面进行寻址。需要注意的是一旦在系统中引脚地址用作页地址后,该引脚在电路中不能再被使用,要做悬空处理。表 7-3中的 P2P1P0 即表示页寻址位。

对于 AT24CXX 系列 EEPROM 的读/写操作完全遵守 I^2C 总线的收发原则。

（1）当对 AT24CXX 进行连续写操作时,该操作将对 EEPROM 连续装载 n（见表 7-3）个字节数据。AT24CXX 系列芯片片内地址在接收到每一个数据字节地址后自动加 1,故装载一页以内规定的数据字节时,只需输入首地址,若装载字节多于规定的最多字节数时,前面的数据将被覆盖。

（2）当对 AT24CXX 进行连续读操作时,首先指定首地址,这时需要 2 字节来给定器件地址和片内地址,重复一次启动信号和器件地址,就可以读出该地址的数据。在位字节写中地址不会加 1,但以后每读取 1 字节,地址就自动加 1。当接收器接收到最后一个数据字节后,不返回肯定应答,随后发停止信号。

HR6P92H 单片机与 AT24C01 接口电路如图 7-25 所示。I^2C 模块采用 7 位寻址方式。设置单片机 SSP 模块为 I^2C 固件模拟主控模式（1011）,读写从器件。HR6P92H 单片机读写 AT24C01 的程序请参考附录 C。

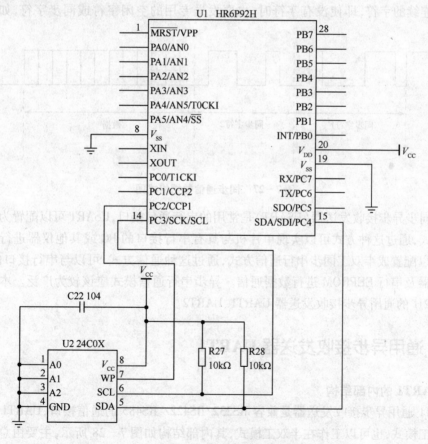

图 7-25　HR6P92H 单片机与 AT24C01 接口电路图

7.3 通用同步异步发送接收器 USART

异步通信是指通信中两个字符的时间间隔是不固定的,而在同一字符中的两个相邻代码间的时间间隔是固定的。异步通信的格式如图 7-26 所示:用一个起始位表示字符开始,用停止位表示字符的结束,在起始位和停止位之间是 n 位字符及奇偶校验位,这一串数据就称做一帧。异步通信时字符是一帧一帧传送的,每帧字符的传送靠起始位来同步。

图 7-26 异步通信数据格式图

在异步通信时,发送器和接收器之间需要规定好帧格式和波特率,波特率是指传送数据位的速度,用位/秒(bit/s)来表示。常用的波特率如 2 400 波特、9 600 波特、19 200 波特等。

同步通信是在数据块的开始处设置 1～2 个同步字符来进行数据通信,在串行数据线上,始终保持连续的字符,即使没有字符时,也要发送专用的空闲字符或同步字符,如图 7-27 所示。

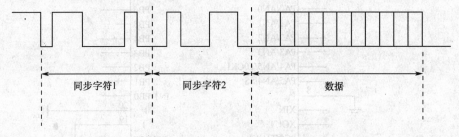

图 7-27 同步通信数据格式图

通用同步异步接收发送器(USART)是常用的串行通信接口,USART 可以配置为全双工异步通信方式,通过这种方式可以实现单片机与具有串行接口的 PC 或其他仪器进行通信;US-ART 也可以配置成半双工同步串行通信方式,通过这种通信方式,可以与串行接口的 A/D 或 D/A 转换器及串行 EEPROM 进行数据通信。异步串行通信模式应该较为广泛。本节重点介绍 HR6P92H 的通用异步接收发送器 UART1、UART2。

7.3.1 通用异步接收发送器 UART1

1. UART1 的内部结构

UART1 通用异步接收发送器是兼容 RS232/RS422/ RS485 的通信接口,UART1 既可以工作在全双工模式,也可以工作在半双工模式,其内部结构如图 7-28 所示,主要由总线接口单元、发送移位寄存器、接收移位寄存器、波特率发生器、UART1 控制器、寄存器 TXR、寄存器 RXR、寄存器 RXB 等组成。总线接口单元完成 CPU 与 UART1 之间的数据地址等信息的传送;TXR为发送寄存器,用来存放要发送的数据;发送移位寄存器用来将待发送的数据一位一位进行移位,送到TX端;接收移位寄存器用来将来自RX端的数据一位一位进行移位,送到RXR;RXR为接收寄存器,用来存放来自接收移位寄存器的数据;RXB为接收缓冲寄存器,暂存来自RXR的数据;波特率发送器用来产生通信所需的时钟信号。其中完成数据发送功能的部分又称为发送器,完成接收数据功能的部分称为接收器。

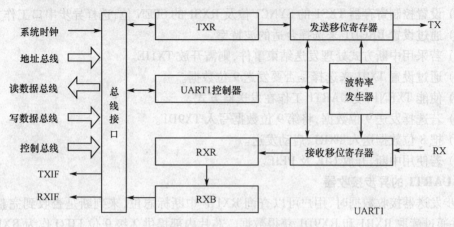

图7-28 UART1内部结构图

2. 数据格式

UART1模块每帧数据由1位起始位,8位/9位数据位和1位停止位组成。在没有数据发送/接收时,管脚处于高电平状态。发送8位/9位数据可以通过专用控制寄存器TXS1的TX91位来进行设置,接收8位/9位数据可以通过专用控制寄存器RXS1的RX91位来进行设置。图7-29是UART18位数据结构示意图,图7-30是UART1 9位数据结构示意图。

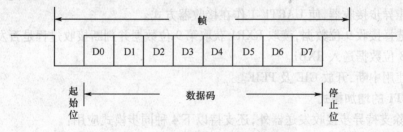

图7-29 UART1 8位数据格式图

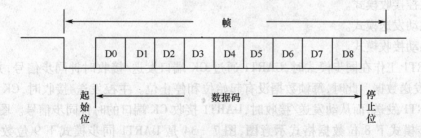

图7-30 UART1 9位数据格式图

3. UART1 的异步发送器

异步发送器发送数据时,起始位 Start 和结束位 Stop 由芯片内部产生,用户只需要使能异步发送器,并将所要发送的数据写入 TXR1 和 TX9D1 内,就能实现异步发送,异步发送器还可以实现数据连续发送,其操作流程如图 7 - 31 所示。

通常编写发送器发送程序时,需遵循如下步骤:

(1)设置控制寄存器 TXS1 的 SYNC1 位及 RXS1 的 SPEN 位,选择异步串口工作方式。

(2)通过设置 BRGH1 来选择合适的波特率。

(3)若采用中断方式处理发送结束事件,则需开放 TX1IE。

(4)通过设置 TX91 来选择是否要发送 9 位数据。

(5)使能 TXEN1,使 UART1 工作在发送器方式。

(6)若选择发送 9 位数据,将第 9 位数据写入 TX9D1。

(7)把 8 位数据送入 TXR1,启动发送。

(8)若使用中断,开放 GIE 及 PEIE。

4. UART1 的异步接收器

异步发送器接收数据时,用户可以查询 RX1IF 中断标志位,来判断是否收到完整的一帧数据,并通过读取 RXR1 和 RX9D1 获得数据。芯片内部提供 2 级 9 位 FIFO 作为 RXR1,若用户在第 3 个数据接收完毕前,未读取 RXR1,则溢出标志位 OERR1 将置 1。FERR1 在用户未接收到结束位 Stop 时置 1,其操作流程如图 7 - 32 所示。

与发送器编程程序类似,编写接收程序遵循如下步骤:

(1)设置控制寄存器 SYNC1 位及 SPEN,选择异步串口工作方式。

(2)通过设置 BRGH1 来选择合适的波特率。

(3)若采用中断方式处理接收结束事件,则需开放 RX1IE。

(4)若要接收 9 位数据,需将 RX91 置位。

(5)使能异步接收器,使 UART1 工作在接收器方式。

(6)若选择接收 9 位数据,读取 RXR1 获取第 9 位数据并判断接收过程是否发生错误。

(7)把 8 位数据送入 RXB1。

(8)若使用中断,开放 GIE 及 PEIE。

5. UART1 的增加模式

UART1 除支持异步接收发送器外,还支持以下 4 种同步模式应用:

(1)主控发送模式。

(2)主控接收模式。

(3)从动发送模式。

(4)从动接收模式。

当 UART1 工作在同步模式时,UART1 通过 CK 端口发送/接收时钟同步信号,并通过 DT 端口接收/发送数据。此时,每帧数据没有起始位和停止位。主控发送/接收时,CK 时钟同步信号由 UART1 发送,而从动发送/接收时,UART1 接收 CK 端口的时钟同步信号。图 7 - 33 是 UART1 同步模式下 8 位数据格式示意图,图 7 - 34 是 UART1 同步模式下 9 位数据格式示意图。

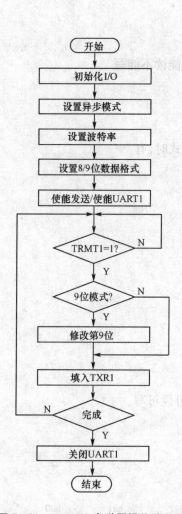

图 7-31 UART1 发送器操作流程图

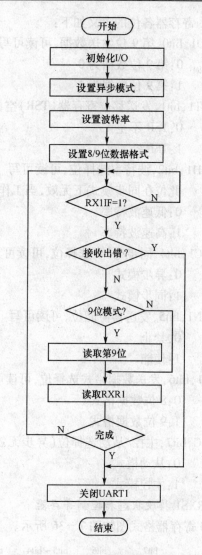

图 7-32 UART1 接收器操作流程图

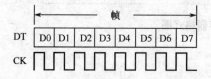

图 7-33 UART1 同步模式 8 位数据格式

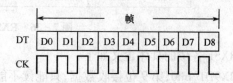

图 7-34 UART1 同步模式 9 位数据格式

6. 与 UART1 相关的控制寄存器

1) TXS1 发送状态和控制寄存器

TXS 寄存器格式图如图 7-35 所示。

bit7	bit6	bit5	bit4	bit3	bit2	bit1	bit0
CSRC	TX91	TXEN1	SYNC1	—	BRGH1	TRMT1	TX9D1

图 7-35 TXS1 寄存器格式图

TXS1 寄存器各位的含义如下：

TX9D1,bit0,第 9 位发送数据,可读可写

        0:第 9 位数据为 0

        1:第 9 位数据为 1

TRMT1,bit1,发送移位寄存器(TSR)空标志位,只能读不能写

        0:TSR 不空

        1:TSR 空

BRGH1,bit2,波特率选择位,可读可写

        此位在同步模式下无效,当工作在异步模式时,有

        0:低速波特率

        1:高速波特率

SYNC1,bit4,同步/异步选择位,可读可写

        0:异步模式

        1:同步模式

TXEN1,bit5,发送器使能位,可读可写

        0:禁止

        1:使能

TX91,bit6,发送数据格式选择位,可读可写

        0:8 位数据格式

        1:9 位数据格式

CSRC,bit7,主控/从动选择位(异步无效,置 0),可读可写

        0:从动模式

        1:主控模式

2) RXS1 接收状态和控制寄存器

RXS 寄存器格式图如图 7 - 36 所示。

bit7	bit6	bit5 ~ bit4	bit3	bit2	bit1	bit0
SPEN	RX91	RXCON	—	FERR1	OERR1	RX9D1

图 7 - 36　RXS1 寄存器格式图

RXS1 各位的具体含义如下：

RX9D1,bit0,第 9 位接收数据,只能读不能写

        0:第 9 位数据为 0

        1:第 9 位数据为 1

OERR1,bit1,接收溢出标志位,只能读不能写

        0:无溢出错误

        1:有溢出错误(清 CREN 位可将此位清除)

FERR1,bit2,帧格式错标志位,只能读不能写

        0:无帧格式错误

        1:帧格式错(读 RXR,该位被刷新)

RXCON,bit5~4,接收器控制,可读可写

      00:关闭接收器

      X1:连续接收

      10:单字节接收(同步主控模式,接收完成后,必须再设置才能继续收)

RX91,bit6,接收数据格式选择位,可读可写

      0:8 位数据格式

      1:9 位数据格式

SPEN,bit7,端口设置位,可读可写

      0:I/O 端口

      1:UART1 端口

3)UART1 波特率寄存器(BRR1)

BRR1 是 8 位的波特率寄存器,可读可写,取值范围为 00H ~ FFH。

UART1 波特率计算公式如下:

SYNC1 = 0,BRGH1 = 0 时:$Fosc/(64(BRR1 <7:0> +1))$

SYNC1 = 0,BRGH1 = 1 时:$Fosc/(16(BRR1 <7:0> +1))$

SYNC1 = 1,BRGH1 = 0 时:$Fosc/(4(BRR1 <7:0> +1))$

7.3.2 通用异步接收/发送器 UART2

1. UART2 的内部结构

UART2 通用异步接收发送器是兼容 RS – 232/RS – 422/RS – 485 的通信接口,UART2 既可以工作在全双工模式,也可以工作在半双工模式。其内部结构如图 7 – 37 所示,主要由总线接口单元、发送移位寄存器、接收移位寄存器、波特率发生器、UART2 控制器、寄存器 TXR2、寄存器 RXR2、寄存器 RXB2 等组成。总线接口单元完成 CPU 与 UART2 之间的数据地址等信息的传送;TXR2 为发送寄存器,用来存放要发送的数据;发送移位寄存器用来将待发送的数据一位一位进行移位,送到 TX2 端;接收移位寄存器用来将来自 RX2 端的数据一位一位进行移位,送到 RXR2;RXR2 为接收寄存器,用来存放来自接收移位寄存器的数据;RXB2 为接收缓

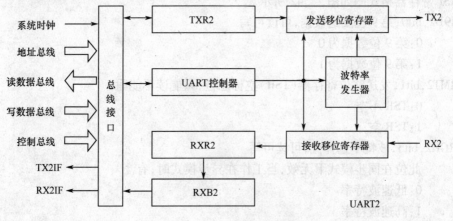

图 7 – 37 UART2 内部结构图

冲寄存器,暂存来自 RXR2 的数据;波特率发送器用来产生通信所需的时钟信号。其中完成数据发送功能的部分又称为发送器,完成接收数据功能的部分称为接收器。

2. 数据格式

与 UART1 类似,UART2 模块每帧数据由 1 位起始位,8 位/9 位数据位和 1 位停止位组成。在没有数据发送/接收时,引脚处于高电平状态。发送 8 位/9 位数据可以通过 TX9 设置,接收 8 位/9 位数据可以通过 RX9 设置。图 7-38 是 UART2 8 数据格式示意图,图 7-39 是 UART2 9 数据格式示意图。

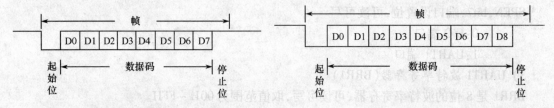

图 7-38　UART2 8 位数据格式图　　　　图 7-39　UART2 9 位数据格式图

3. UART2 的异步发送器

异步发送器发送数据时,起始位 Start 和结束位 Stop 由芯片内部产生,用户只需要使能异步发送器,并将所要发送的数据写入 TXR2 和 TX9D2 内,就能实现异步发送,异步发送器还可以实现数据连续发送,其操作流程如图 7-40 所示。UART2 异步发送器程序的编写步骤与 UART1 异步发送器类似,可参考 UART1 异步发送器程序编写步骤。

4. UART2 的异步接收器

异步发送器接收数据时,用户可以查询 RXIF 中断标志位,来判断是否收到完整的一帧数据,并通过读取 RXR2 和 RX9D2 获得数据。芯片内部提供 2 级 9 位 FIFO 作为 RXR2,若用户在第三个数据接收完毕前,未读取 RXR2,则溢出标志位 OERR2 将置 1。FERR2 在用户未接收到结束位 Stop 时置 1,其操作流程如图 7-41 所示。UART2 异步接收器程序编写步骤与 UART1 异步接收器类似,可参考 UART1 异步接收器程序编写步骤。

5. 与 UART2 相关的控制寄存器

1) TXS2 寄存器各位的含义

TXS1 寄存器格式图如图 7-42 所示。

TX9D2,bit0,第 9 位发送数据,可读可写

　　　0:第 9 位数据为 0

　　　1:第 9 位数据为 1

TRMT2,bit1,发送移位寄存器(TSR)空标志位,只能读不能写

　　　0:TSR 不空

　　　1:TSR 空

BRGH2,bit5,波特率选择位,可读可写

　　　此位在同步模式下无效,当工作在异步模式时,有

　　　0:低速波特率

　　　1:高速波特率

TX92,bit6,发送数据格式选择位,可读可写

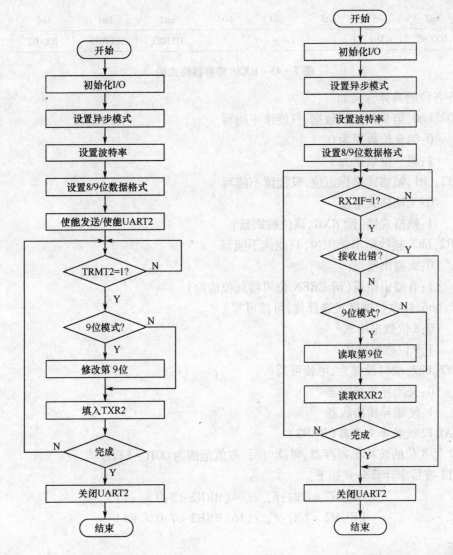

图 7-40　UART2 发送器操作流程图　　　图 7-41　UART2 接收器操作流程图

bit7	bit6	bit5	bit4	bit3	bit2	bit1	bit0
TXEN2	TX92	BRGH2	—			TRMT2	Tx9D2

图 7-42　TXS2 寄存器格式图

　　0:8 位数据格式

　　1:9 位数据格式

TXEN2,bit7,发送器使能位,可读可写

　　0:禁止

　　1:使能

2) RX2S 接收状态和控制寄存器

RX2S 寄存器格式图如图 7-43 所示。

bit7	bit6	bit5	bit4	bit3	bit2	bit1	bit0
RXEN2	RX92		—		OERR2	FERR2	RX9D2

图 7 - 43　RX2S 寄存器格式图

RX2S 各位的具体含义如下：

RX9D2，bit0，第 9 位接收数据，只能读不能写

　　　　0：第 9 位数据为 0

　　　　1：第 9 位数据为 1

FERR2，bit1，帧格式错标志位，只能读不能写

　　　　0：无帧格式错误

　　　　1：帧格式错（读 RXR，该位被刷新）

OERR2，bit2，接收溢出标志位，只能读不能写

　　　　0：无溢出错误

　　　　1：有溢出错误（清 CREN 位可将此位清除）

RX92，bit6，接收数据格式选择位，可读可写

　　　　0：8 位数据格式

　　　　1：9 位数据格式

RXEN2，bit7，端口设置为，可读可写

　　　　0：关闭异步接收器

　　　　1：使能异步接收器

3）UART2 波特率寄存器（BRR2）

BRR2 是 8 位的波特率寄存器，可读可写，取值范围为 00H ~ FFH。

UART2 波特率计算公式如下：

$$BRGH2 = 0 \text{ 时}：F_{osc}/(64(BRR2 <7:0> + 1))$$
$$BRGH2 = 1 \text{ 时}：F_{osc}/(16(BRR2 <7:0> + 1))$$

思考题

1. A/D 转换器的功能是什么？

2. A/D 转换器的分类？

3. A/D 转换器常用的性能指标有哪些？这些指标的含义是什么？

4. HR6P92H 单片机片上的 ADC 有什么特点？使用该 A/D 转换模块进行工作时需要经过哪些步骤？

5. 什么是串行通信？什么是并行通信？

6. SPI 总线的特点是什么？其工作机制是什么？其工作模式可分为哪两种？

7. I^{2}C 总线的特点是什么？其工作机制是什么？其工作模式可分为哪两种？

8. 简述 HR6P92H 单片机片上 UART 的工作原理。

第 **8** 章

HR7P 系列单片机简介

  HR7P 系列单片机与 HR6P 系列单片机类似,均是 8 位微控制器,采用哈佛 RISC CPU 内核,HR7P 系列单片机可以视为 HR6P 系列单片机的升级产品,但指令集不同,其外围器件配置较 HR6P 系列单片机更为丰富。与 HR6P 系列单片机相比,HR7P 系列单片机是在 HR6P 系列单片机架构的基础上,针对 C 语言的编译及执行效率进行了显著优化,丰富了片内存储资源及外设资源,同时采用了先进的低功耗设计技术及生产工艺,可以满足用户对系统复杂度及系统功耗的更高要求。HR7P 系列单片机也有多个型号,本章以 HR7P190/HR7P191 单片机(下文中的 HR7P 系列单片机即指 HR7P190/HR7P191 单片机)为例来介绍一下 HR7P 系列单片机特点。

8.1   HR7P 系列单片机概述

1. HR7P 系列单片机的内核特点

(1) 高性能哈佛 RISC CPU 内核。

(2) 82 条精简指令。

(3) 工作频率为 DC ~ 16MHz。

(4) 32 级程序堆栈(PC 硬件堆栈)。

(5) 复位向量位于 0000H,默认中断向量位于 0004H,支持中断优先级和向量表。

(6) 支持中断处理,最高可响应 21 类中断源。

2. HR7P 系列单片机的存储资源

(1) 15872/32256 × 16 位 Flash 程序存储器。

(2) 720 × 8 位 SRAM 数据存储器。

(3) 扩展 1K × 8 位 SRAM 数据存储器。

(4) 256 × 8 位数据堆栈。

(5) 程序存储器支持 PC 直接寻址、相对寻址及查表操作。

(6) 数据存储器支持直接寻址、间接寻址和寄存器间寻址。

3. I/O 端口

(1) PA 端口(PA0 ~ PA7)

（2）PB 端口（PB0 ~ PB7）

（3）PC 端口（PC0 ~ PC7）

（4）PE 端口（PE0 ~ PE4）（PE0 ~ PE3 仅 HR7P191 支持）

（5）支持 8 个外部端口中断（PINT0 ~ PINT7）

（6）支持 1 个 4 输入端外部按键中断（KINT,KIN0 ~ KIN3 为输入端）

4. 外围器件

（1）8 位定时器 T8。

① 定时器模式（系统时钟）/计数器模式（外部信号）。

② 支持可配置预分频器。

③ 支持中断产生。

（2）8 位 PWM 时基定时器 T8P1/T8P2。

① 定时器模式（系统时钟）。

② 支持可配置预分频器及可配后分频器。

③ 支持中断产生。

④ 支持脉宽调制（PWM）输出扩展功能。

（3）门控型 16 位定时器 T16G1/T16G2。

① 定时器模式（系统时钟）/计数器模式（外部信号）。

② 支持可配置预分频器。

③ 支持门控定时/计数。

④ 支持中断产生。

⑤ 支持捕捉器扩展功能。

⑥ 支持比较器扩展功能。

（4）高速异步收发器 UART1/UART2。

① 支持异步全双工收发。

② 支持波特率发生器。

③ 支持 8 位/9 位数据格式。

④ 支持从最低位接收/发送。

⑤ 支持中断产生。

（5）模拟/数字转换器 ADC。

① 支持 10 位数字转换精度。

② 支持 8 通道模拟输入端。

③ 支持内部 ADC RC 时钟源。

④ 支持中断产生。

5. 特殊功能模块

（1）高精度内部振荡器

① 125kHz、250kHz、500kHz、1MHz、2MHz、4MHz、8MHz 或 16MHz 可选

② 校准精度为 ±1%@25℃,5V。

（2）支持两种低功耗模式,IDLE0 模式/IDLE1 模式及唤醒操作。

（3）内嵌上电复位电路。

（4）内嵌低电压检测及复位电路。

（5）支持外部复位。

（6）支持看门狗定时器。

① 支持预分频器。

② 支持内部看门狗 RC 时钟源。

③ 支持 IDLE0 模式或者 IDLE1 模式唤醒。

（7）支持自编程功能。

（8）支持在线编程（ISP）接口。

（9）支持在线调试（ICD）接口。

（10）支持编程代码保护。

6. 设计及工艺

① 完全静态设计。

② 低功耗、高速 Flash CMOS 工艺。

③ 28 个引脚,采用 SKDIP/SOP 封装（HR7P190）。

④ 32 个引脚,采用 DIP/SOP 封装（HR7P191）。

7. 工作条件

（1）工作电压范围为 1.8V ~ 5.5V。

（2）工作温度范围为 -40 ~ 85℃。

8. 命名规则

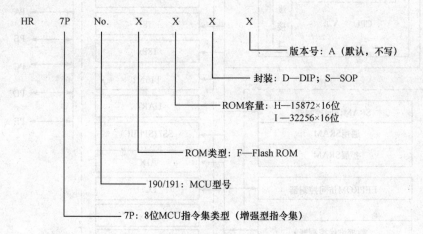

图 8 - 1　HR7P 系列单片机命名规则

8.2　HR7P 系列单片机的内核结构

如图 8 - 2 所示,HR7P 系列单片机在内核结构上与 HR6P 系列单片机类似,主要由三大部分组成,即包括程序存储器、数据存储器、堆栈、ALU、PC 等在内的核心模块;包括复位电路、看门狗定时器电路、中断处理功能、晶振电路在内的特殊功能模块;包括 ADC、串行通信接口、定时器计数器和输入/输出端口在内的外围模块。与 HR6P 系列单片机相比,HR7P 系列单片机指令长度为 16 位,程序存储器、数据存储器容量都有扩展,其中程序存储器容量为 15872×16 位或 32256×16 位,数据存储器除具有 720×8 位的 SRAM 外,还扩展了 1K×8 位的 SRAM,堆栈深度增加到 32 层,特殊功能模块、外围模块略有区别。HR7P 系列单片机指令与 HR6P 系列单片机的指令集不同,HR6P 系列单片机有 48 条指令,而 HR7P 系列单片机有 82 条指令。

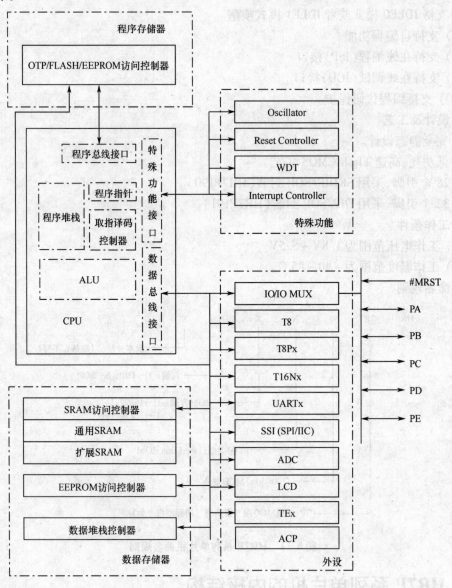

图 8-2　HR7P 系列单片机的内核结构图

　　与 HR6P 系列单片机一样,HR7P 系列单片机的系统时钟支持最大工作频率是 16MHz,输入时钟通过片内时钟生成器产生 4 个不重叠的正交时钟 phase1(p1),phase2(p2),phase3(p3)和 phase4(p4)。4 个不重叠的正交时钟组成一个机器周期,CPU 在 p1 相时钟内进行取指、译码和中断处理等操作;在 p2 相时钟内读取操作数;在 p3 相时钟内进行算术运算和逻辑运算操作;在 p4 相时钟内将运算结果写回并预取下一条指令。

8.3　HR7P 系列单片机的引脚及功能

HR7P 系列单片机型号丰富,本节以常用的两个型号 HR7P190 和 HR7P191 为例,HR7P190 有 28 个引脚,HR7P191 有 32 个引脚,引脚图如图 8-3、图 8-4 所示。封装形式有 SKDIP28、SOP28、DIP32 和 SOP32。

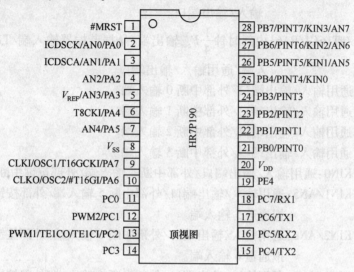

图 8-3　HR7P190 单片机引脚图

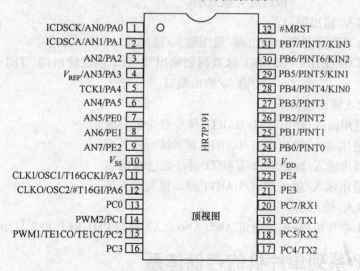

图 8-4　HR7P191 单片机引脚图

各引脚功能如下:

V_{SS}:接地端,0V 参考点。

V_{DD}:正电源端,HR 单片机的工作电源为 4.0 ~ 5.5V。

#MRST:主复位输入端,低有效,即当该引脚电平为低电平时,单片机进行复位操作。

ICDSCK/AN0/PA0:ICD 串行通信时钟输入端/模拟通道 0 输入端/通用输入/输出端口。

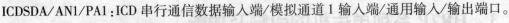

ICDSDA/AN1/PA1:ICD 串行通信数据输入端/模拟通道 1 输入端/通用输入/输出端口。

AN 2/PA2 :模拟通道 2 输入端/通用输入/输出端口。

V_{REF}/AN3/PA3:A/D 转换器参考电压/模拟通道 3 输入端/通用输入/输出端口。

T8CKI/PA4:定时器计数器 T8 的时钟输入/通用输入/输出端口。

AN4/PA5 :模拟通道 4 的输入端/通用输入/输出端口。

CLKI/OSC1/T16GCKI/PA7:外部时钟输入端/晶振谐振器输入端/T16G 时钟输入端/通用
输入/输出端口。

CLKO/OSC2/#T16GI/PA6:内部时钟 $\frac{1}{4}F_{osc}$ 输出端/晶振谐振器输入端/T16G 门控信号输
入端/通用输入/输出端口。

PB0/PINT0:通用输入/输出端口/外部中断 0 输入端。

PB1/PINT1:通用输入/输出端口/外部中断 1 输入端。

PB2/PINT2:通用输入/输出端口/外部中断 2 输入端。

PB3/PINT3:通用输入/输出端口/外部中断 3 输入端。

PB4/PINT4/KIN0:通用输入/输出端口/外部中断 4 输入端/外部按键中断输入 0。

PB5/PINT5/KIN1/AN5:通用输入/输出端口/外部中断 5 输入端/外部按键中断输入 1/模
拟通道 5 输入端

PB6/PINT6/KIN2/AN6:通用输入/输出端口/外部中断 6 输入端/外部按键中断输入 2/模
拟通道 6 输入端。

PB7/PINT7/KIN3/AN7:通用输入/输出端口/外部中断 6 输入端/外部按键中断输入 2/模
拟通道 7 输入端。

PC0:通用输入/输出端口。

PWM2/PC1:TE2 脉宽调制输出端/通用输入/输出端口。

PWM1/TE1CO/TE1CI/PC2:TE1 脉宽调制输出端/TE1 捕捉输出端/ TE1 捕捉输入端/通
用输入/输出端口。

PC3:通用输入输出端口。

PC4/TX2:通用输入/输出端口/UART2 异步发送输出端。

PC5/RX2:通用输入/输出端口/UART2 异步接收输入端。

PC6/TX1:通用输入/输出端口/UART1 异步发送输出端。

PC7/RX1:通用输入/输出端口/UART1 异步接收输入端。

PE4:通用输入/输出端口。

在 HR7P191 单片机中,模拟通道 AN5、AN6、AN7 是与 PE0、PE1、PE2 复用。

8.4　HR7P 系列单片机的存储体系

1. 程序存储器

HR7P190/191 单片机程序存储器为 15872/32256 ×16 位的 Flash,实际地址范围为 0000H ~
3DFFH/7DFFH,复位向量也位于 0000H 处,中断向量入口位于 0004H、0024H 处。

2. 程序堆栈

HR7P 系列单片机的程序堆栈为 32 级硬件堆栈,工作原则为先进后出,后进先出,堆栈宽度与 PC 位宽相等,用于 PC 的压栈和出栈,当执行 CALL、LCALL 指令或一个中断被响应后,PC 自动压栈保护,当执行 RET、RETIA 或 RETIE 指令时,堆栈会将最近一次压栈的值返回至 PC。HR 系列单片机的硬件堆栈支持 32 级缓冲,即硬件堆栈只保存最近 32 次压栈值,对于连续超过 32 次的压栈操作,第 33 次的压栈数据使得第 1 次的压栈数据丢失,同样,超过 32 次的连续出栈,第 33 次出栈操作,可能使得程序流程不可控。

3. 数据存储器

与 HR6P 系列单片机数据存储器不同,HR7P 系列单片机的数据存储器由通用数据存储器、扩展数据存储器 SRAM 和数据堆栈三部分组成,其中通用数据存储器有 1KB 的寻址空间,也划分成 8 个存储体组(Section),即 Section0 ~ Section7。通用数据存储器由控制寄存器(特殊功能寄存器)和通用 SRAM 组成,其控制寄存器与 HR6P 系列单片机的控制寄存器类似,可参考本书第 2 章,此处不再赘述,通用 SRAM 为 720 ×8 位,地址映射到 8 个存储体组中。可以通过不同的访问方式来区分这 3 个部分,通用数据存储器支持直接寻址和 IAA 间接寻址;扩展 SRAM 支持通过特殊寄存器间接寻址,地址范围 000H ~ FFFH;数据堆栈通过数据堆栈指令和控制寄存器进行操作,地址范围 00H ~ FFH。图 8 - 5 是 HR7P 系列单片机数据存储器配置图。

通用数据存储器							
Section0	000H 01FH	控制寄存器	Section4	200H 21FH	控制寄存器
	020H 07FH	通用SRAM		220H 26FH	通用SRAM
				270H 27FH	映射到070H~07FH
Section1	080H 09FH	控制寄存器	Section5	280H 29FH	控制寄存器
	0A0H 0EFH	通用SRAM		2A0H 2EFH	通用SRAM
	0F0H 0FFH	映射到070H~07FH		2F0H 2FFH	映射到070H~07FH
Section2	100H 10FH	控制寄存器	Section6	300H 30FH	控制寄存器
	110H 16FH	通用SRAM		310H 36FH	通用SRAM
	170H 17FH	映射到070H~07FH		370H 37FH	映射到070H~07FH
Section3	180H 18FH	控制寄存器	Section7	380H 38FH	控制寄存器
	190H 1EFH	通用SRAM		390H 3EFH	通用SRAM
	1F0H 1FFH	映射到070H~07FH		3F0H 3FFH	映射到070H~07FH

图 8 - 5　HR7P 系列单片机数据存储器配置图

HR7P 系列单片机通用数据存储器有直接寻址、间接寻址和寄存器间接寻址 3 种寻找方式。

（1）直接寻址。直接寻址时,存储体组选择器 SECS 的 RP<2:0> 用于切换 Section,寻址指令中的操作数为 7 位地址信息,在所选的 Section 中进行直接寻址。

（2）间接寻址。间接寻址时,SECS 的 IRP<1:0> 用于切换 Section 组,Section 组为 Section0/1、Section2/3、Section4/5、Section6/7。索引寄存器 IAA 对所选的 Section 组进行寄存器间接寻址。IAA 的最高位用于区分 Section 组中的 2 个 Section,低 7 位为 Section 的实际寻址地址,用于在所选的存储体组内寻址。间接寻址是通过对 IAD 寄存器的读写来完成的。

（3）寄存器间接寻址。当程序执行寄存器间接寻址指令 MOVRR 时,源寄存器的数据将被装入目标寄存器内,该条指令将占用 2 个机器周期。

4. 数据堆栈

与 HR6P 系列单片机不同的是,HR7P 系列单片机还支持 256×8 位数据堆栈存储器,通过 PUSHD,PUSHA,POPD 指令进行操作,寄存器 DSP 作为数据堆栈的指针,指向数据堆栈的栈顶 TOSD,DSP 寄存器组复位值为 0000H,PUSHA、PUSHD 指令的执行使 DSP 自动加 1,POPD 指令的执行使 DSP 自动减 1。用户也可以通过寄存器操作的指令改变 DSP 寄存器组的值。图 8-6 是 HR7P 单片机数据堆栈示意图。

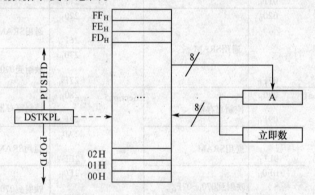

图 8-6　HR7P 单片机数据堆栈示意图

8.5　指令集概述

HR7P 系列单片机有 82 条精简指令集系统,较 HR6P 系列单片机的 48 条指令更加丰富,详见附录 B。除部分寄存器间接访问、条件跳转与控制流程的指令需要 2 个机器周期来完成,其他指令的执行都是在一个机器周期中完成。若单片机运行在 4MHz 振荡时钟时,一个机器周期的时间为 1μs。

第 **9** 章

HR 单片机开发工具简介

在单片机的学习、开发和应用过程中,离不开开发环境和开发工具。对于初学者,首先应熟悉和掌握单片机的开发环境及开发工具。开发环境通常是指集成开发软件,主要用来编辑、编译源程序;开发工具通常指的是硬件,例如仿真器、编程器、开发板等,主要用来帮助调试程序、下载程序和验证程序。本章介绍海尔单片机集成开发软件 Haier – IDE、开发工具实时仿真器、在线调试器、编程器及学习板的功能和使用方法。

9.1 HR 单片机集成开发软件

Haier_IDE 是海尔单片机集成开发软件,该软件集成了源程序的编写、机器码的编译、连接及与调试工具实时仿真器、在线调试器的联调等功能。可以在海尔集成电路有限公司的网站上下载得到该软件,该软件安装后方能使用。

9.1.1 集成开发软件 Haier_IDE 的安装

Haier_IDE 软件的安装步骤如下:

(1) 直接运行 Haier_IDE. exe 程序,进入安装界面,如图 9 – 1 所示。

图 9 – 1 进入安装界面

（2）单击"下一步"按钮，如图9-2所示。

（3）勾选"我同意此协议所述条款"复选框后，单击"下一步"按钮继续安装，如图9-3所示。

（4）系统默认程序的安装路径为"C：\Program Files\Haier-IDE"，如需修改，单击"浏览"按钮，选择好路径后单击"下一步"按钮，继续安装，如图9-4所示。

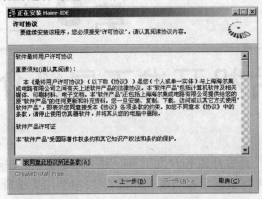

图9-2　选择同意协议条款　　　　　　　图9-3　选择安装路径

（5）单击"下一步"按钮，如图9-5所示。

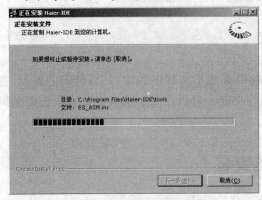

图9-4　开始安装Haier_IDE　　　　　　　图9-5　安装完成

（6）单击"完成"按钮，完成安装。安装完毕后，桌面上会显示仿真器界面软件的快捷方式图标。

9.1.2　界面功能简介

成功安装Haier_IDE软件后，启动Haier_IDE软件，该软件会立即尝试与仿真器硬件进行握手通信，若连接成功会出现图9-6所示的界面，在该界面下就可以开始编辑、编译和调试程序了。

在Haier_IDE中，集成了很多菜单，常用的菜单如下。

1.文件菜单

"文件菜单"是最基本的菜单，其下拉菜单中提供了图9-7所示的菜单项。

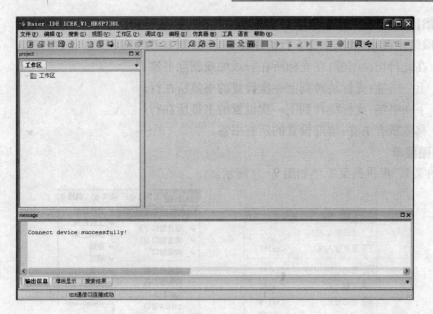

图 9 - 6　Haier_IDE 工作界面

文件菜单中的各菜单项说明如下：

(1) 新建文件：新建一个文件。

(2) 打开文件：打开一个已经存在的文件。

(3) 保存文件：保存文件到指定地址。

(4) 另存为：将文件另存到一个指定地址指定文件名。

(5) 关闭文件：关闭当前编辑器界面打开的单个文件。

(6) 关闭所有文件：关闭编辑器打开的所有文件。

(7) 新建项目：新建一个仿真器调试项目。

(8) 打开项目：打开一个已经存在的调试项目。

(9) 保存项目：保存当前打开的项目。

(10) 关闭项目：关闭当前打开的项目。

(11) 清空历史文件：清空文件菜单的打开文件历史纪录。

(12) 退出：界面软件退出并关闭。

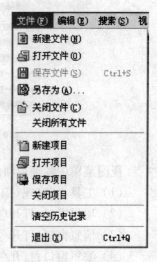

图 9 - 7　文件菜单

2. 编辑菜单

"编辑菜单"提供的菜单项如图 9 - 8 所示。

各菜单项说明如下：

(1) 撤销输入：取消前一编辑操作。

(2) 重复输入：恢复前一编辑操作。

(3) 剪切：剪切选中的文本到粘贴板。

(4) 复制：复制选中的文本到粘贴板。

(5) 粘贴：将粘贴板的内容复制到编辑器指定位置。

(6) 全选：选中编辑器当前页面的所有文本。

(7) 删除：删除选中的文本。

（8）添加注释：在选中的文本行前根据文件类型添加注释。

（9）取消注释：取消选中文本行的注释。

（10）在此行切换书签：在光标所在行添加或删除书签。

（11）上一书签：光标跳转到上一次设置的书签所在行。

（12）下一书签：光标跳转到下一次设置的书签所在行。

（13）移除所有书签：清除设置的所有书签。

3. 视图菜单

"视图菜单"提供的菜单项如图 9－9 所示。

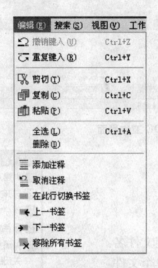

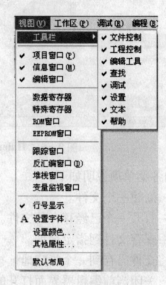

图 9－8　编辑菜单　　　　　　图 9－9　视图菜单

视图菜单中各菜单项说明如下：

（1）工具栏：实现对工具条各类图标显示的控制。

（2）项目窗口：打开/关闭项目窗口。

（3）信息窗口：打开/关闭信息窗口。

（4）编辑窗口：打开/关闭编辑窗口。

（5）数据寄存器：打开/关闭普通寄存器显示窗口。

（6）特殊寄存器：打开/关闭特殊寄存器显示窗口。

（7）ROM：窗口打开/关闭 ROM 显示窗口。

（8）EEPROM：窗口打开/关闭 EEPROM 显示窗口。

（9）跟踪窗口：打开/关闭调试运行跟踪窗口。

（10）反汇编窗口：打开反汇编代码查看窗口。

（11）行号显示：显示/隐藏编辑器行号。

（12）设置字体：设置编辑器文本字体的类型、大小等。

（13）设置颜色：设置源码高亮显示的颜色属性。

（14）其他属性：设置 Table 键和光标宽度。

（15）默认布局：界面恢复为默认布局，即只显示工程窗口、编辑窗口和信息输出窗口。

4. 工作区菜单

"工作区菜单"提供的菜单项如图 9-10 所示。

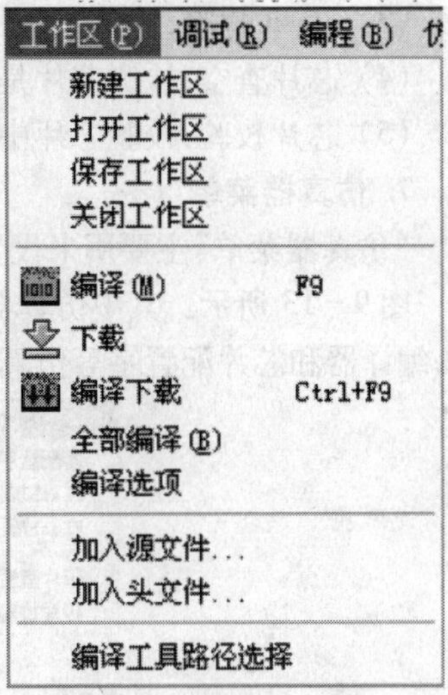

工作区菜单各项说明如下：

（1）新建工作区：新建一个工作区间，可在工作区间内创建多个工程项目打开工作区打开一个工作区间。

（2）保存工作区：以文件形式保存一个工作区间，扩展名为 .hrw。

（3）关闭工作区：关闭当前打开的工作区间。

（4）编译：编译工程文件。

（5）下载：下载编译后的 HEX 码到硬件。

（6）编译下载：编译工程文件后直接下载。

（7）全部编译：针对 C 调试，编译工程中的全部源文件。

（8）编译选项：设置编译器参数。

（9）加入源文件：在工程中添加源文件。

（10）加入头文件：在工程中添加头文件。

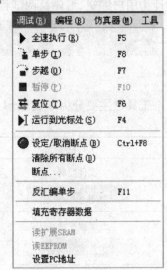

图 9-10　工作区菜单

5. 调试菜单

"调试菜单"提供调试状态下所需要的各种功能，如全速执行、单步执行、断点设置/清除、复位等操作，如图 9-11 所示。

调试菜单各项说明如下：

（1）全速运行：全速运行仿真器。

（2）单步：逐条运行调试程序。

（3）步越：逐条运行调试程序，在遇到 CALL 等调用子程序指令时，直接运行完成子程序。

（4）暂停：暂停仿真器运行。

（5）复位：复位仿真器，PC 地址恢复到 0x0000。

（6）运行到光标处：全速运行程序到当前光标所在行。

（7）设定/取消断点：在指定 PC 地址设置或清除断点，当仿真器全速运行时，遇到断点会自动停止运行。

（8）清除所有断点：清除设置的所有断点。

（9）断点：断点设置窗口，实现断点设置、清除功能。

（10）填充寄存器数据：在寄存器指定地址区域填充数据。

（11）读扩展 SRAM：仿真器不支持此功能。

图 9-11　调试菜单

设置 PC 地址：将当前 PC 地址修改为指定值，程序从修改后的地址开始运行。

6. 编程菜单

"编程菜单"提供了读配置字、Flash 加密、Flash 擦除、芯片查空及芯片校验等命令，但这些命令只针对 ICD 在线调试器有效，如图 9-12 所示。

编程菜单各项说明如下：

（1）读配置字：读芯片配置字命令，返回当前芯片的配置字，并显示在配置字窗口中。

（2）Flash 加密：Flash 芯片加密功能。

（3）Flash 擦除：擦除 Flash 芯片中的内容。

（4）芯片查空：检测芯片是否为空。

（5）芯片校验：校验芯片中的内容是否正确（与下载的内容一致）。

7. 仿真器菜单

"仿真器菜单"主要用来设置仿真器，确保仿真器的正确连接等功能，其菜单项如图 9-13 所示。其中仿真器设置项的功能是用来设置仿真器类型、仿真芯片类型、通信端口、编译器和芯片配置字等仿真器配置等；连接硬件项的功能用来检测硬件连接是否正确。

图 9-12　编程菜单　　　　　图 9-13　仿真器菜单

8. 工具栏

Haier_IDE 提供了丰富的工具栏，将常用功能的图标以按钮的形式放在界面上，将鼠标指针停留在各个按钮图标上，可显示当前工具按钮对应的菜单功能，如图 9-14 所示，工具栏的设计为用户编辑、编译及调试程序提供了方便。

图 9-14　工具栏

工具栏主要分为如表 9-1 所列。

表 9-1　工具栏按钮及其说明

工具栏项	说　明
文件控制	提供新建文件、打开文件、保存文件、另存文件和关闭文件功能按钮
工程控制	提供新建工程、打开工程和关闭工程功能按钮
编辑工具	提供文本剪切、粘贴、复制、撤销输入和重复输入功能按钮
	提供文本的查找、替换和跳转到指定行功能按钮
调试	提供工程文件编译、下载、编译并下载和运行状态显示、全速运行、单步运行、步越运行、运行到光标处、暂停运行、复位和设置断点等调试功能按钮

工具栏项	说　明
设置	提供设置仿真器类型、仿真芯片类型、通信口、配置字等调试配置信息和硬件检测功能按钮
文本	提供文本添加注释、取消注释、切换书签、书签跳转和清除书签功能按钮
帮助	提供软件帮助信息

9.1.3　项目管理

当使用 Haier_IDE 软件来创建工作环境时，一般需要经过如下几个步骤：首先，创建工作区，可在此工作区下创建多个工程项目，工作区记录每个工程项目的芯片配置信息，在进行多款芯片调试时非常方便；其次，在工作区内创建工程项目，创建成功后设置仿真器类型、芯片类型、芯片配置字、编译选项等，确定后这些信息会自动保存到当前项目工程的配置中，下次使用此工程时便不需要重新配置各种信息；最后，在工程中添加源代码，进行各种仿真调试工作。

1. 新建工作区

单击"工作区"菜单中的"新建工作区"命令，选择新建工作区保存的路径，在文件名输入栏中输入工作区名后单击"保存"按钮，如图 9 - 15 所示。工作区创建成功后，工程目录窗口栏会自动显示新建工作区名称的根目录，如图 9 - 16 所示。

图 9 - 15　新建工作区

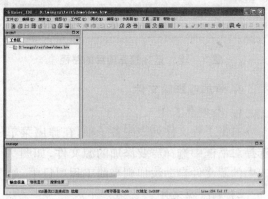

图 9 - 16　工作区新建后的界面图

2. 新建项目

单击"文件"菜单中的"新建项目"命令，选择新建项目保存的路径，在文件名输入栏中输入项目名后单击"保存"按钮，如图 9 - 17 所示。项目工程创建后，工程目录窗口栏会自动显示新建的工程名称，并自动添加到工作区目录下，如图 9 - 18 所示。

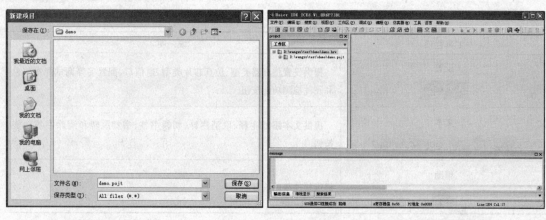

图9-17 新建项目   图9-18 新建项目后的工作界面

3. 打开项目

单击"文件"菜单中的"打开项目"命令,弹出"打开项目"对话框,选择项目所在的路径,打开已经创建的项目,如图9-19所示。项目打开后,在工程目录窗口栏中会显示相应的项目名称,如图9-20所示。

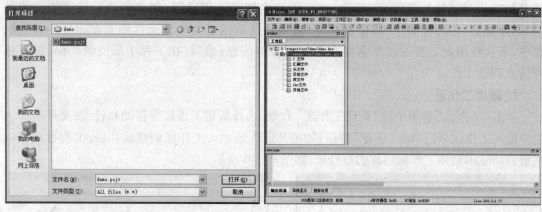

图9-19 选择打开项目的路径   图9-20 打开项目后的界面

4. 添加或删除文件

1)添加源文件

右击工程文件列表中各子项,在弹出菜单中选择"添加文件到项目"命令,在弹出的文件选择对话框中选择需要添加的源文件,如图9-21所示。双击选定文件或单击"打开"按钮,选中的源文件自动添加到当前工程项目中,如图9-22所示。

2)删除源文件

若要删除工程中的某一文件,只需右击项目工程树中的该文件名,在弹出的菜单项中选择"从项目中删除该文件"命令,即可从项目中删除该文件。

5. 选择芯片型号和配置字

Haier_IDE软件同时兼容H6P-ICE8系列实时仿真器和H6P-ICD系列在线调试器,详细设置芯片和配置字方式请参见本文档实时仿真器和在线调试器说明部分。确定好仿真芯片型号和配置字后,配置信息会自动保存到当前工程中。

图 9-21　选择添加文件所在的路径　　　　图 9-22　文件添加后的界面

6. 选择编译器

Haier_IDE 默认使用的编译器为上海海尔集成电路有限公司开发的 HASM 汇编器。单击界面软件窗口的"仿真器"菜单项,选择"仿真器设置"命令,在弹出的对话框中切换至"编译器设置"选项卡,根据程序代码要求正确选择编译器及所采用指令集,目前只提供 HASM 汇编器,如图 9-23 所示。单击窗口菜单下的"工作区"菜单,切换至"编译选项"选项卡,可以根据需要设置相应编译参数,如图 9-24 所示。

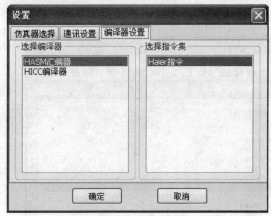
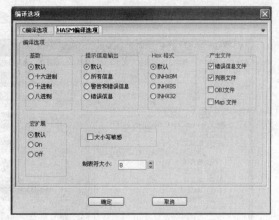

图 9-23　编译器的选择　　　　　图 9-24　编译参数的选择

7. 编译文件

选择"工作区"菜单中的"编译"命令,可直接编译当前选中工程中的源文件;单击工具栏上的"编译下载"按钮,系统编译当前项目工程源文件并直接下载生成的 HEX 文件到仿真器中。编译结果显示在窗口下方的信息栏内,如图 9-25 所示。

如果编译出错,双击信息栏中错误信息提示行,程序编辑栏的光标可直接跳转到错误代码行,方便用户修改或调试程序代码,出错行用浅蓝色背景以示区别,如图 9-26 命令。

如果编译成功,生成的 HEX 文件自动被下载至仿真器主机,如图 9-27 所示。

下载成功后,芯片程序的 PC 指针会指向芯片复位向量地址,如图 9-28 所示,可以开始运行、调试程序。

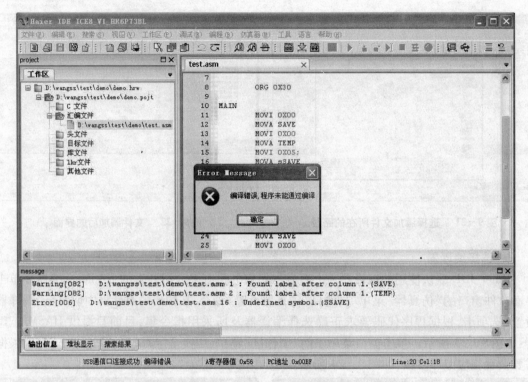

图9-25 编译之后出错信息界面

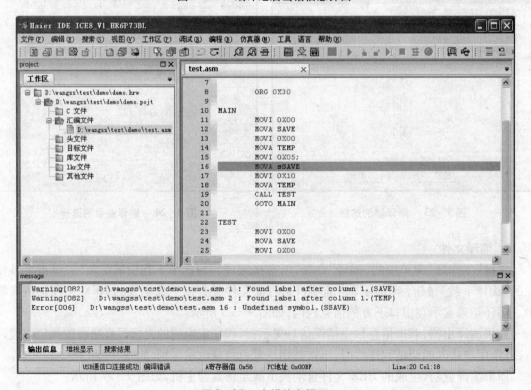

图9-26 出错信息提示

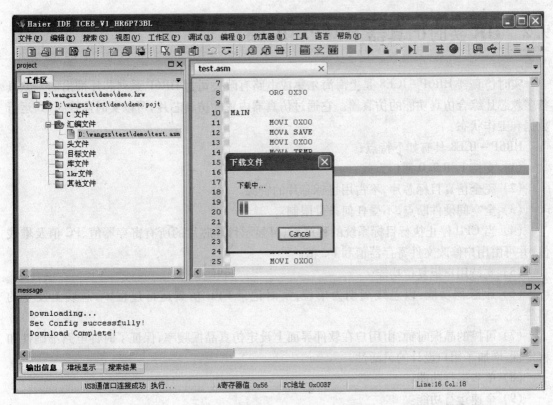

图 9-27　编译成功后文件自动下载

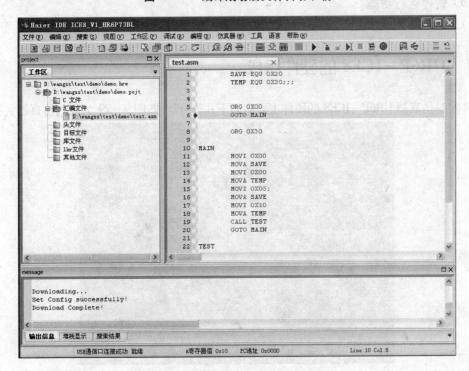

图 9-28　下载成功后指针指向复位地址

9.2　HR 实时仿真器 HR6P – ICE8

实时仿真器 HR6P – ICE8 是上海海尔集成电路有限公司为 HR6P 系列芯片推出的一款具备多款芯片综合仿真功能的仿真器。它通过仿真器内置的仿真芯片，可以实时监控 MCU 运行数据和工作状态。

HR6P – ICE8 具有如下特点：

（1）支持 USB 2.0 通信方式。

（2）完全仿真目标芯片，不占用目标芯片的资源。

（3）全空间硬件断点，不受任何条件限制。

（4）当 CPU 停止执行目标系统的程序后，可显示目标芯片的所有寄存器值、PC 值及堆栈值，并可由用户修改文件寄存器值和 PC 值。

（5）支持用户板复位功能。

（6）跟踪器功能：以总线周期为单位，实时记录 CPU 仿真运行过程中，总线上发生的事件。

（7）可控的晶振时钟：由用户在软件界面上设定仿真晶振频率，保证了时钟电路准确性和稳定性，增加了用户设计的灵活性。

（8）单步运行功能。

（9）全速运行功能。

（10）暂停运行功能。

（11）复位功能。

9.2.1　HR6P – ICE8 的硬件组成

HR 实时仿真器 HR6P – ICE8 的硬件主要由如下几部分组成，图 9 – 29 为实时仿真器实物图。

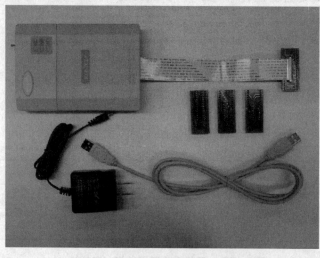

图 9 – 29　HR6P – ICE8 仿真器组件图

（1）一台实时仿真器。

（2）一个40pin仿真头。

（3）三个转接头：40pin转28pin、40pin转18pin、40pin转14pin。

（4）一根USB通信电缆。

（5）一个电源适配器（输入AC 220V，输出DC 5V/1A）。

HR6P-ICE8通过USB与计算机相连，通过40pin的仿真头，可以仿真40引脚的海尔单片机，通过其余3个40pin转接的仿真头，HR6P-ICE8还可以仿真28引脚、18引脚及14引脚的海尔单片机。

实时仿真器HR6P-ICE8支持芯片型号有HR6P60L、HR6P62HL、HR6P67L、HR6P71、HR6P72L、HR6P73BL、HR6P73HL、HR6P76L、HR6P77L、HR6P87L、HR6P90、HR6P90H、HR6P91、HR6P91H、HR6P92、HR6P92H等。

9.2.2 HR6P-ICE8的使用方法

1. 实时仿真器HR6P-ICE8的操作流程

这里以单片机HR6P76L芯片为例来描述一下HR6P-ICE8的操作步骤：

（1）实时仿真器上电，打开Haier IDE，确认计算机与实时仿真器连接成功。

（2）实时仿真器设置及芯片型号选择：在"仿真器"菜单下选择"仿真器设置"命令，选择仿真器的型号H6P-ICE8，然后选择HR6P76L，单击"确认"按钮，弹出"配置字设置"对话框，设置好配置字后单击"确认"按钮。

（3）新建项目：在"文件"菜单中选择"新建项目"或在菜单栏中单击"新建项目"命令，在对话框中输入项目名称后，单击"确认"按钮。

（4）新建或添加调试程序：鼠标点击工程管理器中所建的项目下的ASM文件，然后右击，选择"添加文件到项目"命令，在对话框中选择要添加的asm程序。

（5）编译下载：单击菜单栏中"编译下载"命令，编译正确的程序就会下载到实时仿真器中。

（6）调试：单击菜单栏中的"单步"命令、"全速运行"、"停止"、"复位"等调命令进行仿真调试。

（7）调试结束后退出界面软件，实时仿真器断电。

2. 硬件连接

在使用实时仿真器前，需按照下面的步骤连接硬件：

（1）用USB通信电缆连接实时仿真器和PC，Com指示灯亮。

（2）仿真头连接到用户板，并给用户板上电。

（3）连接实时仿真器电源，打开实时仿真器电源开关，电源指示灯亮。

具体实物连接如图9-30所示。

3. 实时仿真器设置

Haier_IDE软件启动后，会自动与实时仿真器进行通信连接，默认的通信端口为USB，若连接成功，会在状态栏中提示"USB通信口连接成功"，若实时仿真器未上电或连接有问题，则提示"检测通信端口"。

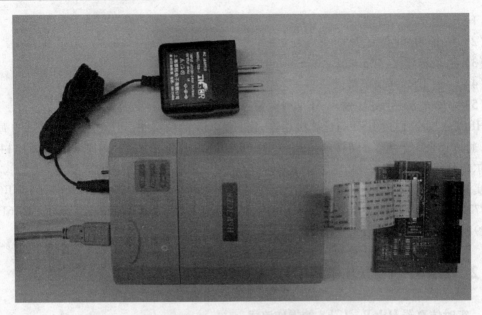

图9-30 仿真器硬件连接图

在 IDE 菜单中选择"仿真器设置"命令,弹出"设置"对话框,如图9-31 所示。

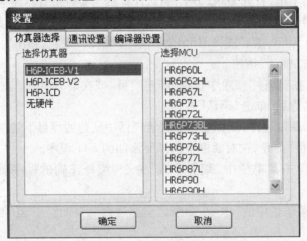

图9-31 仿真器设置选项图

在"仿真器选择"选项栏中, 选择"H6P-ICE8"选项;在"通讯设置"选项卡中选择"USB"选项;在"编译器设置"选项卡中,根据实际编写程序代码要求选择相应的编译器。单击"确定"按钮,弹出图9-32 所示的"配置设置"对话框。

根据实际应用选择晶振模式、晶振频率和配置位。其中,若选择使用外部晶振模式,则需要在"晶振频率"输入栏中输入仿真频率值,单位为 MHz,本时钟由实时仿真器提供,支持的频率范围为 2kHz-20MHz,具体芯片的工作频率范围请参考海尔 MCU 芯片资料;若选择使用内部晶振模式(仅限于 HR6P62HL、HR6P60L、HR6P67L、HR6P87L、HR6P71),则仿真频率使用的是实时仿真器内部的 4MHz 时钟,用户不需输入晶振频率。配置位根据相应芯片的规格书中的说明进行选择。

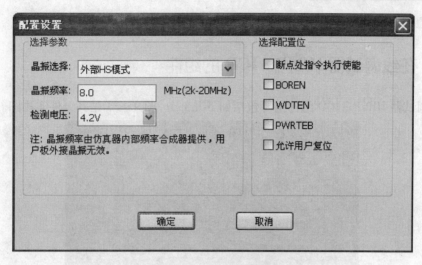

图 9 - 32　配置设置界面图

9.3　在线调试器 HR6P – ICD

在线调试器 HR6P – ICD 是 Haier_IDE 集成软件和硬件电路板之间的桥梁,它通过 2 个特定的 I/O 和内嵌有仿真功能的芯片进行通信,监控 MCU 的运行数据和状态、提供调试、编程和控制逻辑功能等,其调试的对象是硬件电路,这就要求硬件电路中的单片机能支持 HR6P – ICD 的在线调试功能。与实时仿真器相比,在线调试器成本低、使用简单,但其调试功能也比较丰富,能实现目标代码的单步运行和全速运行,能设置断点、观察和直接修改任意变量等最基本的调试手段。HR6P – ICD 可以通过串行口 RS232 或 USB 与计算机相连,HR6P – ICD 与硬件电路板之间通过 5 根调试线相连。

在调试过程中,在线调试器 HR6P – ICD 的功能是:把计算机发出的调试控制命令传递给单片机的监控程序,由监控程序负责具体实施,通过监控程序得到芯片内部运行时的任何数据信息,将信息回传给计算机,以便在 Haier_IDE 界面软件上显示。

HR6P – ICD 具有如下特点:

（1）利用芯片内嵌的仿真功能来完成在线仿真的仿真器,具有一般仿真器的全部功能。

（2）可通过对配置字的设置,选择芯片的晶振、sram 空间、bor 的控制,使单片机工作在 debug 状态等。

（3）能实现一般单片机的调试功能,如实时全速运行、单步运行、步跃、寄存器和堆栈的访问。

（4）可设置或清除断点。

（5）可显示当前的堆栈等级,同时读取堆栈中的数据。

（6）可以修改 PC,读取下一个或上一个 PC 值。

（7）可对用户板上的芯片直接擦除、编程、查空、校验、加密等。

（8）自检功能,能够检查仿真器的一般故障。

（9）与 PC 的通信方式为 USB2.0/USB1.0 和 RS – 232 接口。

（10）提供运行的指示灯（电源、通信口、运行）。

（11）提供简单的调试接口：五线制标准调试接口。

9.3.1　在线调试器 HR6P – ICD 的组件

在线调试器 HR6P – ICD 组件主要包括如下几部分，图 9 – 33 是其组件实物图。

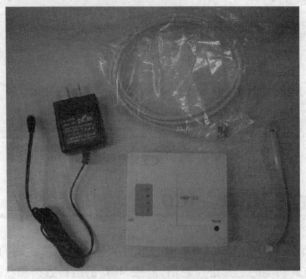

图 9 – 33　在线调试器组件图

（1）一台在线调试器。

（2）一根 ICD 调试线，引线的排列顺序如图 9 – 34 所示。

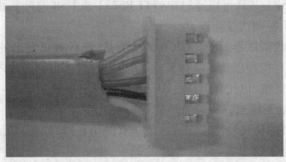

图 9 – 34　调试线输出引脚图

（3）一根 A 型 USB 通信电缆。

（4）一根 RS – 232 串口通信电缆。

（5）一个电源适配器（输入 AC 220V，输出 DC 5V/1A）。

9.3.2　HR6P – ICD 的使用方法

1. 在线调试器的操作流程

这里以单片机 HR6P98 芯片为例来描述在线调试器的操作步骤：

（1）在线调试器上电，打开 Haier IDE，确认计算机与在线调试器连接成功。

（2）仿真器设置及芯片型号选择：在"仿真器"菜单下选择"仿真器设置"命令，选择仿真器的型号 HR6P – ICD，然后选择 HR6P98 选项，单击"确认"按钮，弹出"配置字设置"对话框，设置好配置字后单击"确认"按钮。

（3）新建项目：在"文件"菜单中选择"新建项目"命令或在菜单栏中单击"新建项目"命令，在对话框中输入项目名称后，单击"确认"按钮。

（4）新建或添加调试程序：鼠标单击工程管理器中所建的项目下的 ASM 文件，然后右击，选择"添加文件到项目"命令，在对话框中选择要添加的 ASM 程序。

（5）编译下载：单击菜单栏中"编译下载"命令，编译正确的程序就会下载到在线调试器中。

（6）调试：单击菜单栏中的"单步"、"全速运行"、"停止"、"复位"等命令进行仿真调试。

（7）调试结束后退出界面软件，在线调试器断电。

2. 在线调试器的硬件连接

在使用在线调试器前，需按照以下步骤来连接硬件：

（1）用串口通信电缆（或 USB 通信电缆）连接在线调试器和 PC。

（2）将在线调试器与用户系统板用调试线连接。

（3）连接在线调试器电源，打开电源开关，电源指示灯点亮。

具体实物连接如图 9 – 35 所示。

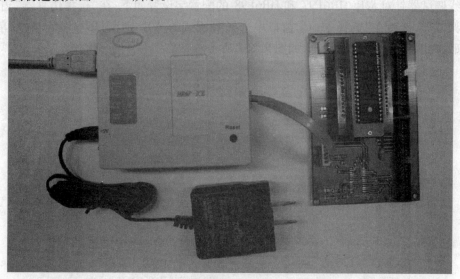

图 9 – 35　ICD 调试器硬件连接图

3. ICD 调试器设置

在线调试器连接成功后，打开界面软件，设置仿真器，具体步骤如下：

（1）在仿真器软件窗口菜单中选择"仿真器"菜单项，单击"仿真器设置"命令，系统会弹出"设置"对话框，如图 9 – 36 所示。

（2）选择"仿真器选择"命令：在选择仿真器窗口中选择在线调试器，然后在选择 MCU 窗口中选择要调试的芯片（HR6P97/HR6P98），单击确定后界面会弹出配置字设置的对话框，设

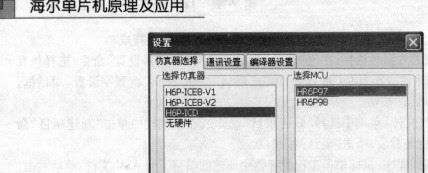

图 9 - 36　ICD 调试器设置界面

置好配置字,按确定或取消退出对话框。

(3)选择"通信设置"命令:根据通信连接的线缆选择 USB 还是 COM 口(对 COM 口需指明串口号),不选时软件系统会自动扫描连接了的调试器的端口。

(4)选择"编译器设置"命令:默认为 HASM 汇编器和海尔指令集。

4. 配置位设置

在线调试器针对芯片 HR6P97 和 HR6P98 的配置字设置如下:在"选择仿真器"窗口中选择在线调试器,然后在"选择 MCU"窗口中选择要调试的芯片(HR6P97/HR6P98)。单击"确定"按钮,弹出"配置设置"对话框,如图 9 - 37 所示。

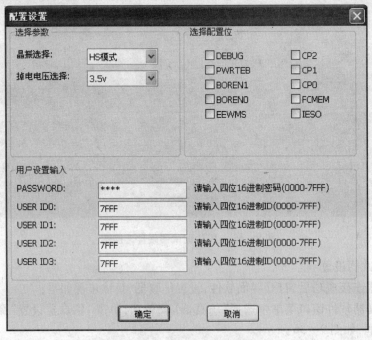

图 9 - 37　"配置设置"对话框

配置字的具体描述如下:

（1）晶振选择：用来设置芯片工作的系统时钟的模式，用户进行在此项设置时，所选的模式必须与目标应用系统上的实际模式一致。

（2）掉电电压选择：芯片的最高掉电电压值。

（3）Debug：选中即使能仿真调试模式，在此模式下当程序下载结束时，界面鼠标指针指到当前的 PC（0x0000）的位置，芯片处于 halt 态。

（4）不选即禁止仿真调试，在此模式下程序下载结束时芯片处于全速运行态。

（5）PWRTEB：使能上电延时定时器。

（6）BOREN1、BOREN0：欠电压复位选择位。

（7）EEWMS：EEPROM 写模式选择位。

（8）CP2、CP1、CP0：加密设置位。

（9）FCMEM：故障保护时钟监视器使能。

（10）IESO：使能内外时钟切换模式。

（11）PASSWORD：用于在选择了 CP2、CP1、CP0 后，设置芯片的密码。

（12）USER ID0、USER ID1、USER ID2、USER ID3：用于输入自己的识别码。

9.4　HR 编程器

9.4.1　HR 编程器的概述

USB HR6P 编程器主要包括如下组件，图 9 - 38 是编程器实物图。

（1）一台 USB 接口编程器主机。

（2）编程适配器（可选）。

（3）一根 USB 串口通信电缆。

（4）一个 220V - 5V/1.5A 直流电源适配器。

（5）USB 编程器界面软件。

该编程器的特点如下：

（1）采用高速 CPU，编程速度快。

（2）采用标准的 USB 接口，通信速率高，适用性广。

（3）支持 OTP 和 Flash 芯片的编程。

（4）具有脱机编程功能。

（5）具有编程引脚检测功能。

（6）具有编程计数功能。

（7）良好的用户交互界面，易于操作。

图 9 - 38　编程器实物图

该编程器支持的芯片如下：

HR6P60P2DL	HR6P62P4YHL - D	HR6P72P4DL	HR6P73P8SBL
HR6P60P2EL	HR6P62P4DHL	HR6P72P4SL	HR6P73PGDHL
HR6P60P2SL	HR6P62P4SHL	HR6P73P8DB	HR6P73PGSHL
HR6P60P2RL	HR6P62P4NHL	HR6P73P8SB	HR6P76PGDL

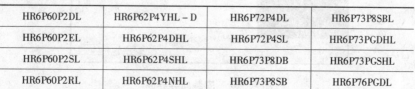

续

HR6P60P2XL	HR6P62P4RHL	HR6P73PGDH	HR6P76PGSL
HR6P60P2YL	HR6P62P4XHL	HR6P73PGSH	HR6P77PGDL
HR6P62P4DHL – D	HR6P62P4YHL	HR6P73PGD	HR6P77PGLL
HR6P62P4SHL – D	HR6P67P4DL	HR6P73PGS	HR6P59P2DL
HR6P62P4NHL – D	HR6P67P4SL	HR6P77PGD	HR6P59P2SL
HR6P62P4RHL – D	HR6P67P4D	HR6P77PGL	HR6P98FGD
HR6P62P4XHL – D	HR6P67P4S	HR6P73P8DBL	
HR6P71F8D	HR6P91FHD	HR6P95F8D	
HR6P71F8S	HR6P91FHS	HR6P95F8S	
HR6P90FHD	HR6P92FHD	HR6P97FGD	
HR6P90FHS	HR6P93FHL	HR6P97FGS	

9.4.2　HR 编程器的使用方法

1. 编程器界面软件安装

（1）运行 BurnerUSB. exe,进入图 9 - 39 所示安装界面。

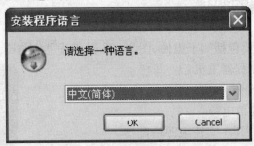

图 9 - 39　选择安装软件语言

（2）单击 OK 按钮,进入图 9 - 40 所示安装界面。

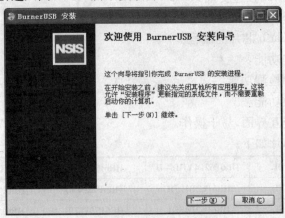

图 9 - 40　安装向导界面

（3）单击"下一步"按钮，进入图 9-41 所示安装界面。

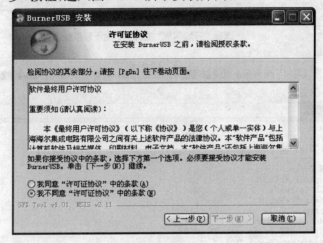

图 9-41　选择许可证协议

（4）选择"我同意'许可证协议'中的条款"单选按钮，单击"下一步"按钮，进入图 9-42所示界面。

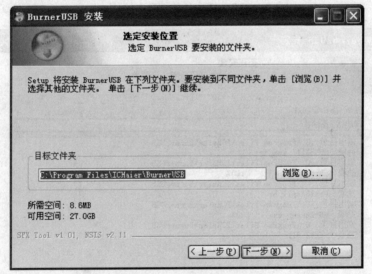

图 9-42　安装路径选择

（5）确定安装路径后，进入图 9-43 所示的快捷方式安装界面。

（6）在确定是否需要安装快捷方式以及快捷方式的安装路径后，单击"安装"按钮，进入图 9-44 的安装界面。

（7）安装结束后单击"下一步"按钮，进入图 9-45 所示的结束界面。

2. 连接硬件

在使用编程器前，需按照以下步骤来连接硬件：

（1）用 USB 通信电缆把编程器和 PC 连接起来。

（2）确认编程器电源开关处于关闭状态，把直流电源适配器连接至编程器。

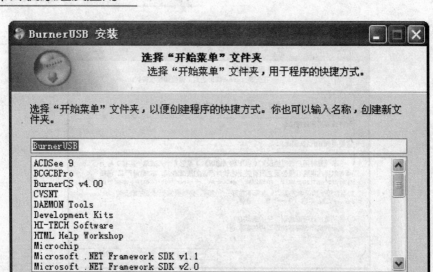

图 9-43　快捷安装开始

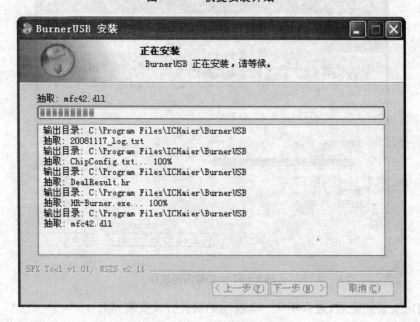

图 9-44　快捷安装界面

（3）打开编程器电源开关，编程器电源指示灯点亮。

3. 运行编程器界面软件

在编程器电源开启后，运行编程器界面软件，编程器界面软件与编程器进行通信并进行必要的编程器初始化工作。如果 PC 与编程器通信未成功，在编程器界面软件主窗口下面的状态栏会显示"设备未连上"信息，否则状态栏会显示设备连接成功信息。图 9-46 所示为已成功连接状态。

图 9-45　安装结束界面

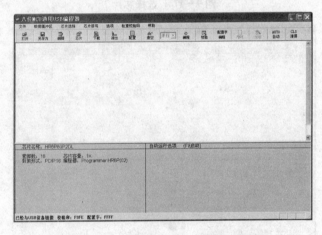

图 9-46　编程器成功连接后界面图

9.4.3　HR 编程器的使用

本节以 Flash 芯片编程操作流程示例来演示 HR 编程器的使用方法。HR 编程器还具有自动编程功能,在此仅详细描述单步操作时编程器的使用方法。

(1)选择芯片,首先打开 BurnerUSB,确认计算机与编程器连接成功后,正确选择芯片,装载程序到缓冲区,设置配置信息,单击"确定"按钮,如图 9-47 所示。

(2)芯片擦除,为确保写入芯片内容的正确性,应先将芯片内容擦除,使芯片处于空白状态。当芯片擦除完毕后,界面上会出现"芯片擦除成功"的提示,如图 9-48 所示。如果操作失败,将显示擦除失败以及出错地址和内容。

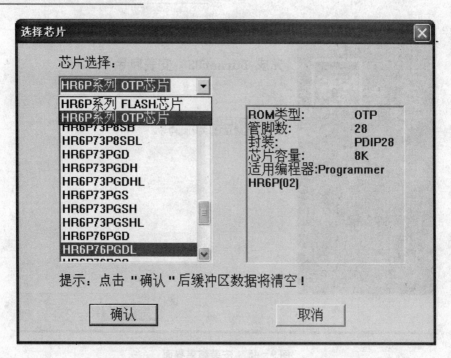

图 9 - 47　选择芯片

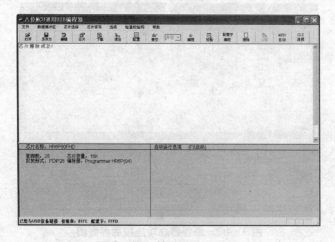

图 9 - 48　擦除芯片后界面

（3）空白检查，该操作的功能是用来检测芯片的内容是否为空（即全为 FF）。如果芯片内容为空，编程器界面软件主窗口将显示查空完成；如果芯片非空，将显示查空失败以及非空首地址和内容。需要注意的是，部分芯片加密后也会通过空白检测，为了确定芯片是否为空，可以读取芯片的配置字信息，查看加密位是否选中，判断芯片是空白芯片还是加密了。

（4）芯片编程，调出已经编译通过的程序（.hex 文件），单击"编程"按钮，即开始将该文件内容写入芯片中。在编程器界面软件主窗口中将显示操作成功与否。如果操作成功，将显示编程成功；如果操作失败，将显示编程失败以及出错地址和内容。

（5）芯片校验，写入完毕后，为保证数据的完整性和检验写入操作是否正确，可通过该操作进行校验。如果系统编程模式为并行编程，该功能将编程器数据缓冲区中的数据和芯片内

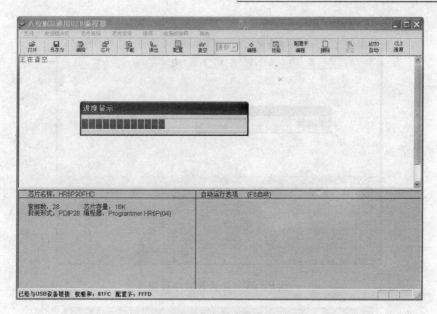

图 9-49　空白检查中界面

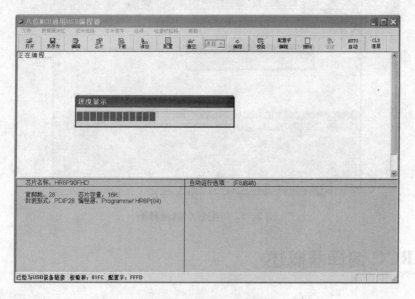

图 9-50　芯片编程中界面

的数据进行比较;如果系统编程模式为串行编程,该功能将 PC 数据缓冲区中的数据和芯片内的数据进行比较。如果两者中的数据完全相同,即为校验成功,编程器界面软件主窗口中将显示校验成功。如果两者中的数据一旦不同便停止比较,即为校验失败,编程器界面软件主窗口中将显示校验失败以及第一个不相同数据的地址和内容。

(6) 配置字编程,该功能把系统中设置好的配置字信息烧写到芯片,如果烧写成功则显示配置字编程成功,如果失败,将显示编程失败以及出错地址和内容。如果开启了"用户产品序号"功能,则该值在配置字编程时烧写到芯片中。

(7) 芯片加密,该功能对芯片进行加密。加密成功后,芯片的内容即不能被正确读出。对于 HR6P 系列芯片加密后,只有 HR6P60XXXL 系列芯片读出为全 0,其他芯片读出为全 1。

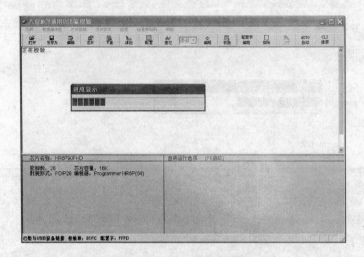

图 9 - 51　芯片校验中界面

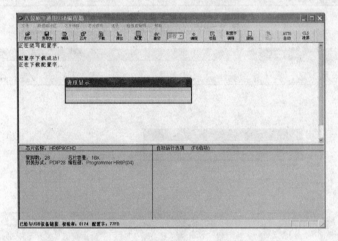

图 9 - 52　配置字编程界面

9.5　HRCC 编译器概述

9.5.1　概述

　　HRCC 工具链是针对 HR6P/7P 系列单片机而开发的 C 语言交叉编译工具开发包,由如下几个工具组成:
　　(1) HRCC　（C 语言交叉编译器）。
　　(2) HASM（汇编器）。
　　(3) HDASM（反汇编器）。
　　(4) HLINK（连接器）。
　　(5) HLIB　（库生成器）。
　　HRCC 支持的输入文件类型如表 9 - 2 所列。

表9-2 HRCC 支持的输入文件类型及说明

扩展名	类型	说　明
. c	C 源文件	HRCC 支持的 ANSI 标准 C 源程序文件
. h	头文件	声明文件
. asm	汇编文件	HRCC、HASM 支持的汇编源程序
. obj	目标文件	HRCC、HASM 支持的目标文件
. lib	库文件	包含 HRCC、HASM 支持的常用函数的文件

HRCC 支持的输出文件类型如表9-3 所列。

表9-3 HRCC 支持的输出文件类型及说明

扩展名	类型	说　明
. cg	中间文件	描述调用关系及临时变量
. func	中间文件	描述调用关系及临时变量
. sym	中间文件	符号表文件
. asm	汇编文件	编译生成的汇编文件

HRCC 编译器的使用步骤如下：

（1）创建工程。创建工程的步骤可参考 Haier_IDE 程序安装目录下的≪用户手册.pdf≫文档,创建后的节目如图9-53 所示。

图9-53　HRCC 编译环境下的项目界面图

（2）设置编译环境。单击 Haier - IDE 菜单项"仿真器"→"设置"→"编译器设置"→"HRCC 编译器"命令。

（3）编译。单击 Haier - IDE 工具栏"编译"按钮,IDE 将会调用编译器编译项目中的 . c 文件,并在输出信息窗口中显示编译结果信息(包括错误信息、警告信息、ROM 及 RAM 的使用情况),用户可根据提示的错误信息对源程序进行修改。

（4）下载。项目编译成功后,连接 Haier 仿真器硬件,单击 Haier - IDE 工具栏"下载"按钮,项目编译后的 HEX 文件将被下载到仿真器硬件设备中,如图9-54 所示。

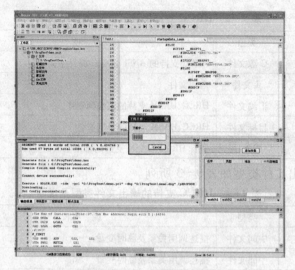

图9-54　编译后下载界面图

（5）调试。程序下载成功后，选择 IDE 工具栏中的调试工具按钮 ▶ ▓ ▙ ▎▎▙ ▎ ▊ ◉，用户可进行"运行"、"步越"、"运行到光标处"、"反汇编器单步"、"停止"、"复位"、"设置断点"等调试操作。

9.5.2　HRCC 语言简介

HRCC 语言支持的语法基本上符合 ANSI C 语言标准，但不支持函数的递归调用。其主要原因是由于 HR6P 单片机硬件堆栈级数的限制（2、8、16 或 32 级硬件堆栈）。限于篇幅，本节仅介绍 HRCC 语言的基本语法。

1. HRCC 语言的结构特点

HRCC 语言与 ANSI C 语言的结构特点类似，主要有以下几点：

（1）一个 HRCC 语言源程序可以由一个或多个源文件组成。

（2）每个源文件可由一个或多个函数组成。

（3）一个源程序不论由多少个文件组成，都有一个且只能有一个 main 函数，即主函数。

（4）源程序中可以有预处理命令（include 命令仅为其中的一种），预处理命令通常应放在源文件或源程序的最前面。

（5）每一个说明，每一个语句都必须以分号结尾。但预处理命令，函数头和花括号"}"之后不能加分号。

（6）标识符，关键字之间必须至少加一个空格以示间隔。若已有明显的间隔符，也可不再加空格来间隔。

（7）HRCC 语言的注释符是以"/ *"开头并以" */"结尾的串。在"/ *"和" */"之间的即为注释，对于单行注释，HRCC 也支持 C99 标准中的"//"注释符，程序编译时，不对注释作任何处理。

（8）在标识符中，大小写是有区别的。

为便于阅读、理解与维护，在书写 HRCC 程序时应遵循以下规则：

（1）一个说明或一个语句占一行。

（2）用┤├括起来的部分,通常表示程序的某一层次结构,┤├一般与该结构语句的第一个字母对齐,并单独占一行。

（3）低一层次的语句或说明可比高一层次的语句或说明缩进若干格后书写,以便看起来更加清晰,增加程序的可读性。

2. 字符集

字符是组成语言的最基本的元素,字符集通常由字母、数字、空格、标点和特殊字符组成。

（1）字母:小写字母 a ~ z 共26个,大写字母 A ~ Z 共26个。

（2）数字:0 ~ 9 共10个。

（3）空白符:空格符、制表符、换行符等统称为空白符。空白符只在字符常量和字符串常量中起作用,在其他地方出现时,只起间隔作用,编译程序对它们忽略不计。因此在程序中使用空白符与否,对程序的编译不发生影响,但在程序中适当的地方使用空白符将增加程序的清晰性和可读性。

（4）标点和特殊字符:在程序中使用的变量名、函数名、标号等统称为标识符。除库函数的函数名由系统定义外,其余都由用户自定义。标识符只能是字母(A ~ Z,a ~ z)、数字(0 ~ 9)、下画线(_)组成的字符串,并且其第一个字符必须是字母或下画线。

例 9 - 1:以下标识符是合法的:

A, x, x3,BOOK_1,sum5

以下标识符是非法的:

```
3s          //以数字开头
s * T       //出现非法字符 *
-3x         //以减号开头
bowy - 1    //出现非法字符 -（减号）
```

3. 关键字

关键字是由 HRCC 语言规定的具有特定意义的字符串,通常也称为保留字。用户定义的标识符不应与关键字相同。HRCC 语言的关键字分为以下两类:

（1）类型说明符:用于定义、说明变量、函数或其他数据结构的类型。如 int,double 等。

（2）语句定义符:用于表示一个语句的功能。

4. 数据类型

HRCC 语言的运算量也可分为常量和变量。HRCC 语言中使用的常量可分为数字常量、字符常量、字符串常量、符号常量、转义字符等多种。HRCC 语言中的变量与其他语言中的变量一样,在使用之前必须先进行定义,根据其定义方式,可分为基本数据类型变量、构造数据类型变量、指针类型变量及空类型变量等。表 9 - 4 是 HRCC 语言支持的基本数据类型。

表 9 - 4　HRCC 支持的基本数据类型

类型	长度/位数	格式	范围	说明
sbit	1	Integer	0 ~ 1	位变量
(unsigned) char	8	Integer	0 ~ 255	无符号字符变量
Signed char		2's complement integer	- 128 ~ 127	有符号字符变量

类型	长度/位数	格式	范 围	说 明
int	16	2's complement integer	-32768 ~ 32767	有符号整型数
unsigned int	16	Integer	0 ~ 65535	无符号整型数
long	32	2's complement integer	-2147483648 ~ 2147483647	有符号长整型数
unsigned long	32	Integer	0 ~ 4294967295	无符号长整型数
float	24	Single-precision floating-point		浮点数
double	32	Single-precision floating-point		双精度数

5. 运算符

HRCC 语言中的运算符非常丰富,包括算术运算符、逻辑运算符、关系运算符、位运算符、赋值运算符、条件运算符等,这些运算符相互协作,完成 HRCC 语言中的各种运算。各运算符的功能简介如下:

(1)算术运算符:用于各类算术运算,包括加(+)、减(-)、乘(*)、除(/)、求余(或称模运算,%)、自增(++)、自减(--)共 7 种。

(2)关系运算符:用于比较运算,包括大于(>)、小于(<)、等于(==)、大于等于(>=)、小于等于(<=)和不等于(!=)6 种。

(3)逻辑运算符:用于逻辑运算,包括与(&&)、或(||)、非(!)3 种。

(4)位操作运算符:参与运算的量,按二进制位进行运算,包括位与(&)、位或(|)、位非(~)、位异或(^)、左移(<<)、右移(>>)6 种。

(5)赋值运算符:用于赋值运算,分为简单赋值(=)、复合算术赋值(+=,-=,*=,/=,%=)和复合位运算赋值(&=,|=,^=,>>=,<<=)三类共 11 种。

(6)条件运算符:这是一个三目运算符,用于条件求值(?:)。

(7)逗号运算符:用于把若干表达式组合成一个表达式(,)。

(8)指针运算符:用于取内容(*)和取地址(&)两种运算。

(9)求字节数运算符:用于计算数据类型所占的字节数(sizeof)。

(10)特殊运算符:有括号(),下标[ ],成员(→,.)等几种。

关于几个运算符的说明:

(1)自增、自减运算符。自增 1 运算符记为"++",其功能是使变量的值自增 1。自减 1 运算符记为"--",其功能是使变量值自减 1。自增 1,自减 1 运算符均为单目运算,都具有右结合性。可有以下几种形式:

++i   ; // i 自增 1 后再参与其他运算。

--i   ; // i 自减 1 后再参与其他运算。

i++   ; // i 参与运算后,i 的值再自增 1。

i--   ; // i 参与运算后,i 的值再自减 1。

(2)赋值运算符。简单赋值运算符记为"=",由"="连接的式子称为赋值表达式。其一般形式为:

变量 = 表达式

例 9-2:   x = a + b;

w = sin(a) + sin(b);

$$y = i + + + - - j;$$

赋值表达式的功能是计算表达式的值再赋予左边的变量,赋值运算符具有右结合性。

在其他高级语言中,赋值构成了一个语句,称为赋值语句。而在 C 中,把" = "定义为运算符,从而组成赋值表达式。凡是表达式可以出现的地方均可出现赋值表达式。

例 9 - 3:
$$x = (a = 5) + (b = 8)$$

是合法的。它的意义是把 5 赋予 a,8 赋予 b,再把 a,b 相加,和赋予 x,故 x 应等于 13。

在 HRCC 语言中也可以组成赋值语句,按照 HRCC 语言规定,任何表达式在其未尾加上分号就构成为语句。因此如:　　x = 8;　a = b = c = 5;都是赋值语句。

（3）复合的赋值运算符。在赋值符" = "之前加上其他二目运算符可构成复合赋值符。如 + = , - = , * = , / = ,% = , < < = , > > = ,& = ,^ = ,| = 。

构成复合赋值表达式的一般形式为:

变量　双目运算符 = 表达式

它等效于

变量 = 变量 运算符 表达式

例 9 - 4: a + = 5　　　等价于　a = a + 5

x * = y + 7　　　等价于　x = x * (y + 7)

r% = p　　　等价于　r = r% p

（4）逗号运算符。在 HRCC 语言中逗号" , "也是一种运算符,称为逗号运算符,其功能是把两个表达式连接起来组成一个表达式,称为逗号表达式。其一般形式为:

表达式 1,表达式 2

其求值过程是分别求两个表达式的值,并以表达式 2 的值作为整个逗号表达式的值。

例 9 - 5: void main( )

```
{
    int a = 2,b = 4,c = 6,x,y;
    y = (x = a + b),(b + c);
}
```

本例中,y 等于整个逗号表达式的值,也就是表达式 2 的值,x 是第一个表达式的值。

逗号表达式一般形式中的表达式 1 和表达式 2 也可以又是逗号表达式,即逗号表达式可以形成嵌套。

程序中使用逗号表达式,通常是要分别求逗号表达式内各表达式的值,并不一定要求整个逗号表达式的值。并不是在所有出现逗号的地方都组成逗号表达式,如在变量说明中,函数参数表中逗号只是用作各变量之间的间隔符。

6. 算术表达式和运算符的优先级和结合性

表达式是由常量、变量、函数和运算符组合起来的式子。一个表达式有一个值及其类型,它们等于计算表达式所得结果的值和类型。表达式求值按运算符的优先级和结合性规定的顺序进行。单个的常量、变量、函数可以看做是表达式的特例。算术表达式是由算术运算符和括号连接起来的式子。

（1）运算符的优先级。HRCC 语言中运算符的运算优先级共分为 15 级,1 级最高,15 级最低。在表达式中,优先级较高的先于优先级较低的进行运算。而在一个运算量两侧的运算符优先级相同时,则按运算符的结合性所规定的结合方向处理。

(2) 运算符的结合性。HRCC 语言中各运算符的结合性分为两种,即左结合性(自左至右)和右结合性(自右至左)。例如算术运算符的结合性是自左至右,即先左后右,如有表达式 x - y + z 则 y 应先与"-"号结合,执行 x - y 运算,然后再执行 + z 的运算。

这种自左至右的结合方向就称为"左结合性",而自右至左的结合方向称为"右结合性"。最典型的右结合性运算符是赋值运算符,如 x = y = z,由于"="的右结合性,应先执行 y = z 再执行 x = (y = z)运算。HRCC 语言运算符中有不少为右结合性,应注意区别,以避免理解错误。

(3) 强制类型转换运算符。其一般形式为:

$$（类型说明符）（表达式）$$

其功能是把表达式的运算结果强制转换成类型说明符所表示的类型。

例 9 - 6：

(float) a   是把 a 转换为实型
(int)(x + y)   是把 x + y 的结果转换为整型

7. 函数

HRCC 语言中,函数调用的一般形式为:

$$函数名（实际参数表）$$

对无参函数调用时则无实际参数表。实际参数表中的参数可以是常数,变量或其他构造类型数据及表达式,各实参之间用逗号分隔。

函数调用方式:

在 HRCC 语言中,实现函数调用的方法有以下几种:

(1) 函数表达式:函数作为表达式中的一项出现在表达式中,以函数返回值参与表达式的运算。这种方式要求函数是有返回值的。例如:z = max(x,y)是一个赋值表达式,把 max 的返回值赋予变量 z。

(2) 函数语句:函数调用的一般形式加上分号即构成函数语句。例如:abs(var);就是以函数语句的方式调用函数。

(3) 函数实参:函数作为另一个函数调用的实际参数出现。这种情况是把该函数的返回值作为实参进行传送,因此要求该函数必须是有返回值的。例如:abs(max(x,y));即是把 max 调用的返回值又作为 abs 函数的实参来使用的。在函数调用中还应该注意的一个问题是求值顺序的问题。所谓求值顺序是指对实参表中各参数是自左至右使用还是自右至左使用。HRCC 采用自左至右的方式。

例 9 - 7： void main( )
```
{
    int i = 8;
    fun( + + i, - - i,i + +,i - - );
}
```

按照从左至右的顺序求值,fun 的 4 个实参值分别为:9,8,8,9。

8. HRCC 的位变量

HRCC 支持位变量的使用,但位变量只能是全局的或静态的,位变量不能定义为局部自动

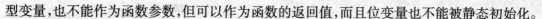

型变量,也不能作为函数参数,但可以作为函数的返回值,而且位变量也不能被静态初始化。

HRCC 将把定位在同一 section 内的 8 个位变量合并成一个字节存放于一个固定地址。HRCC 对整个数据存储空间实行位编址,0x000 单元的第 0 位是位地址 0x0000,依此类推,每个字节有 8 个位地址。如果一个位变量 flag1 被编址为 0x123,那么实际的存储空间位于:

字节地址 = 0x123/8 = 0x24

位偏移 = 0x123%8 = 3

即 flag1 位变量位于地址为 0x24 字节的第 3 位。

当位变量做为函数的返回值时将存放于单片机的进位位(寄存器 PSW 的 C 标志位)中带出返回。

将非位变量进行强制类型转换成位变量时,HRCC 只取非位变量的最低位。而 ANSI C 判断整个变量是否为 0。例如:将一个整型变量是否为 0 赋值给一个位变量,

HRCC 写法:

```
bitvar = (char_var ! = 0);
```

ANSI C 写法:

```
bitvar = char_var;
```

9. 其他

除上述基本语法外,在使用 HRCC 语言时需要注意以下几点:

(1) const、volatile、remain 等关键字不能用于修饰字段、参数、返回值等。

(2) 指向 ROM 的指针与指向 RAM 的指针不进行隐式转换,必要时需用户显式转换。

(3) 不支持动态空间分配,如 ANSI C 的 malloc、free 等。

(4) 全局变量支持同类型重名声明,但局部变量是不允许的。当然,不同类型的重名全局变量仍会报错。

(5) 不支持不完整形式的结构(联合)屏蔽。

(6) 支持任意位置的内嵌汇编,且支持 C 与汇编之间的数据交换。

(7) 字符串常量的类型是 const char *。

10. 库函数

HRCC 提供了 55 个库函数,包括数学运算、字符串处理、类型转换等,具体函数的接口描述可参考上海海尔集成电路有限公司的 HRCC 使用手册。

HRCC 软件包中包括如下头文件如表 9-5 所列。

表 9-5　HRCC 语言支持的头文件列表

头文件	函数			
Stdlib. h	abs	atof	atoi	atol
	div	ldiv	rand	xtoi
Math. h	acos	asin	atan2	atan
	ceil	cosh	sinh	tanh
	cos	exp	fabs	floor
	log	log10	powC	sin
	sqrt	tan		

续表 9 - 5

头文件	函数			
Hr6p. h	di	ei		
Ctype. h	isalnum	isalpha	isascii	iscntrl
	isdigit	islower	isprint	isgraph
	ispunct	isspace	isupper	isxdigit
	toascii	tolower	toupper	
String. h	memchr	memcmp	memcpy	memmove
	strcat	strchr	strichr	strcmp
	stricmp	strcpy	strncat	strlen

9.6   HR 单片机学习板

为方便初级用户学习海尔单片机,上海海尔集成电路有限公司特意开发了一款海尔单片机学习板,该学习板为用户提供了较为丰富的外围器件和设备接口,可使用户快速掌握海尔单片机的原理及实用接口技术,以及采用 HASM 编写程序的方法(学习板的源程序参见附录 C)。为更好地学习和使用海尔单片机打下良好的基础。

9.6.1   学习板硬件资源

该学习板硬件资源非常丰富,涵盖了常见的基本的硬件资源,硬件布局图如图 9 - 55 所示。该电路板上具体的资源如下:

(1) 16 个并行的发光二极管。

(2) 1 个模式键、1 个演示键、1 个复位键。

(3) 8 段数码管。

(4) 模式指示灯,由 3 个发光二极管组成,代表 8 种模式。

(5) A/D 输入调节电路(输入电压范围 0 ~ 5V)。

(6) RS - 232 串行接口。

(7) 三段拨码开关。

(8) Flash 烧录电路。

(9) ISP 接口。

(10) 蜂鸣器。

(11) 555 构成的频率输入调节电路。

(12) 用户 MCU。

(13) 烧录控制 MCU。

(14) 串行存储器 24C01。

(15) 晶振。

(16) 电源接口等。

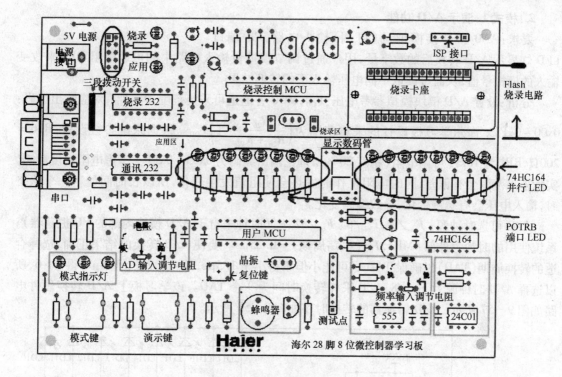

图9-55 学习板硬件布局图

9.6.2 学习板实验例程

结合该学习板上的硬件资源,本书给出8个常用的单片机功能使用实例,分别命名为模式0、模式1、……模式7。在演示这8个功能模块时,可通过按键来选择欲演示的模式号 n(n 取值0~7)。每个模式实现的功能如下:

(1)模式0:演示I/O接口输出功能。

(2)模式1:演示A/D功能。

(3)模式2:演示Timer1/Timer2定时功能。

(4)模式3:演示TE2捕捉功能。

(5)模式4:演示TE1 PWM功能。

(6)模式5:演示SPI主控功能。

(7)模式6:演示IIC主控功能。

(8)模式7:演示USART异步通信功能。

1. 模式0:演示I/O端口输出功能

该模式功能要求:通过端口B外接8个LED灯,来显示一个字节数据。按一次演示键,端口B数据改变一次,形成的效果10种状态之间轮流切换,如图9-56所示。缺省时为第一种状态。要求全灭及全亮两种状态通过字节操作指令实现,其他状态通过位操作指令实现。

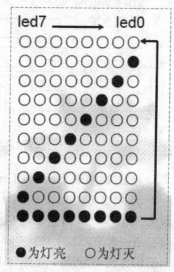

图9-56 LED亮灯效果图

2. 模式1:演示 A/D 功能

要求:AN0 口外接模拟量(可调)输入电路,PB 端口 LED 灯显示 A/D 转换后的数字量,用户通过调节模拟量输入电路中的可调电阻 RP1 来改变输入的模拟量值,从而可读取不同电压输入下的转换结果。

分析:设置 A/D 模块模拟参考电压:V_{DD},MCU 各通道可采集范围:$0 \sim V_{DD}$,对应输出编码:$0x00 \sim 0xFF$。海尔学习板设计的采集范围为 $\left(\dfrac{R_{26}}{R_{26}+R_{P1}} \sim 1\right)V_{DD}$。根据系统参数设置:R26 = 200Ω,RP1 为 $10k\Omega$ 可调电阻(精度20%),理论输出编码为 $0x05 \sim 0xFF$。考虑电阻精度影响,实际采集范围会有偏差,同时电阻工作时发热会使阻值发生变化,所以长时间处于一个状态时,输入电压会有缓慢变化,导致编码变化。

A/D 可选时钟源:$F_{osc}/2$、$F_{osc}/8$、$F_{osc}/32$、F_{rc}(时钟来自于 A/D 模块内部的 RC 振荡器);系统使用的时钟为外部4MHz,T_{osc}(振荡周期)$= 0.25\mu s$。要使 A/D 转换的结果正确,选择合适的转换周期(TAD)以确保 TAD 尽可能小但不得小于 $1.5\mu s$,即:$x \cdot T_{osc} > 1.5\mu s$,得 $x > 6$,所以选择 A/D 时钟源为 Fosc/8;A/D 采样转换时间为 9 个 TAD。该学习板上 A/D 转换硬件电路如图 9-57 所示,A/D 转换器的转换时序如图 9-58 所示。

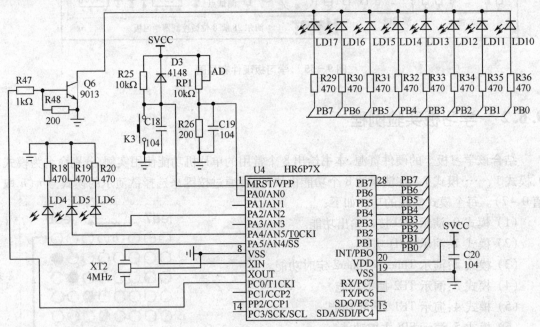

图 9-57 A/D 转换电路硬件连线图

3. 模式2:演示 Timer1/Timer2 定时功能

要求:端口 B 外接 8 个 LED 灯(高电平有效)和一个 8 段数码管(共阳),分别显示一个字节数据,如图 9-59 所示。按一次演示键,显示方式改变一次,显示内容相应更新(显示方式改变时显示内容清零),a、b、c 三种显示方式循环。缺省显示方式为 a。

显示方式 a 为:250ms 端口 B LED 灯数据 +1(0x00 ~ 0xFF 循环)显示,数码管无显示。

显示方式 b 为:500ms 数码管数据 +1(0 ~ F)循环显示;端口 BLED 灯无显示。

显示方式 c 为:端口 B LED 灯及数码管分别以 a、b 所述周期递增数据并分别显示相应

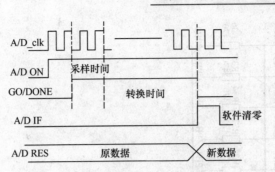

图 9 - 58 片内 A/D 转换时序图

内容。

分析:(1)定时器 0 用于控制按键扫描周期及 1s A/D 转换周期(该定时器不做为演示内容);定时器 1 用于控制本模式 250/500ms 定时数据递增;定时器 2 用于控制本模式 c 显示方式下的显示内容控制。

(2)设置定时器/计数器 0 模块为定时模式,设置 BSET 寄存器值为 0x87:禁止端口 B 上拉设置预分频器 1:256 预分频给定时器 0。

定时初值:0x3D,用于产生约 50ms 的中断实现 50ms 按键扫描周期及约 1sA/D 采集周期控制。

定时器 0 定时时间公式:

$$T = ((0xFF - 定时初值) + 1) \times 预分频比 \times 4 \times T_{osc}$$

(3)设置定时器/计数器 1 模块为定时模式,输入时钟为 1:4 预分频比,使用内部时钟、定时初值:0x0BDC,产生 250ms 定时时间,控制本模式 250ms 及 500ms 的数据递增周期。

定时器 1 定时时间公式:

$$T = ((0xFFFF - 定时初值) + 1) \times 预分频比 \times 4 \times T_{osc}$$

(4)设置定时器 2 预分频为 4,输出 1:1 后分频比,设置定时周期寄存器 PR2 = 0xF9,产生 1ms 定时,控制 c 方式下的显示内容控制。定时器 2 定时时间公式:

$$T = 预分频比 \times 后分频比 \times (PR2 + 1) \times 4 \times T_{osc}$$

4. 模式 3:演示 TE2 捕捉功能

要求:单片机的引脚 PC1/TE2 外接 555 定时电路方波输入,频率可调,但限于硬件电路的设计,此处频率小于 2.5kHz,如图 9 - 60 所示。

分析:(1)将 TE2 模块设置为捕捉模式,允许捕捉中断。定时器 1 工作于定时模式,提供捕捉时基。按一次演示键,PB 口显示当前 TE 捕捉频率的对应数据(单字节显示,显示单位"10Hz"),用户可通过调节硬件板上可调电阻 RB 的大小改变 TE2 输入频率,进行不同频率的捕捉演示。系统晶振频率 4MHz。

(2)由输入频率得,最大脉冲周期为 1500μs,设置定时器 1 为 1:1 预分频,此时最大定时周期 65535μs,选择捕捉模式为每个下降沿发生 TE2C3:0 = 0100(用户可更改 TE2C 的常量设定值为每个上升沿发生(TE2C3:0 = 0101)、每出现 4 个上升沿发生(TE2C3:0 = 0110)、每出现 16 个上升沿发生(TE2C3:0 = 0111),程序中已对各种捕捉模式进行相应的周期计算处理)。

5. 模式 4:演示 TE1 PWM 功能

要求:PC2/TE1 外接无源蜂鸣器驱动电路,如图 9 - 61 所示。按一次演示键,PWM 模块以

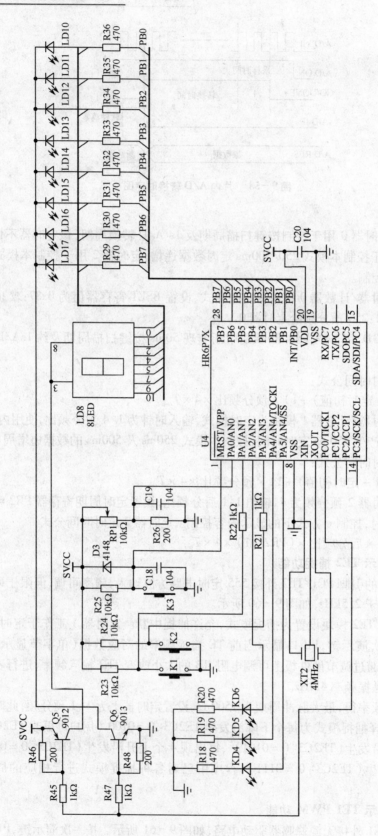

图 9-59 端口 B 与 LED 及发光二极管连接电路图

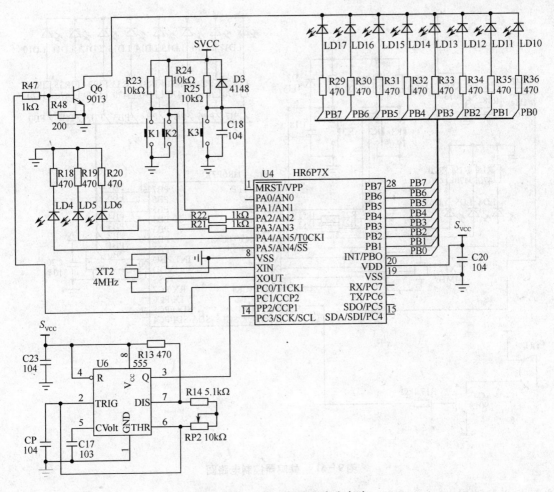

图 9 - 60　555 定时波形产生电路

不同频率（1.000kHz、1.200kHz、1.500kHz；占空比 50%）输出，驱动蜂鸣器鸣叫一次（输出时间 250ms，由定时器 1 控制）。缺省频率为 1.000kHz。

分析：根据频率值，对应的周期分别为 $1000\mu s$、$833\mu s$、$667\mu s$，PWM 模式使用定时器 2（8位）作为时基产生波形，所以设定时器 2 预分频值为 4，后分频输出为 1：1，最大定时周期 $1024\mu s$。频率周期计算公式如下（T_{osc} 为振荡周期）：

$$周期 = ((PR2) + 1) \times 4 \times T_{osc} \times T2 \text{ 预分频值}$$

学习板设置输出占空比为 50%，即 PR2/2，用户也可以根据占空比计算公式计算占空值用查表方式读取计算的占空比赋值给 TE1L 寄存器。占空比 $= (TE1L:TE1C<5:4>) \cdot T_{osc} \times T_2$ 预分频值。

6. 模式 5：演示 SPI 主控功能

要求：串口外接 1 片串转并芯片 74XX164 并行 8 个 LED 灯（高电平有效），如图 9 - 62 所示。设置 SPI 模块为主控模式，时钟 $= F_{osc}/4$，时钟空闲状态为高电平。

按一次演示键，MCU 通过 SPI 模块将发送数据寄存器的值串行发送给外接 74XX164 并行 LED 显示，并将发送数据寄存器的值 +1。SPI 模块输入引脚串接至 SPI 模块输出引脚形成自发自收（引脚间可加器件进行保护，也可软件设置进行避免，具体由用户实际应用决定），同步

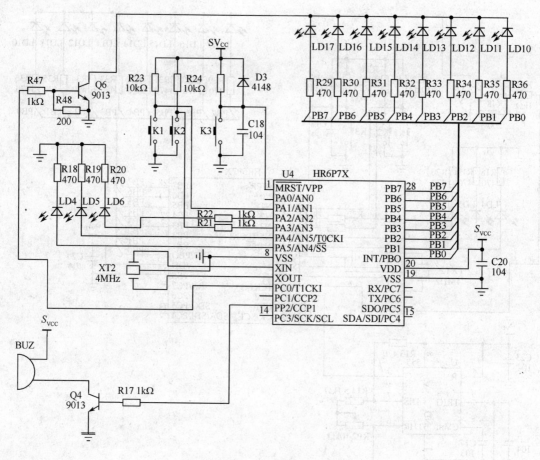

图 9-61   蜂鸣器控制电路图

收回发送的数据,输入字节通过端口 B 显示(两路显示内容相同),缺省发送首字节为 0x00,
0x00～0xFF 循环。

7. 模式 6:演示 IIC 主控功能

要求:芯片 24C01 与 MCU 通过 IIC 方式进行数据传输,原理图如图 9-63 所示,IIC 模块
采用 7 位寻址方式。设置单片机 SSP 模块为 IIC 固件模拟主控模式(1011),读/写从器件。

按一次演示按键,MCU 将发送缓冲寄存器(单字节)的数据写入从器件固定地址,并将发
送缓冲寄存器的值加 1,延时一段时间后(1.052ms 以上,该时间为针对 24C01 器件的实际验
证时间,并非绝对应用于所有 IIC 通信情况)再读出,读回数据通过端口 B 的 LED 灯显示,发
送缓冲寄存器 +1(默认发送首字节为 0x00,0x00～0xFF 循环)。

8. 模式 7:演示 USART 异步通信功能

要求:通过外接 RS-232 电路,与 PC 建立通信线路,硬件电路图如 9-64 所示。USART
模块配置为全双工异步通信模块,设置通信为 8 位异步方式无校验,接收使能、并允许连续接
收,高速波特率方式,通信波特率为 9 600 bit/s。

高速模式下的波特率计算公式:

$$波特率 = F_{osc} / (16(X+1))$$

式中,X 为波特率寄存器值,取值范围为 0～255,根据公式计算结果为最接近的值。根据本系

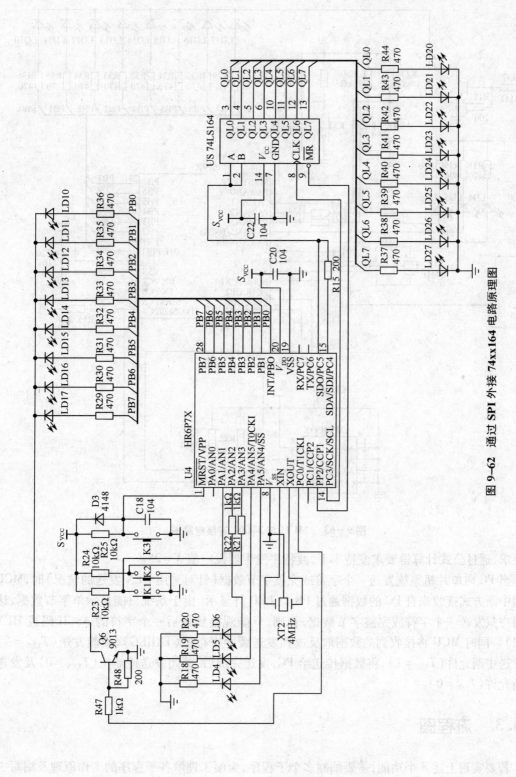

图 9-62　通过 SPI 外接 74xx164 电路原理图

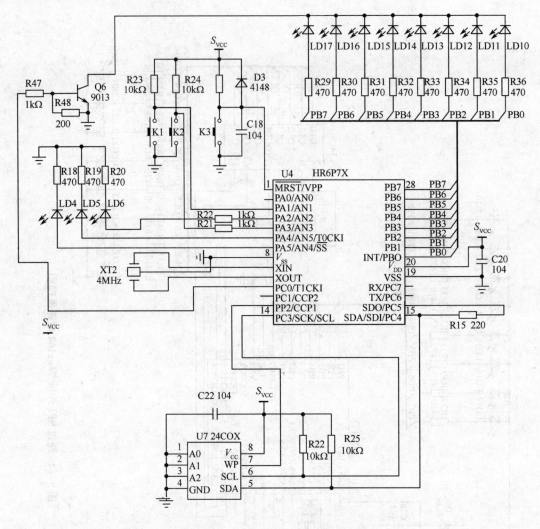

图 9 - 63　MCU 与 24C01 连接电路图

统要求,通过公式计算得要求波特率下,波特率发生器设定值 $X = 25$。

当 PC 向单片机系统发送一个字符或完整字节数据(针对采用 HEX 发送的情况)时,MCU 采用中断方式接收来自 PC 的数据通过 PB 口 LED 灯显示(由于系统只能显示单字节数据,建议用户只发送一个字符或完整字节数据,否则,只能观察到最后一个字符的 ASCII 码或 HEX 数据)。同时 MCU 将接收到的数据取反放到发送缓冲寄存器(TXREG),使能发送($T_{XEN} = 1$)及发送中断允许($T_{XIE} = 1$),将数据传送给 PC,发送完成后,关闭发送使能位($T_{XEN} = 0$)及发送中断允许($T_{XIE} = 0$)。

9.6.3　流程图

若要实现上述 8 个功能,需要编制多个子程序,为便于理解各子程序的工作原理及编写方法,在此将主程序流程图、按键扫描流程图和模式执行流程图描述如图 9 - 65 ~ 图 9 - 68 所示。对应的源程序可到上海海尔集成电路有限公司的网站上下载。

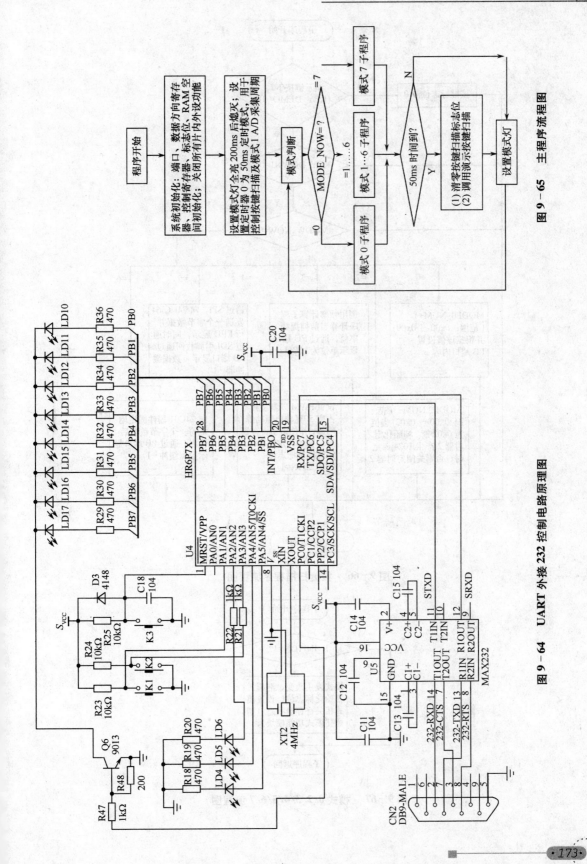

图 9－65　主程序流程图

图 9－64　UART 外接 232 控制电路原理图

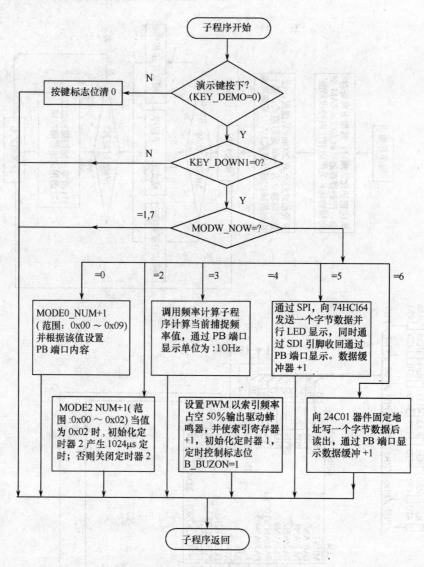

图 9 - 66   按键扫描程序流程图

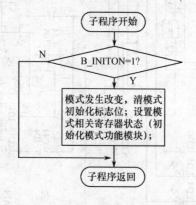

图 9 - 67   模式 0/2/3/4/5/6/7 流程图

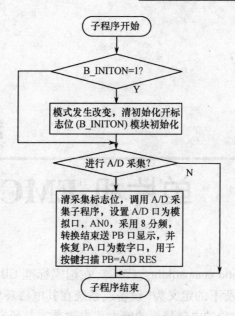

图 9-68　模式 1 流程图

思考题

1. Haier_ICE 软件的功能是什么？

2. 在线调试器和在线仿真器的区别是什么？各有什么特点？

3. 简述编程器的功能和使用方法。

第10章

单片机 EMC 设计简介

电磁兼容(Electromagnetic compatibility, EMC),在国家标准 GB/T 4365—2003《电工术语 电磁兼容》中对电磁兼容所下的定义为"设备或系统在其电磁环境中能正常工作且不对该环境中任何事物构成不能承受的电磁骚扰的能力。"电磁兼容是研究在有限的空间、有限的时间、有限的频谱资源条件下,各种用电设备(广义的还包括生物体)可以共存并不引起降级的一门科学。

随着电子化、数字化和信息化的进程,各种电子设备不断进入社会和生活中。电子系统相互拥挤,其工作电磁环境不断变差,电磁兼容问题开始严重威胁电子系统安全、可靠地工作,还关系到人们的健康,因此电子产品的电磁兼容性成为人们越来越关注的问题。本章就集成电路的 EMC 问题的产生机理、EMC 测试的标准方法及单片机应用系统中电磁兼容性的设计等做一下简单介绍。

10.1 集成电路中的 EMC 问题

电磁兼容问题包括电磁干扰(EMI)和电磁兼容(EMC)两方面。EMI 是指元件或电路中各部分辐射或传导出来的、对其他部分的有用信号造成干扰的电磁变量,如电流、磁场等;而 EMC 考虑的是怎样防止和隔离这些干扰变量,以免扰乱电路的正常工作,即免疫。但由于这两者的关系很密切,相互依存,所以在工程中往往不加区分,混用这两个术语。

(1)产品"小型化"的趋势。电子应用产品的小型化,要求其中主要部件——集成电路的封装尺寸很小,常要把数字、模拟、射频、大功率驱动与电源管理等功能集成到单一芯片上,芯片各部分之间耦合的隔离成为目前业界的一个热点和难点,亟待突破。

(2)先进生产工艺。随着集成电路生产技术的日益精细化,$0.25\,\mu m$ 甚至 $0.13\,\mu m$ 线宽工艺成为半导体生产主流,在国内已得到广泛的接收和使用。芯片内并行的走线愈来愈接近。以前只有少数几根走线的空间,现在纳入了更多连线。由于电容量与距离平方成反比关系,走线之间寄生电容增加非常迅速,其耦合效应在电路的信号活动中开始占主导地位,甚至不相邻走线之间的电容耦合也会对 EMC 构成影响。

(3)热插拔/即插即用。电路板移动应用的增多,意味着要能在系统带电工作期间允许随时拔、插带有信号、电源线和地线的插板、插头、插座。这样很容易产生电压或电流瞬变,干扰系统的工作,甚至造成不可恢复的损坏。此外还要求系统能够动态地调整电源,以适应突然增加或减少的电流负载。

（4）"高速化"趋势。现在电子产品中处理器速度与五年前提高了约一个数量级,芯片消耗的电流也提高了约一个数量级,射频电路的工作频率也提高到了兆赫兹的数量级。这些发展带来更大的电磁变量扩散,已经不能忽视。

（5）门锁(latch-up)效应和瞬变。在深亚微米芯片中,线宽的变窄恶化了对过电压状态的敏感性,必须对芯片的重要部分进行保护,但又不要影响其性能。

（6）电源功率分配。现在电子系统的功能越来越多,电路趋于复杂。电流量幅度与过去相比有了惊人的增大。大电流会产生很强的磁场,使电迁移现象变得严重,同时使芯片温度升高,引起电路的电性能变坏,也会间接加重 EMI 问题。

10.2　集成电路芯片中 EMI 发生原理

EMI 问题的发生和免疫都很复杂,尤其是在芯片内部,通常很难对 EMI 进行定量分析,主要原因在于建模困难。目前学术界和工业界都还没有找出完整而有效的方法分析芯片 EMI 问题。

为了有利于认识和解决芯片 EMC 问题,国际电工委(International Electrotechnical Commission)制定了一套针对电磁干扰和防电磁干扰测试的标准,可以用于 Trial and Error 方法进行理论分析和实验验证。

芯片级 EMC 分析涉及到半导体器件物理、工艺、封装、电磁场、芯片电源布局、I/O、ESD 等知识。这里用经典电路理论中传输线模型进行稳态分析这些电磁效应给半导体物理器件带来的寄生效应,和这些寄生效应对芯片功能和性能的影响。图 10-1 是 EMI 发生原理图。其中敏感设备指芯片,干扰的发射定义为电路、器件或系统中干扰源电磁变量产生的效果。这些电磁变量可以是传导性的,也可以是非传导性的。电磁干扰耦合机制主要有 4 种。

图 10-1　EMI 发生原理图

1. 电容耦合机制

在电容耦合机制下,干扰信号通过耦合电容 C_k 干扰信号电路,图 10-2 所示为耦合机制。其中忽略了信号电路中的阻抗和其他寄生电容,并假设没有电导传输干扰,感应电流可以用信号电路中的电流源建模。

2. 电感耦合机制

电感耦合指干扰电流 i_{st} 产生交变磁场在信号电路上引起感应电压和互感电流。干扰模型如图 10-3 所示,图中感应磁通量 $B(is)$ 通过信号电路。磁通量 $B(is)$ 的变化会感应出一个干扰电压 U_{st} 加在信号线上。假设没有电导电压,可以用信号电路中的电压源作为感应电压的模型,并忽略其内阻中 M_k 为互感,同时存在容性和感性耦合,干扰可以利用容性分量和感性分量叠加产生。

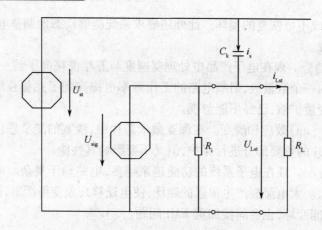

图 10 - 2　电感耦合机制原理图

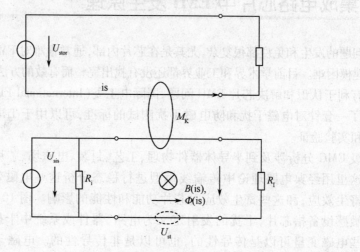

图 10 - 3　互感耦合机制原理图

3. 阻抗耦合机制

在这种机制下,干扰电流流过信号电路和干扰网孔共同的阻抗,对干扰和信号电路都有影响。这种影响可通过隔离回路来消除,如图 10 - 4 所示。

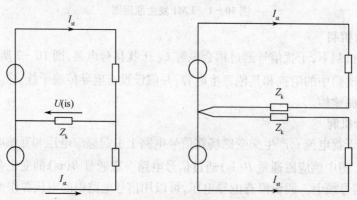

图 10 - 4　阻抗耦合机制原理图

4. 电磁波耦合机制

电磁波耦合干扰由空间上突出的电路产生天线效应引起,其来源可以是任何发射电磁波的电路部分,包括各种发射系统,以及雷雨期间的避雷装置,热核反应,和来自太空的宇宙射线等。

10.3　集成电路中关键部分的 EMC 分析

10.3.1　集成电路中电源线和地线的 EMC 分析

在集成电路上,电源线和地线(以下简称 PG)的电流及相应磁场最大,容易引起 EMI 问题。PG 相关的问题包括 PG 布局,PG 噪声,电源和地线反弹(Power and Ground Bounce)。这里 PG 主要考虑产生对外界的电磁干扰,良好的 PG 布局有助于减少电磁干扰和增强抗干扰力,同时 PG 噪声也与 PG 布局有关。在芯片中,PG 分以下几种:

(1) I/O PG。

(2) 内核(Core)PG。

(3) 封装 PG。

(4) 后驱动器(Postdriver)PG。

(5) 预驱动器(Predriver)PG。

一般情况下,预驱动器 PG 跟内核 PG 连接在一起,后驱动器 PG 跟 I/O PG 连接在一起。因为每个芯片的工作环境不同,在 EMC 要求不是很高的情况下,I/O PG 和内核 PG 可以连在一起,但距离应比较远。在 EMC 指标要求很高的芯片中,I/O PG 和内核 PG 就应该分开,以防止 I/O PG 中的噪声窜入内核 PG 中,影响内核的信号功能。如果 I/O PG 和内核 PG 没有分开,在 EM(电磁)环境下芯片与外围应用电路的 PCB 板连接,PCB 上的噪声会使芯片 PG 端和 I/O 端(尤其输出端)中有电压和电流的峰值波动。

在 EM 环境下在芯片 PG 端和 I/O 端都会产生比较坏的电磁噪声峰值电压和电流。这里着重分析 PG 噪声,这种噪声一旦经过 I/O PG 传输到内核 PG,就会影响到内核信号。内核 PG 噪声对内部信号的影响主要有:

(1) 非理想的 PG 参考值会延缓晶体管的开关速度,进而影响整个门的延时,使其性能变坏。

(2) 这种波动通过耦合(在 $0.5\mu m$ 工艺中主要考虑电容耦合,但在 $0.25\mu m$ 工艺下要考虑阻抗耦合)会改变或破坏预充电的动态 CMOS。

(3) 在深亚微米 DSM 工艺下,晶体管的阈值会减小,必然会对 PG 噪声更敏感。

PG 噪声还带来的另一个严重问题,就是电子迁移失效。随着工艺越来越精密,自动布局布线产生的版图中每一行里有更多的标准单元,导致每行金属电源线上电流增大,出现断裂。

在考虑 PG 噪声的同时,也应该考虑时钟频率对电源线和地线的影响。随着时钟频率的增高,会直接导致晶体管的开关频率升高,进而引起两个后果:

(1) 高的频率导致高的电流峰值,增大电子迁移失效的危险。芯片金属布线层的失效取决于平均电流,但电子迁移受温度影响较大,平均电流取决于 RMS 电流,而 RMS 随频率而变化。

（2）高频与时钟上升时间缩短有关。因为 $L_{di/dt}$ 较高，使参考电源变坏。L 同芯片和封装的电感有关。

在标准单元法自动布局布线中，PG 的任何波动，对每一行的标准单元都是危险的，对附近没有完全退耦的信号也很危险。

与 PG 相关的 EMI 扩散通过高频电流影响相邻芯片。高频电流产生的扩散机制如下：

（1）从芯片表面直接产生的辐射，有高频电流的芯片内部金属线可以看成天线。

（2）高频电流通过芯片的 I/O 端口把噪声传导到 PCB 板上的数据线。

（3）电源线和地线传导电磁噪声。这是造成 EMI 最主要的原因之一。

在 0.35μm 以上工艺中，高频电源反弹和地线反弹是对外界 PCB 和芯片进行电磁干扰的重要因素。

在物理上将 I/O PG 和内核 PG 分开，基本上可隔离大部分电源噪声，不过芯片 EMC 还跟 I/O、封装和 ESD 等有关，需要其他措施配合。

10.3.2　集成电路封装的 EMC 分析

在 VLSI(Very Large Scale Integrated circuits) 设计中，常用电容来减少电源纹波。通常电源纹波越大，芯片内的时序就越不确定。由于内核开关所要求的 $L_{di/dt}$ 值较大，需要较大的绑定线电感，通常情况下不可能直接从电路板或芯片上得到，因而芯片上的电容显得尤为重要。芯片上的电容有门栅极电容和内核电路的寄生电容(如金属到金属电容、PMOS 管中 N 阱到衬底电容)。

正常情况下，整个裸片电容量为10～100nF，随着电源电压降低，运行频率升高，电流增大，有必要提高裸片电容。

封装影响 EMC 主要有以下几个方面：

（1）整个封装的大小。封装大小决定了在 EM 环境下存贮电荷的数量。在 EM 分析时，整个封装可以看成一定球体。根据电磁场理论，导电球体在真空中具有内在固有电容 C，假设无穷远处为参考地，球体的电压 V 和电荷 Q 满足：

$$CV = Q$$

近似地可以用经验常数约 1.1pF/cm(半径) 计算。在 EM 环境下，所有封装表面上的电荷都要通过给定管脚释放，这时很容易发生电荷器件模型现象，影响芯片的 ESD。

例如，一个芯片实例采用 DIP32 引脚封装，整个芯片的电容约为 3pF。在 EM 环境下，电源电压波动有时会非常高，电荷越聚越多，在通过给定的管脚放电时，会产生相当大的噪声，影响到芯片内部。

（2）底座分接点电阻。底座分接点电阻对 EMC 也有影响。有些封装厂商能提供低电阻的底座，如在陶瓷封装中利用金线共熔绑定技术来达到低电阻。在塑料封装中，可用导电环氧树脂来达到低电阻。

在芯片和封装之间放置导电良好的底座对减少底座电阻是非常有利的，这样可以在 EM 环境下尽量释放电荷。还有很多封装技术利用导电底座来分担功耗，利用芯片上的金属来传递功耗。

（3）封装上的退耦电容。封装电容和封装退耦电容与 EMC 密切相关。在 EM 环境下，电介质距离 Td(在外部带电带与裸芯片(Die)和封装之间)决定了封装电容的大小。随着电介质厚度增加,外部带电球体远离芯片 V_{ss} 带,减小封装电容,在相同的电压下电荷量较小,从而减小干扰电流。通常芯片在芯片上和封装上带有顶层退耦电容,因而电源和地之间的电容也可保护电路。对于较大的封装,其电容范围为 10 ~ 100nF,这个数值已足以减小电源和地的纹波。在 EM 情况下,很多电压和电流脉冲变化非常快,因而有时可发现封装电容根本不起和只起很少作用。

如果将来电子系统的电流从现在的 10 ~ 20A 增加到 20 ~ 40A,开关瞬时快至小于 0.5ns,将导致 di/dt 增大,同时电源参考电压在不断下降,因而电源能接受的噪声波动会变得更小。所以通路电感较小,芯片和封装耦合得很好,才能使封装有高性能,成功地完成电源传送。

(4)电源划分。封装电源和芯片电源一起组成功率部分,对 EMC 影响较大。封装电源与芯片电源有 3 种常用的连接方式:

①"干净"的电源(芯片电源 V_{CC} 和 V_{SS})和"脏"的电源(外部电源 V_{CCP} 和 V_{SSP})没有独立分开。

②"干净"的电源和外部"脏"的电源在裸片上分开,但在封装时绑定在一起。

③"干净"的电源和外部"脏"的电源不仅在裸片上而且在封装上都连接在一起。

10.3.3　集成电路中 I/O 接口的 EMC 分析

芯片通过 I/O 接口驱动外界和接收信息。随着内部电路速度和处理数据的加快,同外界进行联系如存储访问、显示及其他信息交换也越来越频繁。同时每个字节的位数也随着工艺和应用的发展而增加。所有这些都预示着芯片接口带宽将越来越大。现在需要更完善而复杂的 I/O 设计,这跟传输线是密切相关的。

在 MOS 技术中,I/O 接口是工作负荷最重的部分之一。通常,MOS I/O 驱动器的结构类似于倒相器的输出,此类驱动器要考虑几个方面的问题。

(1)短路电流控制。

(2)预驱动器回转率控制。

(3)高阻抗或三态门。

(4)从时钟到输出控制的传输延迟。

在考虑 EMC 可靠性时,输出和双向 I/OR 接口对 EMC 影响是主要的。如果一块芯片在工作时有很多端口同时处于输出状态,将会带来同步开关输出噪声问题,对 EMC 的影响很大。

1. I/O 驱动器输出电路结构

预驱动器是处于内核逻辑和最终输出之间的电路,可以调整 I/O 的时序和驱动能力以满足不同的 I/O 性能需求,同时预驱动器也是一个大的缓冲器,用来驱动从较小的内核逻辑电平到带有大电容负载的驱动器。图 10-5 所示是预驱动器、驱动器及接受部分的各种电路结构。

在图 10-5(a)中,NOR 和 NAND 组成预驱动器,NMOS 和 PMOS 组成驱动器。有时在标准单元设计中,用倒相器实现输入,如图 10-5(b)所示。有时输入端加上回滞器电路如史密特触发器等如图 10-5(c)所示。

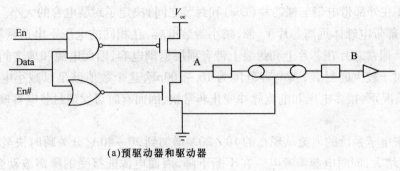

(a)预驱动器和驱动器

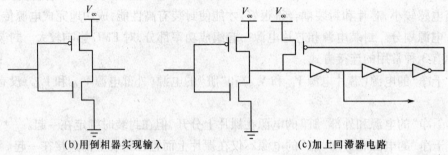

(b)用倒相器实现输入   (c)加上回滞器电路

图 10 - 5　(2)(3)预驱动器、驱动器及接受部分电路结构

2. I/O 驱动器性能指标及其权衡

I/O 驱动器性能如下：

（1）短路电流。短路电流指在输出端电压变化时，输出端的 PMOS 和 NMOS 管同时打开时的电流。这种电流会影响芯片的漏电流、灌电流和拉电流。类似情况在内核逻辑里也会有，但在 I/O 里电流更大。有一些改进措施可以减少短路电流。

（2）回转率(Slew Rate)。指输出端电压和电流变化的速率，主要通过调整预驱动器电路结构来提高。

（3）噪声。预驱动器传输速度快会减少从芯片内核逻辑到输出的传输时间，但是可能会产生电流过冲毛刺，当所有 I/O 开始动作时就会在电源布线平面上产生噪声。

在典型设计中，通常需按设计中最慢的条件调整回转率。预驱动器变慢能在有效的数据窗时间内充放电到一定程度。如果预驱动器太慢，就会有依赖数据的压力，这是因为预驱动器的输出是非线性的，形状类似于 RC 电路充放电曲线，因而要完全不依赖输出数据驱动，RC 常数必须远远小于数据窗(RC < 1/3T)，使电容电压在一个周期内达到电源电压 V_{cc} 和 V_{ss}，如图 10 - 6 所示。

从图 10 - 6 中可以看出，预驱动器面积的设计应充分考虑缓冲器快速转换产生的噪声和由输出数据引起的尖峰噪声(Jitter)。数据相关尖峰噪声发生的条件是：当预驱动器输出电压终端在一个数据窗内还没达到电源电压值时，另外不同脉冲宽度的数据给驱动器门充电到不同的电压等级，不同的电压导致驱动阻抗的不同，同时也导致了在下一个周期内不同起点的充放电压值，就会产生尖峰噪声。

由图 10 - 6 分析还可知，预驱动器设计得太快会导致过大的电流，有尖锐的瞬时转换，引起较大的同步开关噪声，同时还会产生交调(Cross Talk)。反之，预驱动器设计得太慢会导致

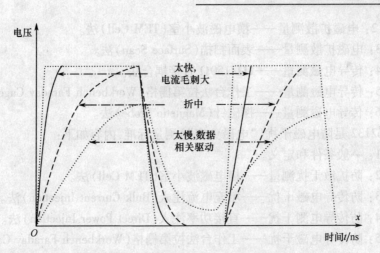

图 10 - 6 预驱动器与传输速度和回转率、噪声的关系图

数据相关尖峰噪声(Data Dependency - Jitter)现象。因此设计预驱动器需要不断的仿真,循环测试、验证性能,以便在设计中达到平衡。通过减小输出数据的电流变化率 di/dt 来减少同步开关噪声 SSO。但这样会使数据输出时间 T_{co}(Time to clock out the data)增加,时序变坏,必须在 SSO,DDJ 和 T_{co} 之间求得均衡。

同样驱动器大小也影响到驱动器的回转率 SR。对于一个简单的源——终结(Source Terminated)系统,设有 $1/2V_{cc}$ 电压值的大电流传送到传输线。当电流到达接收器时,波峰值可能增大一倍达到 V_{cc}。由于快速设计中驱动器的驱动能力很强,电流超过平均值约 50%,这些电流过冲会在接收端造成正或负脉冲信号,而在驱动端,这种电压或电流波形会造成很大的 SSO 噪声和较大的功耗。

在 CMOS I/O 输入的末端有一个简单的 CMOS 倒相器作为接收器,电压可从一端转换到另一端,这样允许输入缓冲器上有稳健的噪声容限。CMOS I/O 噪声容限的定义跟内核电路相同。另外有时在输入端加上一个回滞电路,可以通过改变 PMOS 管大小实现。

10.4 集成电路 EMC 测试的标准和方法

EMC 测试包括测试方法、测量仪器和试验场地等方面。测试方法以各种层次的规范、标准为基础;测量仪器以频域为主,但也有部分时域测试,如脉冲响应等。实际上,实际应用场所的 EMI 多数是非连续的;试验场地是进行 EMC 测试的先决条件,也是衡量 EMC 测量技术的重要因素。EMC 检测很容易受场地的影响,尤其以电磁辐射扩散、辐射接收与辐射敏感度等测试最为严格。目前常用的试验场地有开阔场、半电波暗室、屏蔽室和横电磁波小室等。

10.4.1 EMC 测试标准

IEC 近年来颁布了关于集成电路 EMC 测量方法的两个标准:IEC61967 和 IEC62132。

(1) IEC61967 是电磁发射测量标准(150kHz~1GHz),内容如下:

① PART 1:一般条件和定义。

② PART 2：电磁扩散测量——横电磁波小室（TEM Cell）法。

③ PART3：电磁扩散测量——表面扫描（Surface Scan）法。

④ PART4：传导电磁测量——1Ω/150Ω 直接耦合法。

⑤ PART5：传导电磁测量——工作台法拉第栅格（Workbench Faraday Cage）法。

⑥ PART6：传导电磁测量——探磁针（Magnetic Probe）法。

（2）IEC62132 是防电磁干扰（"电磁免疫"）测量标准，内容如下：

① PART1：一般条件和定义。

② PART2：防扩散干扰测量——横电磁波小室（TEM Cell）法。

③ PART3：防传导电磁干扰——填充电流注入（Bulk Current Injection）法。

④ PART4：防传导电测干扰——直接功率注入（Direct Power Injection）法。

⑤ PART5：防传导电磁干扰——工作台法拉第栅格（Workbench Faraday Cage）法。

上述两个标准提及几乎所有类型的测量方法，可以用作芯片防电磁扩散和电磁发射的标准。所有这些方法都有本身的长处和缺陷。因此芯片设计者应慎重考虑使用，还应注意应用系统的 EMC 测试方法不能简单照搬到芯片 EMC 测试上，毕竟半导体器件在电磁环境下所产生的寄生效应比在系统板上要复杂得多。

10.4.2　EMC 测试级别

EMC 测试级别和测试方法有多种，这里仅就芯片测试所关心的防电磁干扰测试方法和测试级别作有利于工程应用的说明。IEC62132 规定的测试级别分类如表 10 - 1 所列。

表 10 - 1　测试级别分类

级　别	描　述
A	无论芯片处于干扰中和干扰后，所有的功能都正确
B	在芯片处于干扰时，功能基本正确，只有一个或几个功能能够工作但不符合规格
C	在芯片处于干扰时，有一个功能失效，但撤销干扰后，又能自动恢复正常工作
D	在芯片处于干扰时，有一个功能不能按正常的预期功能工作。撤销干扰后，需要人为干涉，才能恢复正常工作
E	在芯片处于干扰时，有一个或多个功能不能正常工作。撤销干扰后，即使在人为干涉下，也不能恢复正常工作

10.4.3　EMC 测试流程

下面是一个 MCU 电磁测试的例子。被测芯片是一个高性能 16 位 MCU，具有部分 32 位运算能力，时钟频率较高（20MHz），功耗低。为了确保产品有优越的 EMC 和噪声性能，设计时采用了多种优化技术。

测试过程利用无 ROM 电路实现。为此需要在测试前把测试软件从 EPROM 装载到电路内部的 RAM 中运行。测试时利用一个 DIP 开关在表 10 - 2 中的不同模式之间进行选择。在所谓的计数器测试中，把一个简单的计数子程序加到选中的 8 位端口上。端口的低位 LSB 引脚切换到 10kHz，并接入一个调整网络。端口的其余引脚按照标准通过一个 50pF 电容接到外设地。为了使测量不被干扰污染，必须使开关时间尽量精确，避免频谱的扩散。

表 10 - 2　采用 1Ω/150Ω 测试法测试 MCU

测量项目(模式)	测量变量及条件
晶振单元的干扰行为	(1) 振荡器停振时在接地点的频谱(决定干扰设置电压间隔) (2) 复位和振荡器工作时在接地点的频谱
输出端口开关引起的干扰行为	(1) 计数器测试模式中在低位 LSB 管脚的频谱 (2) 计数器测试模式中在接地点的频谱
CPU 干扰行为	(1) 停止模式时计数器端口低位 LSB 频谱(可选 H 或 L 电平) (2) 无限循环模式时计数器端口低位 LSB 频谱(可选 H 或 L 电平) (3) 停止模式时接地点频谱 (4) 无限循环模式时接地点频谱
外部干扰	(1) 无限循环模式时计数器端口低位 LSB 频谱(可选 H 或 L 电平,可选定时器/UART 口激活) (2) 无限循环模式时接地点频谱(可选定时器/UART 口激活)

10.5　单片机应用系统中电磁兼容性设计

在海尔集成电路(单片机)设计及生产过程中,已经对单片机的电磁兼容性做了充分考虑,且海尔单片机在电磁兼容性性能上表现不俗。但单片机控制系统都工作在一定的环境条件下,而环境中必然存在着由各种因素产生的电磁能量,这些能量通过一定的途径进入单片机系统,将会产生系统正常工作时所不需要的信号,势必会影响单片机的正常工作。因此作为单片机使用者,在设计单片机应用系统时,为保证单片机系统的正常稳定工作,还应充分考虑单片机系统的电磁兼容性设计。

10.5.1　单片机系统电磁干扰的来源与特征

1. 单片机系统电磁干扰的来源

电磁噪声干扰源包括微处理器、微控制器、静电放电、电磁辐射、开关功率器件、交流电网、照明设备等,对于单片机系统而言,其干扰来源主要有电源、晶振、系统中所含的数字电路和模拟电路、系统 PCB 的设计等,其中时钟信号、复位信号、中断信号和控制信号对噪声干扰信号的敏感性最强,小信号模拟放大器、控制电路和功率调整器件对干扰噪声也较敏感。这些干扰源中又以数字电路为主,数字电路既是干扰源,又是干扰的敏感元器件。而电源干扰对系统的影响最大。数字时钟电路是最大的宽带噪声发生器。单片机外部的噪声干扰,通常采取屏蔽、隔离、电网滤波、系统接地等措施加以抑制。

电磁噪声的耦合途径由 10.1 节知主要有 3 种:电源噪声经电源线和地线耦合到系统各器件中;各电路(器件)的噪声通过公共地阻抗产生相互耦合;高频噪声通过电磁辐射产生耦合。

2. 单片机系统电磁干扰的特征

随着电子技术的发展,目前单片机系统运行速度较高,传送的主要是数字信号,其主要特性如下:

(1) 单片机系统工作频率范围较宽,在复杂的电磁环境中,被干扰的可能性极大,当空间电磁辐射场强达到一定程度时,将对单片机系统构成严重干扰。

(2)单片机系统中有差模干扰和共模干扰两种干扰信号。差模干扰是串联于信号回路中的干扰,产生于传输线的互感,和频率有关,常用滤波和改善采样频率来减少这种干扰。共模干扰是干扰电压同时加到两条信号线上出现的干扰,因此线路传输结构保持平衡能很好地抑制共模干扰,此外,消除地电流也能消除共模干扰。

(3)通常单片机系统产生出有威胁的干扰部位是时钟发生器、开关电源、显示装置、PCB等主要部件。

10.5.2 单片机系统电磁兼容性设计

根据10.5.1节的分析,要想在单片机应用系统中减小甚至消除电磁干扰,可以从硬件设计和软件设计两个方面来考虑,但硬件兼容性设计是单片机系统抗干扰设计的重要途径,涉及PCB板布线技术、接地技术、屏蔽技术、滤波技术、频率设计技术等。而系统的布线在很大程度上决定了分布参数,要降低各引脚和连线之间的相互影响,必须对分布参数加以限制。接地是电子设备的一个重要问题,通过接地可以使整个电路系统中的所有单元电路都有一个公共的参考零电位,保证电路系统能稳定的工作,同时还能防止外界电磁场的干扰,保证安全工作。屏蔽是对两个空间区域之间进行金属的隔离,以控制电场、磁场和电磁波由一个区域对另一个区域的感应和辐射。屏蔽体对来自外部的干扰电磁波和内部的电磁波都能起到吸收能量、反射能量和抵消能量的作用,因此能减弱干扰。滤波器可以减小传导干扰的电平,因为干扰频谱成分与有用信号频率不同,所以通过滤波器可以起到其他干扰抑制难以起到的作用。频率设计技术是单片机系统设计中比较复杂的技术,频率设计包括电平核实、最高工作频率设计以及降频和谐波分离技术。

1. PCB 的电磁兼容性设计

正确设计 PCB,合理布线是提高单片机系统电磁兼容性的最主要措施。如果印制电路板设计不当,即使电路原理图设计正确,也会对单片机系统的可靠性产生不利影响。因此,在设计印制电路板的时候,应注意采用正确的设计方法,遵守 PCB 设计的一般原则。PCB 设计的原则主要有以下几类。

1)元器件的布局

良好的布局可以有效的降低系统内部相互干扰,提高系统工作的稳定性。常规采用的方法是电气隔离和空间分离的方法。电气隔离能避免干扰信号在电路中传导,将干扰局部化,使得信号正常耦合传递;空间分离可以抑制、削弱干扰信号对敏感电路的影响。在设计中,一般遵循模拟电路与数字电路分开,强电与弱电分开,高速信号电路与低速信号电路分开设计。通常用接口器件或地线将它们隔离开,并且在受干扰较强的区域少布置元器件。除此之外,PCB的布局还需注意如下几点:

(1)尽可能缩短高频元器件之间的连线,设法减小它们的分布参数和相互间的电磁干扰,易受干扰的元器件不能相互挨的太近,输入和输出元件应尽量远离。

(2)某些元器件或导线之间有较高的电位差,应加大它们之间的距离,以免放电引起意外短路,带高电压的元器件应尽量布置在调试时手不易触及的地方。

(3)质量超过15g的元器件,应当用支架加以固定,然后焊接,对于那些又大又重、发热量多的元器件,不易装在印制电路板上,而应装在整机的机箱地板上,且应考虑散热问题,热敏元件应远离发热元件。

(4) 对于电位器,可调电感线圈,可变电容器,微动开关等可调地方;若是机外调节,其位置要与调节旋钮在机箱面板上的位置相适应。

2) PCB 的布线原则

(1) 走线尽可能短而粗(包括复位信号线),拐弯时走 45°斜线或弧线,避免 90°拐角。

(2) 数字信号线与模拟信号线分开走线,若无法避免,则两者应垂直走线。

(3) 大电流快速信号线尽量靠近地线,必要时采用电容滤波;

(4) A/D 电路的参考电压应直接取自电源。

(5) PCB 外接信号线尽量缩短,有可能时采用屏蔽电缆或双绞线。

3) 电源线和地线的设计原则

(1) 电源线设计。电源系统布线包括电源线和地线的布置。电源系统为整个系统供电,在 PCB 上的走线较长,因此电磁噪声感应到电源系统,将可能导致系统内诸如触发器、反向器等电路的状态改变,从而使系统产生误动作。另外,电源系统上产生的快变大电流,也将产生电磁能量的发送。电源线设计的一般原则是,应保证高频噪声信号到地之间具有低阻抗通路,以减弱这些噪声能量。由于所有信号电流都将流过电源线和地线,为了缩小信号电流的回路面积,信号线应尽可能靠近电源线和地线。

在允许的情况,可采用多层 PCB 布线,有助于缩小信号电流的回路面积。对于单面或双面 PCB ,主要采取加大电源线和地线的走线面积和电源去耦、滤波等措施。

(2) 地线设计。地线是信号流回源的低阻抗路径,地线的阻抗不为零,当电流流过阻抗不为零的地线会产生压降,形成干扰。克服地线干扰的关键是处理好各回路的接地设计。在单片机系统中,模拟地与数字地应分开设计,最后在某一点处将模拟地与数字地连接,保证系统中所有的地线是相通的。在接地设计中,通常应遵循以下几点。

① 正确选择单点接地与多点接地。在低频电路中,信号的工作频率小于 1MHz,它的布线和器件间的电感影响较小,而接地电路形成的环流对干扰影响较大,因而采用一点接地的方式。当信号工作频率大于 10MHz,地线阻抗变得很大,此时应尽量降低地线阻抗,应采用就近多点接地。当工作频率在 1 ~ 10MHz 时,如果采用一点接地,其地线长度不应超过波长的 1/20,否则应采用多点接地法。

② 数字地与模拟地分开。通常电路板上既有数字电路,又有模拟电路,应使它们尽量分开,两者的地线也不要相混,分别与电源端地线相连。低频电路的地应尽量采用单点并联接地,实际布线有困难时可部分串联后再并联接地;高频元件周围尽量用栅格状大面积地箔,要尽量加大线性电路的接地面积。

③ 接地线应尽量加粗。若接地线用很细的线条,则接地电位会随电流的变化而变化,致使电子产品的定时信号电平不稳,抗噪声性能降低。因此应将接地线尽量加粗,使它能通过 3 倍于印制电路板的允许电流。

④ 接地线构成闭环路。设计只由数字电路组成的印制电路板的地线系统时,将接地线做成闭路可以明显地提高抗噪声能力。其原因在于:印制电路板上有很多集成电路元件,尤其遇有耗电多的元件时,因受接地线粗细的限制,会在地线上产生较大的电位差,引起抗噪声能力下降;若将接地线构成环路,则会缩小电位差值,提高电子设备的抗噪声能力。

（3）合理配置退耦电容。退耦电容的一般配置原则如下：

① 电源输入端跨接 10～100μF 的电解电容器。

② 每个集成电路芯片都应布置一个 0.1μF 的瓷片电容。

③ 对于抗噪声能力弱、关断时电源变化大的器件，如 RAM、ROM 存储器件，应在芯片的电源线和地线之间直接接入退耦电容。

④ 电容引线不能太长，尤其是高频旁路电容不能有引线。

⑤ 在印制板中有接触器、继电器、按钮等元件时，操作它们时均会产生较大火花放电，必须采用 RC 电路来吸收放电电流。

2. I/O 的电磁兼容性设计

在单片机系统中输入/输出信号也是干扰源的传导线，设计时一般也要采取相应的措施加以抑制干扰的传入或传出：

（1）采用必要的共模/差模抑制电路，同时也要采取一定的滤波和防电磁屏蔽措施以减小干扰的进入。

（2）在条件许可的情况下尽可能采取各种隔离措施（如光电隔离或者磁电隔离），从而阻断干扰的传播。

（3）闲置不用的 IC 引脚不要悬空以避免干扰引入。不用的运算放大器正输入端接地，负输入端接输出。单片机不用的 I/O 口定义成输出。单片机上有一个以上电源、接地端，每个都要接上，不要悬空。

3. 复位电路的设计

单片机系统中，复位对整个单片机系统稳定运行起着特别重要的作用。常用的复位系统有以下两种：

（1）外部复位系统。对于内部不带看门狗电路的单片机，可以在外部采用分立元件设计看门狗电路，也可以利用专用的看门狗芯片进行设计。

（2）对于自身集成看门狗电路的单片机，可以直接启用其功能，实现对单片机程序的实时监视，以防程序跑飞。

4. 振荡器的设计

振荡器是单片机系统必不可少的电路，RC 振荡器对干扰信号有潜在的敏感性，它能产生很短的时钟周期，因而通常振荡电路选用晶体或陶瓷谐振器。

电磁噪声侵入到时钟信号时，很容易使 MCU 受到干扰，使单片机系统产生误动作。尤其是时钟信号中叠加噪声干扰后，会改变时钟分频信号，导致单片机工作时序发生紊乱。为避免时钟信号被干扰，可以采取以下措施：

（1）晶体（或其他谐振器）与 MCU 的连接线尽可能短而粗。

（2）在可能的情况下，用地线包围振荡电路，晶体外壳接地。

（3）晶体引脚对地去耦。

（4）大电流快变信号线远离振荡器连线。

5. 防雷击措施

室外使用的单片机系统或从室外架空引入室内的电源线、信号线，要考虑系统的防雷击问题。常用的防雷击器件有：气体放电管、TVS（Transient Voltage Suppression）等。气体放电管是当电源的电压大于某一数值时，通常为数十伏或数百伏，气体击穿放电，将电源线上强冲击脉冲导入大地。TVS可以看成两个并联且方向相反的齐纳二极管,当两端电压高于某一值时导通,其特点是可以瞬态通过数百乃上千安的电流。

6. 软件设计

在工业现场使用单片机系统时,电磁干扰源所产生的干扰信号有时是无法完全消除的,最终可能会进入CPU的核心单元,破坏数字信号的时序,更改单片机寄存器内容,导致程序"跑飞"或进入死循环,致使系统不能正常工作或在错误状态下工作,往往造成严重的后果。在这种情况下必须在软件设计中采取措施,提高软件的可靠性,减少软件错误的发生以及在发生软件错误的情况下仍能使系统恢复正常运行。

单片机软件能处理随机性、瞬时性的干扰,例如在单片机的电源电压上,由于开关、继电器和雷电的影响而形成的浪涌电压,电源电压出现的瞬间欠压、过压、掉电等干扰。

为了使系统在受到干扰,导致程序"跑飞"或进入死循环时能恢复正常运行。在软件设计时常使用指令冗余、软件陷阱、Watchdog等方法,这里不再一一陈述。

思考题

1. 什么是EMC?
2. EMC是怎么产生的?
3. EMC的测量标准是什么?这些标准具体包含哪些内容?
4. 在集成电路EMC设计中应注意哪些问题?
5. 简述集成电路EMC测试的流程。
6. 在单片机应用系统中,如何考虑其电磁兼容性设计?

附录 A

HR6P92H 单片机专用控制寄存器

寄存器地址		寄存器符号	寄存器名称	备注
000_H	200_H	IAD	间接寻址数据寄存器	—
001_H	201_H	T8	T8 寄存器	
002_H	202_H	PCRL	低 8 位程序计数器	
003_H	203_H	PSW	程序状态寄存器	
004_H	204_H	IAA	间接寻址地址寄存器	
005_H	205_H	PA	PA 端口电平状态寄存器	
006_H	206_H	PB	PB 端口电平状态寄存器	
007_H	207_H	PC	PC 端口电平状态寄存器	—
008_H	208_H	PD	PD 端口电平状态寄存器	仅 HR6P92/92H 支持
009_H	209_H	PE	PE 端口电平状态寄存器	HR6P91/91H/92/92H 支持
$00A_H$	$20A_H$	PCRH	高 8 位程序计数器	—
$00B_H$	$20B_H$	INTC0	中断控制寄存器 0	—
$00C_H$	$20C_H$	INTF0	中断标志寄存器 0	
$00D_H$	$20D_H$	INTF1	中断标志寄存器 1	
$00E_H$	$20E_H$	T16N1L	低 8 位 T16N1 计数器	
$00F_H$	$20F_H$	T16N1H	高 8 位 T16N1 计数器	
010_H	210_H	T16N1C	T16N1 控制寄存器	
011_H	211_H	T8P1	T8P1 寄存器	
012_H	212_H	T8P1C	T8P1 控制寄存器	
013_H	213_H	SSIB	SSI 数据缓冲寄存器	—
014_H	214_H	SSIC	SSI 控制寄存器	—
015_H	215_H	TE1L	低 8 位 TE1 缓冲寄存器	
016_H	216_H	TE1H	高 8 位 TE1 缓冲寄存器	
017_H	217_H	TE1C	TE1 控制寄存器	

寄存器地址		寄存器符号	寄存器名称	备注
018$_H$	218$_H$	RXS1	UART1 接收状态寄存器	—
019$_H$	219$_H$	TXR1	UART1 发送数据寄存器	—
01A$_H$	21A$_H$	RXR1	UART1 接收数据寄存器	—
01B$_H$	21B$_H$	TE2L	低 8 位 TE2 缓冲寄存器	—
01C$_H$	21C$_H$	TE2H	高 8 位 TE2 缓冲寄存器	—
01D$_H$	21D$_H$	TE2C	TE2 控制寄存器	—
01E$_H$	21E$_H$	ADCRH	高 8 位 ADC 转换寄存器	—
01F$_H$	21F$_H$	ADCC0	ADC 控制寄存器 0	—
080$_H$	280$_H$	IAD	间接寻址数据寄存器	—
081$_H$	281$_H$	BSET	选择寄存器	—
082$_H$	282$_H$	PCRL	低 8 位程序计数器	—
083$_H$	283$_H$	PSW	程序状态寄存器	—
084$_H$	284$_H$	IAA	间接寻址地址寄存器	—
085$_H$	285$_H$	PAT	PA 端口输入/输出控制寄存器	—
086$_H$	286$_H$	PBT	PB 端口输入/输出控制寄存器	—
087$_H$	287$_H$	PCT	PC 端口输入/输出控制寄存器	—
088$_H$	288$_H$	PDT	PD 端口输入/输出控制寄存器	仅 HR6P92/92H 支持
089$_H$	289$_H$	PET	PE 端口输入/输出控制寄存器	HR6P91/91H/92/92H 支持
08A$_H$	28A$_H$	PCRH	高 8 位程序计数器	—
08B$_H$	28B$_H$	INTC0	中断控制寄存器 0	—
08C$_H$	28C$_H$	INTE0	中断使能寄存器 0	—
08D$_H$	28D$_H$	INTE1	中断使能寄存器 1	—
08E$_H$	28E$_H$	PCON	电源状态控制寄存器	—
08F$_H$	28F$_H$	INTC1	中断控制寄存器 1	—
090$_H$	290$_H$	—	—	—
091$_H$	291$_H$	—	—	—
092$_H$	292$_H$	T8P1P	T8P1 周期寄存器	—
093$_H$	293$_H$	SSIA	SSI 地址寄存器 (IIC 从动模式)	—
094$_H$	294$_H$	SSIS	SSI 状态寄存器	—
095$_H$	295$_H$	T8P2	T8P2 寄存器	—
096$_H$	296$_H$	T8P2C	T8P2 控制寄存器	—
097$_H$	297$_H$	T8P2P	T8P2 周期寄存器	—
098$_H$	298$_H$	TXS1	UART1 发送状态寄存器	—
099$_H$	299$_H$	BRR1	UART1 波特率寄存器	—
09A$_H$	29A$_H$	T16N2L	低 8 位 T16N2 计数器	—
09B$_H$	29B$_H$	T16N2H	高 8 位 T16N2 计数器	—

海尔单片机原理及应用

寄存器地址		寄存器符号	寄存器名称	备注
09C$_H$	29C$_H$	T16N2C	T16N2 控制寄存器	—
09D$_H$	29D$_H$	—	—	—
09E$_H$	29E$_H$	ADC RL	低 8 位 ADC 转换寄存器	—
09F$_H$	29F$_H$	ADC C1	ADC 控制寄存器	—
100$_H$	300$_H$	IAD	间接寻址数据寄存器	—
101$_H$	301$_H$	T8	T8 寄存器	—
102$_H$	302$_H$	PCRL	低 8 位程序计数器	—
103$_H$	303$_H$	PSW	程序状态字寄存器	—
104$_H$	304$_H$	IAA	间接寻址地址寄存器	—
105$_H$	305$_H$	—	—	—
106$_H$	306$_H$	PB	PB 端口电平状态寄存器	—
107$_H$	307$_H$	—	—	—
108$_H$	308$_H$	—	—	—
109$_H$	309$_H$	—	—	—
10A$_H$	30A$_H$	PCRH	高 8 位程序计数器	—
10B$_H$	30B$_H$	INTC0	中断控制寄存器 0	—
10C$_H$	30C$_H$	TXS2	UART2 发送状态寄存器	—
10D$_H$	30D$_H$	RX2S	UART2 接收状态寄存器	—
10E$_H$	30E$_H$	TX2R	UART2 发送数据寄存器	—
10F$_H$	30F$_H$	RX2R	UART2 接收数据寄存器	—
180$_H$	380$_H$	IAD	间接寻址数据寄存器	—
181$_H$	381$_H$	BSET	选择寄存器	—
182$_H$	382$_H$	PCRL	低 8 位程序计数器	—
183$_H$	383$_H$	PSW	程序状态字寄存器	—
184$_H$	384$_H$	IAA	间接寻址地址寄存器	—
185$_H$	385$_H$	—	—	—
186$_H$	386$_H$	PBT	PB 端口输入输出控制寄存器	—
187$_H$	387$_H$	—	—	—
188$_H$	388$_H$	—	—	—
189$_H$	389$_H$	—	—	—
18A$_H$	38A$_H$	PCRH	高 8 位程序计数器	—
18B$_H$	38B$_H$	INTC0	中断控制寄存器 0	—
18C$_H$	38C$_H$	BRR2	UART2 波特率寄存器	仅 HR6P92/92H 支持
18D$_H$	38D$_H$	—	—	—
18E$_H$	38E$_H$	—	—	—
18F$_H$	38F$_H$	—	—	—

HR7P 系列单片机指令集

序号	指令	状态位	机器周期	操 作
1	SECTION N	—	1	n – > RP
2	MOV R,F	Z,N	1	(R) – > (目标)
3	MOVA R	—	1	(A) – > (R)
4	MOVAB F	—	1	(B) – > (A)或(A) – > (B)
5	MOVAR R	—	1	(A) – > (R)
6	MOVI I	—	1	i – > (A)
7	MOVRA R	—	1	(R) – > (A)
8	MOVRR Rs,Rd	—	2	(Rs) – > (Rd)
9	POPD	—	1	TOSD – > (A)
10	PUSHD I	—	1	i – > TOSD
11	PUSHA	—	1	(A) – > TOSD
12	AJMP I	—	2	i – > PC < 14:0 > ,i < 15:8 > – > PCRH < 7:0 >
13	CALL I	—	2	PC + 1 – > TOS,i – > PC < 10:0 > (PCRH < 5:3 >) – > (PC < 13:11 >)
14	CWDT	#TO,#PD	1	00H – > WDT,0 – > WDT Prescaler,1 – > #TO,1 – > #PD
15	GOTO I	—	2	i – > PC < 10:0 > ,(PCRH < 5:3 >) – > (PC < 13:11 >)
16	IDLE	#TO,#PD	1	00H – > WDT,0 – > WDT Prescaler,1 – > #TO,0 – > #PD
17	JBC R,M	—	2	Skip if R < M > = 0
18	JBS R,M	—	2	Skip if R < M > = 1
19	JCAIE I	—	2	Skip if (A) = i
20	JCAIG I	—	2	Skip if (A) > i
21	JCAIL I	—	2	Skip if (A) < i
22	JCRAE I	—	2	Skip if (R) = (A)
23	JCRAG I	—	2	Skip if (R) > (A)

序号	指令	状态位	机器周期	操　作
24	JCRAL I	—	2	Skip if (R) < (A)
25	JDEC R,F	—	2	(R) −1 − − >(目标)[0] ,Skip if (目标) =0
26	JINC R,F	—	2	(R) +1 − − >(目标)[0] ,Skip if (目标) =0
27	JUMP I	—	2	PC +1 +i − >PC(−128≤i≤127)
28	LCALL I	—	2	PC +2 − >TOS,i − >PC <14:0 >,i <14:8 > − − >PCRH <6:0 >
29	NOP	—	1	No operation
30	POP	—	1	AS − >A,BS − >B,PSWS − >PSW,PCRHS − >PCRH
31	PUSH	—	1	A − >AS,B − >BS,PSW − >PSWS,PCRH − >PCRHS
32	RET	—	2	TOS − >PC
33	RETIA I	—	2	i − >(A) ,TOS − >PC
34	RETIE	—	2	TOS − >PC,1 − >GIE
35	RST	all	1	reset by software
36	ADD R,F	C,DC,Z,OV,N	1	(R) +(A) − >(目标)
37	ADDC R,F	C,DC,Z,OV,N	1	(R) +(A) +C − >(目标)
38	ADDCI I	C,DC,Z,OV,N	1	i +(A) +C − >(A)
39	ADDI I	C,DC,Z,OV,N	1	i +(A) − >(A)
40	AND R,F	Z,N	1	(A).AND.(R) − >(目标)
41	ANDI I	Z,N	1	i.AND.(A) − >(A)
42	BCC R,M	—	1	0 − >R <M >
43	BSS R,M	—	1	1 − >R <M >
44	BTT R,M	—	1	(~R <M >) − >R <M >
45	CLR R	Z	1	(R) =0
46	CLRA	Z	1	(A) =0
47	CLRB	Z	1	(B) =0
48	COM R,F	Z,N	1	(~R) − >(目标)
49	DAR R,F	C	1	对(R)进行十进制调整 − >(目标)
50	DAW	C	1	对(A)进行十进制调整 − >(A)
51	DEC R,F	C,DC,Z,OV,N	1	(R) −1 − − >(目标)[0]
52	INC R,F	C,DC,Z,OV,N	1	(R) +1 − − >(目标)[0]
53	IOR R,F	Z,N	1	(A).OR.(R) − >(目标)
54	IORI I	Z,N	1	i.OR.(A) − >(A)
55	MUL R,F	—	1	(R).MUL.(A) − >{B,目标}
56	MULI I	—	1	i.MUL.(A) − >{B,A}
57	NEG R	C,DC,Z,OV,N	1	#(R) +1 − >(R)
58	RLB R,F,B	C,Z,N	1	

序号	指令	状态位	机器周期	操 作
59	RLBNC R,F,B	Z,N	1	
60	RRB R,F,B	C,Z,N	1	
61	RRBNC R,F,B	Z,N	1	
62	SETR R	—	1	FFH – > (R)
63	SUB R,F	C,DC,Z,OV,N	1	(R) – (A) – > (目标)
64	SUBC R,F	C,DC,Z,OV,N	1	(R) – (A) – (~C) – > (目标)
65	SUBCI I	C,DC,Z,OV,N	1	i – (A) – (~C) – > (A)
66	SUBI I	C,DC,Z,OV,N	1	i – (A) – > (A)
67	SSUB R,F	C,DC,Z,OV,N	1	(A) – (R) – > (目标)
68	SSUBC R,F	C,DC,Z,OV,N	1	(A) – (R) – (~C) – > (目标)
69	SSUBCI I	C,DC,Z,OV,N	1	(A) – i – (~C) – > (A)
70	SSUBI I	C,DC,Z,OV,N	1	(A) – i – > (A)
71	SWAP R,F	—	1	R < 3:0 > – > (目标) < 7:4 > , R < 7:4 > – > (目标) < 3:0 >
72	TBR	—	1	Pmem(TBP) – > TBLBUF
73	TBR#1	—	1	Pmem(TBP) – > TBLBUF,TBP + 1 – > TBP
74	TBR_1	—	1	Pmem(TBP) – > TBLBUF,TBP – 1 – > TBP
75	TBR1#	—	1	TBP + 1 – > TBP,Pmem(TBP) – > TBLBUF
76	TBW	—	1	TBLBUF – > prog buffer
77	TBW#1	—	1	TBLBUF – > prog buffer,TBP + 1 – > TBP
78	TBW_1	—	1	TBLBUF – > prog buffer,TBP – 1 – > TBP
79	TBW1#	—	1	TBP + 1 – > TBP,TBLBUF – > prog buffer
80	XOR R,F	Z,N	1	(A).XOR.(R) – > (目标)
81	XORI I	Z,N	1	i.XOR.(A) – > (A)

注：1. i -立即数,F -标志位,A -寄存器 A,B -寄存器 B,R -寄存器 R,M -寄存器 R 的第 M 位。

2. C -进位/借位,DC -半进位/半借位,Z -零标志位,OV -溢出标志位,N -负标志位。

3. TOS -顶级堆栈。

4. 如果 F = 0,则目标寄存器为寄存器 A;如果 F = 1,则目标寄存器为寄存器 R。

5. 82 条指令中另有一条 NOP 指令未在上表中描述。

附录 **C**

HR 单片机学习板源程序

```
     LIST
;    文件名:User_StudyDemo_Haier.inc
;       本文件定义功能实现过程中占用的变量寄存器、引脚及标志位定义
;       功能设定的常量值

;*************************** 变量名定义 ***************************
DLY_1          EQU          0x20          ;延时变量寄存器 1
DLY_2          EQU          0x21          ;延时变量寄存器 2
DLY_3          EQU          0x22          ;延时变量寄存器 3
FLAG_REG       EQU          0x23          ;标志位寄存器
FLAG_REG1      EQU          0x24          ;标志位寄存器 1
TMR_TEMP       EQU          0x25          ;500ms 数据递增时间控制寄存器
COUNT_1S       EQU          0x26          ;1s 定时计数寄存器
PWM_FQ_BUF     EQU          0x27          ;PWM 频率选择索引寄存器 (用于选择频率)
SPI_BUF        EQU          0x28          ;SPI 通信待发送数据缓冲寄存器 (存储发往
;74hc164 的数据)
IIC_BUF        EQU          0x29          ;I²C 通信待发送数据缓冲寄存器 (存储发往
;24c01 的数据)
DATA_W         EQU          0x2A          ;I²C 写缓存寄存器
DATA_R         EQU          0x2B          ;I²C 读缓存寄存器
BIT_NUM        EQU          0x2C          ;I²C 数据位数寄存器
MODE_NOW       EQU          0x2D          ;当前模式值寄存器
MODE0_NUM      EQU          0x2E          ;模式 0 分支状态寄存器
MODE2_NUM      EQU          0x2F          ;模式 2 分支状态寄存器
PB_TEMP        EQU          0x30          ;模式 2,PB 口显示数据缓存
LED_TEMP       EQU          0x31          ;模式 2,LED 显示数据缓存
CCP_BUFH       EQU          0x32          ;CCP 捕捉周期值暂存寄存器组
CCP_BUFM       EQU          0x33
CCP_BUFL       EQU          0x34
```

```
FREQ_H          EQU     0x35            ;CCP 计算所得捕捉频率值暂存寄存器组
FREQ_M          EQU     0x36
FREQ_L          EQU     0x37
R_TEMP1H        EQU     0x38            ;CCP 频率换算中间状态寄存器组 1
R_TEMP1M        EQU     0x39
R_TEMP1L        EQU     0x3A
R_TEMP2H        EQU     0x3B            ;CCP 频率换算中间状态寄存器组 2
R_TEMP2M        EQU     0x3C
R_TEMP2L        EQU     0x3D
A_TEMP          EQU     0x70            ;操作寄存器保护寄存器
STATUS_TEMP     EQU     0x71            ;STATUS 状态寄存器保护寄存器
PCH_TEMP        EQU     0x73            ;PCLATCH 地址高字节保护寄存器
;************************ 标志位定义 ****************************
#DEFINE     KEY_DOWN0       FLAG_REG,0  ;模式键按下标志位
#DEFINE     KEY_DOWN1       FLAG_REG,1  ;演示键按下标志位
#DEFINE     B_KEYON         FLAG_REG,2  ;按键扫描标志位
#DEFINE     B_INITON        FLAG_REG,3  ;初始化开标志位
#DEFINE     B_DISLED        FLAG_REG,4  ;模式 2 显示内容选择标志位,
;0:PB 口,1:数码管
#DEFINE     B_BUZON         FLAG_REG,5  ;蜂鸣器开标志位
#DEFINE     B_AD_ON         FLAG_REG,6  ;A/D 转换标志位
#DEFINE     I2_ACK          FLAG_REG,7  ;I²C 应答标志位
#DEFINE     B_T0_1S         FLAG_REG1,0 ;定时器 0 用于 1s 定时标志
#DEFINE     B_TIMER1ON      FLAG_REG1,1 ;定时器 1 用于 250ms 递增开标志
;************************ 常量定义 ****************************
#DEFINE     C_TIMER0        0x3D        ;定时器 0 50ms 初值
#DEFINE     C_1S_COUNT      0x14        ;控制 1s 定时的定时器 0 中断次数初值
#DEFINE     C_TIMER1L       0xDC        ;定时 1 250ms 初值
#DEFINE     C_TIMER1H       0x0B
#DEFINE     C_T1CON         0x20        ;bit7:6  读为 '00'
                                        ;bit5:4 11 = 1:8 预分频比;10 = 1:4 预分频比
                                        ;01 = 1:2 预分频比;00 = 1:1 预分频比
                                        ;bit3   Timer1 振荡器使能控制位
                                        ;bit2   Timer1 外部时钟输入同步控制位
                                        ;bit1   Timer1 时钟源选择位 0 = FOSC/4;1 = T1CKI
                                        ;引脚上的外部时钟
                                        ;bit0   Timer1 使能位
#DEFINE     C_T2CON    0x01             ;bit7   '0'
                                        ;bit6:3 后分频输出选择,0000 = 1:1 后分频输出
                                        ; ......         1111 = 1:16 后分频输出
                                        ;bit2    timer2 使能位
                                        ;bit1:0 Timer2 时钟预分频比选择位 00 = 预分频值
                                        为 1
```

```
                                          ;01 = 预分频值为4,1x = 预分频值为16
#DEFINE   C_CCP2CON      0x04             ;bit7:6 读为'00'
                                          ;bit5:4 捕捉模式下未使用
                                          ;bit3:0 0000 =禁止捕捉/比较/PWM(复位CCPx模块)
                                          ; 0100 =捕捉模式,在每个下降沿发生
                                          ; 0101 =捕捉模式,在每个上升沿发生
                                          ; 0110 =捕捉模式,每4 个上升沿发生一次
                                          ; 0111 =捕捉模式,每16 个上升沿发生一次
;**************************** 自定义引脚说明****************************
#DEFINE        KEY_MODE      PA,1         ;模式按键
#DEFINE        KEY_DEMO      PA,3         ;演示按键
#DEFINE        LED_COM       PC,0         ;LED及PB口显示控制1:PB口显示,
;0:LED 显示
#DEFINE        PC_WP         PC,2         ;24c01,74hc164 器件保护引脚
#DEFINE        PC_SCL        PC,3         ;端口时钟引脚(SCL)
#DEFINE        PC_SDA        PC,4         ;端口数据引脚(SDA)
#DEFINE        PACTR_AD      PACTR,0      ;A/D采集数据方向
#DEFINE        PACTR_DEMO    PACTR,3      ;演示按键数据方向
#DEFINE        SCL           PCCTR,3      ;硬件时钟引脚(SCL)
#DEFINE        SDA           PCCTR,4      ;硬件数据引脚(SDA)
#DEFINE        PCCTR_CCP2    PCCTR,1      ;CCP2 捕捉数据方向
   LIST
文件名:HR_StudyDemo_Other.asm
; mode0:端口功能演示。
; mode1:A/D功能演示。
; mode2:Timer1/0 定时功能演示。
; mode3:TE2_捕捉功能演示。
; mode4:TE1_PWM 功能演示。
; mode5:SPI_SPI 主控功能演示。
; mode6:SPI_IIC 主控功能演示。
; mode7:USART 异步功能演示。
;****************************************************************
#INCLUDE  "HW95Chip.INC"           ;单片机硬件定义
#INCLUDE "User_StudyDemo_Haier.inc"    ;用户寄存器单元、标志位及常量定义
;****************************************************************
       ORG      0x0000
RESET
       GOTO     START
       ORG      0x0004              ;中断入口
; ----------------- 中断保护 -----------------------------------
INT_PUSH
       MOVA     A_TEMP             ;A 寄存器入栈保护
       SWAP     PSW,A
```

```
        BCC     PSW,RP0
        MOVA    PSW_TEMP                    ;PSW 寄存器入栈保护
        MOV     PCRH,A
        MOVA    PCH_TEMP                    ;PCRH 寄存器入栈保护
        CLR     PCRH
        BSS     PSW,RP0                     ;设置寄存器体 1
        JBS     INTE0,RX1IE                 ;检测 USART 接收中断是否使能
        GOTO    $ +4                        ;否,判断下一个中断
        BCC     PSW,RP0                     ;是,恢复寄存器体 0
        JBC     INTF0,RX1IF                 ;检测是否为 USART 接收中断
        CALL    INT_USART_RX                ;是,调用 USART 接收中断服务
;  --------------------
        BSS     PSW,RP0                     ;否,设置寄存器体 1
        JBS     INTE0,TX1IE                 ;检测 USART 发送中断是否使能
        GOTO    $ +4                        ;否,判断下一个中断
        BCC     PSW,RP0                     ;是,恢复寄存器体 0
        JBC     INTF0,TXIF                  ;检测是否为 USART 发送中断
        CALL    INT_USART_TX                ;是,调用 USART 发送中断服务
;  --------------------
        BSS     PSW,RP0                     ;否,设置寄存器体 1
        JBS     INTE1,TE2IE                 ;检测 CCP2 中断是否使能
        GOTO    $ +4                        ;否,判断下一个中断
        BCC     PSW,RP0                     ;是,恢复寄存器体 0
        JBC     INTF1,TE2IF                 ;检测是否为 CCP2 中断
        CALL    INT_CCP2                    ;是,调用 CCP2 中断服务
;  --------------------
        BCC     PSW,RP0                     ;设置寄存器体 0
        JBS     INTC0,T8IE                  ;检测定时器 0 中断是否使能
        GOTO    $ +3                        ;否,判断下一个中断
        JBC     INTC0,T8IF                  ;是,检测是否为定时器 0 中断
        CALL    INT_TIMER0                  ;是,调用定时器 0 中断服务
;  --------------------
        BSS     PSW,RP0                     ;否,设置寄存器体 1
        JBS     INTE0,T16N1IE               ;检测定时器 1 中断是否使能
        GOTO    $ +4                        ;否,判断下一个中断
        BCC     PSW,RP0                     ;是,恢复寄存器体 0
        JBC     INTF0,T16N1IF               ;检测是否为定时器 1 中断
        CALL    INT_TIMER1                  ;是,调用定时器 1 中断服务
;  --------------------
        BSS     PSW,RP0                     ;否,设置寄存器体 1
        JBS     INTE0,T8P1IE                ;检测定时器 2 中断是否使能
        GOTO    INT_POP                     ;否,中断恢复
        BCC     PSW,RP0                     ;是,恢复寄存器体 0
```

```
        JBC      INTF0,T8P1IF              ;检测是否为定时器 2 中断
        CALL     INT_TIMER2                ;是,调用定时器 2 中断服务
; -------------- 中断恢复 ---------------
INT_POP
        MOV      PCH_TEMP,A
        MOVA     PCRH                      ;恢复 PCRH 寄存器
        SWAP     STATUS_TEMP,A
        MOVA     PSW                       ;恢复 PSW 寄存器
        SWAP     A_TEMP,F
        SWAP     A_TEMP,A                  ;恢复 A 寄存器
        RETIE                              ;中断返回
; -------------------------- 模式指示灯编码 --------------------------
TABLE_MODE
        ADD      PCRL,F
        RETIA    0x00                      ;模式 0(000)
        RETIA    0x04                      ;模式 1(001)
        RETIA    0x10                      ;模式 2(010)
        RETIA    0x14                      ;模式 3(011)
        RETIA    0x20                      ;模式 4(100)
        RETIA    0x24                      ;模式 5(101)
        RETIA    0x30                      ;模式 6(110)
        RETIA    0x34                      ;模式 7(111)
; ----------------- 8 段数码管字符表 -----------------------
TABLE_8LED
        ADD      PCRL,F
        RETIA    0x11                            ;"0"
        RETIA    0xD7                            ;"1"
        RETIA    0x32                            ;"2"
        RETIA    0x92                            ;"3"
        RETIA    0xD4                            ;"4"
        RETIA    0x98                            ;"5"
        RETIA    0x18                            ;"6"
        RETIA    0xD3                            ;"7"
        RETIA    0x10                            ;"8"
        RETIA    0x90                            ;"9"
        RETIA    0x50                            ;"A"
        RETIA    0x1C                            ;"B"
        RETIA    0x39                            ;"C"
        RETIA    0x16                            ;"D"
        RETIA    0x38                            ;"E"
        RETIA    0x78                            ;"F"
; --------------------------- 不同频率周期值表 ---------------------------
TABLE_T8P1P
```

```
           ADD      PCRL,F
           RETIA    0xF9                 ;输出频率1.0kHz(T=1000μs)
           RETIA    0xCF                 ;输出频率1.2kHz(T≈833μs)
           RETIA    0xA6                 ;输出频率1.5kHz(T≈667μs)
; -------------------------------- 主程序区 --------------------------------
START   CALL     MCU_INIT             ;系统初始化(RAM、端口及特殊寄存器)
           MOVI     0x0B
           AND      PA,F
           MOVI     0x34                 ;模式灯全亮
           IOR      PA,F
           CALL     DELAY200MS           ;调用延时
           MOVI     0x0B
           AND      PA,F                 ;清模式灯
           CALL     TIMER0_INIT          ;监控定时器0初始化,50ms产生一次中断,实现按键扫描
                                          监控
           BSS      B_INITON             ;置位模式初始化开标志位,保证第一次进入时进行模式初
                                          始化
           BSS      B_KEYON              ;置位按键扫描标志位,第一次执行主程序时进行按键扫描
; ----------------------- 主程序循环 -----------------------
;函 数 名:MAIN_LOOP
;功能描述:主程序循环,模式服务及模式按键扫描(每50ms扫描一次)
;算法实现:模式选择时,每种模式分支由两条语句(CALL、GOTO)构成,
;           所以将模式寄存器值×2(左移)后在行分支服务程序选择
;参量说明:B_KEYON:按键扫描标志位,每50ms置位一次;
;           MODE_NOW:模式寄存器,进行模式分支选择
MAIN_LOOP
           MOVI     HIGH(MODE_ENTR)
           MOVA     PCRH                 ;修改指针寄存器高字节
           BCC      PSW,C
           RL       MODE_NOW,A           ;模式寄存器×2
           ADD      PCRL,F               ;根据当前的模式值调用相应的模式子程序
MODE_ENTR
           CALL     MODE0_SUBROUTINE     ;模式0(端口功能演示)子程序
           GOTO     KEY_SCAN
           CALL     MODE1_SUBROUTINE     ;模式1(A/D功能演示)子程序
           GOTO     KEY_SCAN
           CALL     MODE2_SUBROUTINE     ;模式2(Timer1/Timer2定时功能演示)子程序
           GOTO     KEY_SCAN
           CALL     MODE3_SUBROUTINE     ;模式3(CCP2捕捉功能演示)子程序
           GOTO     KEY_SCAN
           CALL     MODE4_SUBROUTINE     ;模式4(CCP1 PWM功能演示)子程序
           GOTO     KEY_SCAN
           CALL     MODE5_SUBROUTINE     ;模式5(SPI主控功能演示)子程序
```

```
        GOTO    KEY_SCAN
        CALL    MODE6_SUBROUTINE            ;模式6(IIC主控功能演示)子程序
        GOTO    KEY_SCAN
        CALL    MODE7_SUBROUTINE            ;模式7(USART异步通信功能演示)子程序
KEY_SCAN
        JBS     B_KEYON                     ;是否进行按键扫描
        GOTO    MAIN_NEXT                   ;否,模式灯处理
        BCC     B_KEYON                     ;是,清按键扫描标志位
        CALL    DEMO_SCAN                   ;调用演示按键扫描
        CALL    MODE_SCAN                   ;调用模式按键扫描
MAIN_NEXT
        CALL    MODE_LED                    ;设置模式指示灯
        GOTO    MAIN_LOOP                   ;返回主程序循环

; -------------------- 中断子程序模块区 ----------------------------------------
; -------------------- 串口接收中断子程序 --------------------
;函 数 名:INT_USART_RX   功能描述:串口接收中断服务
;算法实现:接收数据送PB显示,同时取反送回PC
;参量说明:RXR1:串口接收缓冲寄存器
;输入参数:RXR1 ; 输出参数:TXR1 ; 被调情况:中断
INT_USART_RX
        BCC     INTF0,RX1IF                 ;清USART接收中断标志位
        MOV     RXR1,A                      ;从USART接收数据
        MOVA    PB                          ;送PB端口显示
        COM     RXR1,A                      ;取反数据
        MOVA    TXR1
        BSS     PSW,RP0
        BSS     TXS1,TXEN                   ;开发送使能
        BSS     INTE0,TX1IE                 ;开发送中断允许
        BCC     PSW,RP0
        RET                                 ;中断服务返回
; -------------------- 串口发送中断子程序 --------------------
;函 数 名:INT_USART_TX ; 功能描述:串口发送中断服务关
;输入参数:PEIE,TXS1 ; 输出参数:PEIE,TXS1
INT_USART_TX
        BSS     PSW,RP0
        JBS     TXS1,TRMT1
        GOTO    INT_USART_TX_EXIT
        BCC     TXS1,TXEN                   ;完成一次中断传输,关闭发送允许位
        BCC     INTE0,TX1IE                 ;关闭中断允许位
INT_USART_TX_EXIT
        BCC     PSW,RP0
        RET
```

```
; --------------------- TE2 捕捉中断子程序 ---------------------
;函 数 名:INT_TE2  ;  功能描述:TE2 捕捉中断服务 ; 算法实现:保存当前频率捕捉值
;参量说明:TE2L:H 捕捉值,存储于 CCP_BUFH:L;本例采用每个下降沿发生捕捉
;输入参数:TE2L:H ;  输出参数:CCP_BUFH:L
INT_CCP2
        BCC     INTF1,TE2IF              ;清除 TE2 中断标志位
        MOVI    0x19
        MOVA    T16N1L
        CLR     T16N1H                   ;设定 timer1 寄存器组,重新开始捕捉
        MOV     TE2L,A                   ;读取捕捉低字节 A
        MOVA    CCP_BUFL                 ;存储到寄存器 CCP_BUFL
        MOV     TE2H,A                   ;读取捕捉高字节到 A
        MOVA    CCP_BUFM                 ;存储到寄存器 CCP_BUFM
        CLR     CCP_BUFH                 ;清存储器高字节
        RET
; --------------------- 定时器 2 中断子程序 ---------------------
;函 数 名:INT_TIMER2 ;  功能描述:定时器 2 中断服务
;算法实现:每 1000 周期产生中断,控制 mode2 轮显
;参量说明:LED_TEMP/PB_TEMP:显示内容缓存寄存器;
;        B_DISLED:显示类型控制标志位(1 = LED 显示,0 = PB 显示),
;        LED_COM:硬件显示控制引脚(0 = LED 显示开,1 = PB 显示开)
;输入参数:LED_TEMP/PB_TEMP、B_DISLED  ;输出参数:B_DISLED
INT_TIMER2
        BCC     INTF0,T8P1IF             ;清定时器 2 中断标志
        MOVI    0x10                     ;显示内容标志位翻转
        XOR     FLAG_REG,F
        JBS     B_DISLED                 ;显示类型? 1 = LED 显示,0 = PB 显示
        GOTO    INT_TIMER2_0
        MOVI    HIGH(TABLE_8LED)
        MOVA    PCRH
        MOV     LED_TEMP,A               ;显示 LED 内容
        CALL    TABLE_8LED
        BCC     LED_COM                  ;设置控制引脚为 LED 点亮
        MOVA    PB
        GOTO    INT_TIMER2_EXIT
INT_TIMER2_0
        MOV     PB_TEMP,A                ;显示 PB 口内容
        BSS     LED_COM                  ;设置控制引脚为 PB 点亮
        MOVA    PB
INT_TIMER2_EXIT
        RET
; --------------------- 定时器 1 中断子程序 ---------------------
;函 数 名:INT_TIMER1  ;  功能描述:定时器 1 中断服务,
```

```
;算法实现:每250ms产生一次中断,用于控制250/500ms显示内容+1
;         及250ms蜂鸣器鸣叫
;参量说明:B_TIMER1ON:定时器1用于250ms定时标志位
;         B_BUZON:定时器1用于250ms PWM输出驱动蜂鸣标志位
;         MODE2_NUM:模式2显示分支寄存器,选择显示内容+1
;         TMR_TEMP:数码管内容递增时间控制寄存器
;输入参数:B_T16NXON、B_BUZON
INT_TIMER1
        BCC     INTF0,T16N1IF           ;清定时器1中断标志
        MOVI    C_TIMER1L
        ADD     T16N1L,F
        MOVI    C_TIMER1H
        MOVA    T16N1H                  ;设置产生250ms定时的定时器初值
        JBS     B_TIMER1ON              ;定时器是否用于250/500ms显示内容+1控制
        GOTO    INT_TIMER1_3            ;否,转去蜂鸣控制
        MOVI    HIGH(MODE0_ENTR)        ;是,内容+1
        MOVA    PCRH
        MOV     MODE2_NUM,A
        ADD     PCRL,F                  ;选择显示内容递增分支
MODE0_ENTR
        GOTO    INT_TIMER1_0
        GOTO    INT_TIMER1_1
INT_TIMER1_2                            ;数码管0~f/PB口0x00~0xff轮显
        INC     TMR_TEMP,F
        JBC     TMR_TEMP,0
        INC     LED_TEMP,F              ;500ms LED显示数据+1
        JBC     LED_TEMP,4
        CLR     LED_TEMP
        INC     PB_TEMP,F               ;250ms PB显示数据+1
        GOTO    INT_TIMER1_3
INT_TIMER1_1                           ;数码管0~f循环显示
        INC     TMR_TEMP,F
        JBC     TMR_TEMP,0
        INC     LED_TEMP,F              ;500ms LED显示数据+1
        JBC     LED_TEMP,4
        CLR     LED_TEMP
        MOVI    HIGH(TABLE_8LED)
        MOVA    PCRH
        MOV     LED_TEMP,A
        CALL    TABLE_8LED             ;查编码表得对应数据显示码
        BCC     LED_COM                ;开数码管控制位
        MOVA    PB                     ;送LED显示
        GOTO    INT_TIMER1_3
```

```
INT_TIMER1_0                                    ;PB 口 0x00 ~ 0xff 循环显示
        INC       PB_TEMP,F                     ;250ms 数据 +1
        MOV       PB_TEMP,A
        BSS       LED_COM                       ;开 PB 口灯控制位
        MOVA      PB                            ;送 PB 口显示
INT_TIMER1_3
        JBS       B_BUZON                       ;判断是否需要进行蜂鸣时间控制
        GOTO      INT_TIMER1_EXIT               ;否,返回
        BCC       B_BUZON                       ;关闭 PWM 输出,并关闭标志位
        CLR       TE1C
        CLR       T8P1C
INT_TIMER1_EXIT
        RET
; -------------------- 定时器 0 中断子程序 ------------------------
;函 数 名:INT_TIMER0 ; 功能描述:定时器 0 中断服务
;算法实现:每 50ms 产生中断用于控制主程序循环及 1s 定时
;参量说明:B_KEYON:按键扫描标志位,每次中断置位,B_T0_1S:定时器 0
;            用于 1s 定时标志位;B_AD_ON:AD 采集标志位,每 1s 置位
;输入参数:B_T0_1S ; 输出参数:B_KEYON、B_AD_ON
INT_TIMER0
        BCC       INTC0,T8IF                    ;清中断标志位
        MOVI      C_TIMER0
        MOVA      TIMER0                        ;设置定时器初值
        BSS       B_KEYON                       ;置位按键扫描标志位
INT_TIMER0_0
        JBS       B_T0_1S                       ;判断是否进行 1s 定时
        GOTO      INT_TIMER0_EXIT               ;否, 中断服务返回
        JDEC      COUNT_1S,F                    ;是,判断 1s 定时是否到?
        GOTO      INT_TIMER0_EXIT               ;否, 中断服务返回
        MOVI      C_1S_COUNT
        MOVA      COUNT_1S                      ;赋 1s 定时计数初值
        BSS       B_AD_ON                       ;置位 A/D 转换标志位
INT_TIMER0_EXIT
        RET
; ------------------ 系统初始化子程序 ------------------------
MCU_INIT
RAM_INIT
        BCC       PSW,RP0
        MOVI      0x20
        MOVA      IAD                           ;初始化指针指向 SECTION0 首地址 0x20
BANK0_NEXT_BYTE
        CLR       IAA                           ;IAA 寄存器清零
        INC       IAD,F                         ;指针 +1
```

```
        JBS     IAD,7                   ;是否完成 SECTION0 RAM 初始化,是跳过下一条执行
        GOTO    BANK0_NEXT_BYTE         ;否,继续清零下一字节
; ----------------------
        BSS     PSW,RP0
        MOVI    0xA0
        MOVA    IAD                     ;初始化指针指向 SECTION1 首地址 0xA0
BANK1_NEXT_BYTE
        CLR     IAA                     ;IAA 寄存器清零
        INC     IAD,F                   ;指针 +1
        JBC     IAD,7                   ;是否完成 SECTION1 RAM 初始化,是跳过下一条执行
        GOTO    BANK1_NEXT_BYTE         ;否,继续清零下一字节
        BCC     PSW,RP0                 ;恢复寄存器体 0
; ----------------------------------------
PORT_INIT                               ;端口、SFR 初始化
        BCC     PSW,RP1
        BSS     PSW,RP0                 ;设置文件寄存器的体 1
        MOVI    0x07
        MOVA    ADCC1                   ;设置 PA 口为数字 I/O 口
        CLR     INTE0                   ;片内外设中断控制寄存器 1 清零
        CLR     INTE1                   ;片内外设中断控制寄存器 2 清零
        MOVI    0x0B                    ;"00001011"
        MOVA    PAT ;设置 PA3 (演示按键) /PA1 (模式按键) /PA0 (A/D 采集) 为输入引脚
        CLR     PBT                     ;设置 PB 口为输出
        MOVI    0xFA                    ;"11111010"
        MOVA    PCT                     ;设置 PC0 (LED_COM) /2 (CCP2) 为输出,其他为输入
        CLR     SSIS                    ;SSPSTAT 寄存器清零
        CLR     BRR1
        CLR     TXS1
; - - - - - - - - - - - - - - - - - -
        BCC     PSW,RP0                 ;恢复文件寄存器的体 0
        CLR     RXS1
        CLR     ADCC0                   ;A/D 控制寄存器清零
        CLR     SSIC                    ;SSP 控制寄存器清零
        CLR     TE2C                    ;CCP2 控制寄存器清零
        CLR     TE1C                    ;CCP1 控制寄存器清零
        CLR     T16N1C                  ;定时器 1 控制寄存器清零
        CLR     T8P1C                   ;定时器 2 控制寄存器清零
        CLR     INTF0                   ;片内外设中断标志寄存器 1 清零
        CLR     INTF1                   ;片内外设中断标志寄存器 2 清零
        BCC     INTC0,PEIE              ;不使用片内外设中断
        MOVI    0x0F                    ;"00001111"
        AND     FLAG_REG,F              ;初始化标志寄存器,保留按键标志位状态
        CLR     FLAG_REG1
```

```
        BCC     PC_WP                   ;复位 74XX164,24C01 器件可写
        CLR     PB
        BSS     LED_COM                 ;PB 端口显示,关数码管
        RET
```

; ----------------- 定时器 0 初始化子程序 -----------------
;函 数 名:TIMER0_INIT ;功能描述:定时器 0 初始化,设置为约 50ms 定时中断
;算法实现:设置预分频给 timer0,分频比 1:256,系统采用 4MHz 晶振
;   定时初值 0x3d,得定时时间[(0xFF - 0x3d) + 1]* 256* 4* TOSC
;参量说明:BSET:定时器 0 设置寄存器,INTC0:中断设置寄存器

```
TIMER0_INIT
        CLR     INTC0
        BSS     PSW,RP0                 ;设置文件寄存器的体 1
        MOVI    0x87                    ;bit7 =1 禁止 PB 口上拉,bit5 =0 设置工作在定时模式
        MOVA    BSET                    ;bit3 =0 预分频给 timer0,bit2:0 =111 分频比 1:256
        BCC     PSW,RP0                 ;恢复文件寄存器体 0
        BSS     INTC0,T8IE              ;开定时器 0 中断使能
        BSS     INTC0,GIE               ;开全局中断使能位
        MOVI    C_TIMER0
        MOVA    T8                      ;载入定时器初值并启动定时器
        RET
```

; ----------------- 定时器 1 初始化子程序 -----------------
;函 数 名:TIMER1_INIT ;功能描述:定时器 1 初始化,设置为 250ms 定时中断
;算法实现:设置为 4 分频,系统采用 4MHz 晶振,定时初值 0x0bdc
;   得定时时间[(0xFFFF - 0x0bdc) +1]* 预分频比* 4* TOSC
;参量说明:T16N1C:定时器 1 控制寄存器,C_TIMER1H:L =0x0bdc

```
TIMER1_INIT
        CLR     INTF0
        MOVI    C_TIMER1L
        MOVA    T16N1L                  ;定时器 1 寄存器组赋初值
        MOVI    C_TIMER1H
        MOVA    T16N1H
        MOVI    C_T16N1C                ;0x20,'00100000'
        MOVA    T16N1C          ;bit5:4 =10 1:4 预分频比,bit1 =0,时钟源 FOSC/4,定时模式
        BSS     PSW,RP0
        BSS     INTE0,T16N1IE           ;定时器 1 中断允许位开
        BCC     PSW,RP0
        BSS     INTC0,PEIE              ;片内外设中断允许开
        BSS     T16N1C,T16NXON          ;定时器 1 开
        RET
```

; ----------------- 定时器 2 初始化子程序 -----------------
;函 数 名:TIMER2_INIT;功能描述:定时器 2 初始化,设置为 1000μs 定时中断
;算法实现:设置为 4 分频,系统采用 4MHz 晶振,定时周期 0xF9 得定时时间
;参量说明:T8P1C:定时器 2 设置寄存器,T8P1P:定时周期寄存器

```
TIMER2_INIT
        BCC     INTF0,T8P1IF
        CLR     T8P1
        MOVI    C_T8P1C                 ;0x01 '00000001'  bit6:3 0000 =1:1 后分频输出
        MOVA    T8P1C                   ;bit2 =0timer2 禁止;bit1:0 01 =预分频值为 4
        BSS     PSW,RP0
        BSS     INTE0,T8P1IE            ;定时器 2 中断允许位开
        MOVI    0xF9
        MOVA    T8P1P
        BCC     PSW,RP0
        BSS     INTC0,PEIE              ;片内外设中断允许开
        BSS     T8P1C,T8P1ON            ;定时器 2 开
        RET
; --------------------- A/D 采集服务子程序 -----------------------
;函 数 名:AD_SUBROUTINE;功能描述:A/D 采集服务子程序
;算法实现:A/D 周期要尽可能小且满足 T_A/D =x * T_osc >1.5,系统采用 4MHz 晶振,所以选择
;A/D 时钟源为 F_osc/8,即 x =8,完成一次转换时间 9 × TAD = 9×8 ×T_osc =18μs。
AD_SUBROUTINE
        BSS     PSW,RP0
        MOVI    0x04                    ;设置 PA0、PA1、PA3 为模拟口,其他为数字 I/O 口
        MOVA    ADCC1                   ;参考电压为 V_DD,保存在 ADRES 寄存器中
        BCC     PSW,RP0                 ;恢复文件寄存器的体 0
        MOVI    0x41                    ;'01000001'bit7:6 =01 选择 A/D 时钟源
        MOVA    ADCC0                   ;bit5:3 =0000 通道选择 AN0,bit0 =1 打开 A/D 模块
        CALL    DELAY20US               ;采样保持时间,根据芯片差异选择
        BSS     ADCC0,GO                ;启动 A/D 转换
        JBC     ADCC0,GO                ;检测启动位,转换完成该位自动清零,跳过下条指令
        GOTO    $ -1                    ;转换没有完成返回上一条继续检测
        BSS     PSW,RP0
        MOVI    0x07
        MOVA    ADCC1                   ;设置 PA 口为数字口
        BCC     PSW,RP0
        CLR     ADCC0                   ;清 A/D 控制寄存器 0
        RET                             ;返回
; --------------------- PWM 服务子程序 ----------------------------
;函 数 名:PWM_SUBROUTINE ; 功能描述:PWM 输出设置服务子程序
;输入参数:PWM_FQ_BUF(频率占空比选择索引寄存器)
PWM_SUBROUTINE
        BSS     B_BUZON                 ;开蜂鸣标志位
        CALL    TIMER1_INIT             ;定时器 1 初始化
PWM_SUBROUTINE0                         ;PWM 设置部分
        CLR     TE1C                    ;清除 TE1 控制寄存器
        MOVI    HIGH(TABLE_T8P1P)
```

```
        MOVA    PCRH
        MOV     PWM_FQ_BUF,A
        CALL    TABLE_T8P1P
        BSS     PSW,RP0
        MOVA    T8P1P                   ;读周期值
        BCC     PSW,C
        RR      T8P1P,A
        BCC     PSW,RP0
        MOVA    TE1L                    ;占空值高 8 位
        MOVI    0x05                    ;'00000101' bit2 = 1 使能定时器 2
        MOVA    T8P1C                   ;bit1:0 = 01 设置 t2 预分频值为 4 分频
        MOVI    0x0F
        MOVA    TE1C                    ;设置 CCP1 为 PWM 模式,占空低两位为 00
        RET
; --------------------- SPI 服务子程序 -------------------------
;函 数 名:SPI_SUBROUTINE ; 功能描述:SPI 同步收发子程序
;参量说明:SSIB(SSP 模块缓冲器);输入参数:SPI_BUF(待通信数据)
;输出参数:A
SPI_SUBROUTINE
        MOV     SPI_BUF,A
        MOVA    SSIB                    ;送数据给 SSIB 启动传送
        JBS     INTF0,SSIIF             ;检测传送是否完成,是,跳过下条指令
        GOTO    $ -1                    ;否,返回继续等待
        BCC     INTF0,SSIIF             ;清除中断标志位
        MOV     SSIB,A                  ;取出 74hc164 送回的数据到 A
        RET
; ------------------- I²C 器件写子程序 -------------------------
;函 数 名:IIC_WRNBYT   ;功能描述:固件模拟主控器,向 24c01 器件写一个字节数据
;参量说明:DATA_W(写缓冲寄存器);输入参数:IIC_BUF(待通信数据);输出参数:无
IIC_WRNBYT
        CALL    IIC_START               ;发送总线启动信号
        MOVI    0xA0                    ;发送器件从地址(bit7:1)及写控制位(bit0)
        MOVA    DATA_W                  ;保存至传送缓冲寄存器
        CALL    IIC_WRBYTE              ;调用写字节子程序
        CALL    IIC_CACK               ;调用应答位读取子程序
        JBS     I2_ACK                  ;从器件是否有应答
        GOTO    IIC_RETWRN              ;否,转结束
        MOVI    0x10                    ;保存 eeprom 存储地址到 w
        MOVA    DATA_W                  ;保存至传送缓冲寄存器
        CALL    IIC_WRBYTE              ;调用写字节子程序
        CALL    IIC_CACK               ;调用应答位读取子程序
        JBS     I2_ACK                  ;从器件是否有应答
        GOTO    IIC_RETWRN              ;否,转结束
```

```
            MOV     IIC_BUF,A              ;是,写要传送的数据到 A
            MOVA    DATA_W                 ;保存至传送缓冲寄存器
            CALL    IIC_WRBYTE             ;调用写字节子程序
            CALL    IIC_CACK               ;调用应答位读取子程序
            JBS     I2_ACK                 ;从器件是否有应答,有跳过下条继续执行
            GOTO    IIC_WRNBYT             ;否,重新写一次
IIC_RETWRN
            CALL    I²C_STOP               ;发送总线停止信号
            RET
```

; ------------------ I²C 器件读字程序 ----------------------------

;函 数 名:IIC_RDNBYT ;功能描述:固件模拟主控器,从 24c01 器件读一个字节数据

;参量说明:DATA_R(读缓冲寄存器) ;输入参数:无;输出参数:DATA_R

```
IIC_RDNBYT
            CALL    IIC_START              ;发送总线启动信号
            MOVI    0xA0                   ;发送器件从地址(bit7:1)及写控制位(bit0)
            MOVA    DATA_W                 ;保存至传送缓冲寄存器
            CALL    IIC_WRBYTE             ;调用写字节子程序
            CALL    IIC_CACK               ;调用应答位读取子程序
            JBS     I2_ACK                 ;从器件是否有应答
            GOTO    IIC_RETRDN             ;否,转结束
            MOVI    0x10                   ;保存 eeprom 存储地址到 A
            MOVA    DATA_W                 ;保存至传送缓冲寄存器
            CALL    IIC_WRBYTE             ;调用写字节子程序
            CALL    IIC_CACK               ;调用应答位读取子程序
            JBS     I2_ACK                 ;从器件是否有应答
            GOTO    IIC_RETRDN             ;否,转结束
            CALL    IIC_START              ;是,重新传送起始信号,建立总线
            MOVI    0xA1                   ;写从器件地址(bit7:1)及读控制信号(bit0)
            MOVA    DATA_W                 ;保存至传送缓冲器
            CALL    IIC_WRBYTE             ;调用写字节子程序
            CALL    IIC_CACK               ;调用应答位读取子程序
            JBS     I2_ACK                 ;从器件是否有应答,是跳过下条指令继续执行
            GOTO    IIC_RETRDN             ;否,退出
            CALL    IIC_RDBYTE             ;调用读字节自程序
            CALL    IIC_MNACK              ;调用非应答子程序
IIC_RETRDN
            CALL    IIC_STOP               ;发送总线停止信号
            RET
```

; -------------------- I²C 起始信号子程序 ----------------------

;函 数 名:IIC_START ;功能描述:固件模拟主控器,产生总线起始信号

;算法实现:在时钟线 SCL 为高电平期间,SDA 产生由高到低变化

```
IIC_START
            BSS     PSW,RP0
```

```
        BSS     SDA                           ;数据线置高
        BSS     SCL                           ;时钟线置高
        CALL    DELAY5US                      ;期始建立时间大于 4.7μs
        BCC     SDA                           ;数据线置低,产生起始信号
        CALL    DELAY5US
        BCC     SCL
        BCC     PSW,RP0
        RET
```

; --------------------- I²C 结束信号子程序 ----------------------
;函 数 名:IIC_STOP ;功能描述:固件模拟主控器,产生总线结束信号

```
IIC_STOP
        BSS     PSW,RP0
        BCC     SDA                           ;数据线置低
        BSS     SCL                           ;时钟线置高
        CALL    DELAY5US                      ;总线结束时间大于 4μs
        BSS     SDA                           ;数据线置高,产生结束信号
        CALL    DELAY5US                      ;保证信号终止和起始时间间隔大于 4.7μs
        BCC     SCL
        BCC     PSW,RP0
        RET
```

; --------------------- I²C 应答信号子程序 ----------------------
;函 数 名:IIC_MACK ;功能描述:固件模拟主控器,产生应答信号,主器件接收一个非最
;后字节后向从器件传送的应答位

```
IIC_MACK
        BSS     PSW,RP0
        BCC     SDA
        BSS     SCL
        CALL    DELAY5US
        BSS     SDA
        BCC     SCL
        BCC     PSW,RP0
        RET
```

; ------------------- I²C 非应答信号子程序 ----------------------
;函 数 名:IIC_MNACK ;功能描述:固件模拟主控器,产生非应答信号,主器件接收到最
;后一个字节后向从器件传送的应答位

```
IIC_MNACK
        BSS     PSW,RP0
        BSS     SDA
        BSS     SCL
        CALL    DELAY5US
        BCC     SDA
        BCC     SCL
```

```
        BCC     PSW,RP0
        RET
; --------------- I²C 应答信号检查子程序 ----------------------
;函 数 名:IIC_CACK
;功能描述:固件模拟主控器,检查应答信号子程序,SDA = 0 表示从器件有应答
IIC_CACK
        BSS     PSW,RP0
        BSS     SCL                         ;时钟线置高
        BCC     PSW,RP0
        BCC     I2_ACK                      ;清 24c01 器件应答标志位
        NOP3
        NOP3
        JBS     PC_SDA                      ;器件是否有应答,否,跳过下条指令
        BSS     I2_ACK                      ;是,置位应答标志位,继续执行
        BSS     PSW,RP0
        BCC     SCL                         ;时钟线置低
        BCC     PSW,RP0
        RET
; --------------- I²C 单字节写子程序 -----------------------
;函 数 名:IIC_WRBYTE ; 功能描述:固件模拟主控器,写8 位数据
;算法实现:时钟为低时数据改变,SCL 速率 50kbit/s
;输入参数:DATA_W(写缓冲寄存器);输出参数:无
IIC_WRBYTE
        MOVI    0x08
        MOVA    BIT_NUM                     ;需要传送的数据位数
IIC_WLP
        RL      DATA_W,F                    ;写寄存器左移一位
        BSS     PSW,RP0
        BCC     SDA                         ;数据线置低
        JBC     PSW,C                       ;需要传送的数据最高位是否为1,否,跳过下条指令
BSS     SDA                                 ;是,数据线置高
        BSS     SCL                         ;时钟线置高
        CALL    DELAY9US
        BCC     SCL                         ;时钟线置低
        BCC     PSW,RP0
        JDEC    BIT_NUM,F                   ;一个字节是否传送完成,是,跳过下条继续执行
        GOTO    IIC_WLP                     ;否,返回循环
        RET                                 ;子程序返回
; --------------- I²C 字节读子程序 ----------------------------
;函 数 名:IIC_RDBYTE  ; 功能描述:固件模拟主控器,读8 位数据
;算法实现:时钟为高时接收数据,SCL 速率 50kbit/s
;参量说明:无; 输入参数:无 ;输出参数:DATA_R(读缓冲寄存器)
IIC_RDBYTE
```

```
        MOVI    0x08
        MOVA    BIT_NUM                 ;需要接收的数据位数
        CLR     DATA_R                  ;清接收寄存器
        BCC     PSW,C
IIC_RLP
        BSS     PSW,RP0
        BSS     SCL                     ;时钟线置高
        CALL    DELAY4US
        BCC     PSW,RP0
        RL      DATA_R,F                ;最高位先接收,放在bit0,左移一次
        JBC     PC_SDA
        BSS     DATA_R,0
        BSS     PSW,RP0
        BCC     SCL                     ;时钟线置低
        BCC     PSW,RP0
        CALL    DELAY4US
        JDEC    BIT_NUM,F               ;一个字节是否传送完成,是,跳过下条继续执行
        GOTO    IIC_RLP                 ;否,返回循环
        RET
```

; ------------------ 捕捉频率计算子程序 -----------------------
;函 数 名:FREQ_SUBROUTINE ; 功能描述:CCP捕捉频率计算子程序
;算法实现:3字节除3字节运算,由于本设计中对输入数据范围进行限定,
;   输出数据实际为单字节,通过PB口显示,单位10Hz
;参量说明:CCP_BUFH:L(捕捉值),FREQ_H:L(计算所得频率值)
;输入参数:CCP_BUFH:L;   输出参数:FREQ_H:L

```
FREQ_SUBROUTINE
        MOVI    0x07
        AND     TE2C,A                  ;A 保存当前的捕捉方式
        MOVA    DLY_3                   ;暂存于寄存器 DLY_3
        MOVI    0x04
        XOR     DLY_3,A                 ;判断是否为每个下降沿发生
        JBC     PSW,Z
        GOTO    GET_FREQ                ;是,无须对寄存器进行处理,直接转频率换算
        MOVI    0x05
        XOR     DLY_3,A                 ;否,判断是否为每个上升沿发生
        JBC     PSW,Z
        GOTO    GET_FREQ                ;是,无须对寄存器进行处理,直接转频率换算
        MOVI    0x06
        XOR     DLY_3,A                 ;否,判断是否为每个4个上升沿发生
        JBC     PSW,Z
        GOTO    SAMPLE_4TH              ;是,计算每个脉冲的周期(CCP_BUFH:L/4)
                                        ;否,计算每个脉冲的周期(CCP_BUFH:L/16)
SAMPLE_16TH                             ;- -<CP_BUFH:CCP_BUFL>/16,16 个脉冲的平均值
```

```
        MOVI      0x04
        MOVA      DLY_3
        JBS       CCP_BUFL,3          ;由于系统没有除法指令,此处采用移位方式实现
        GOTO      AVERAGE_X           ;当低4位为'1000'或以上时,bit4 +1,减少换算误差
        MOVI      0xF0
        AND       CCP_BUFL,A
        ADDI      0x10
        MOVA      CCP_BUFL
        GOTO      DEAL_FQBUF
SAMPLE_4TH                            ; - -<CP_BUFH:CCP_BUFL>/4,4个脉冲的平均值
        MOVI      0x02
        MOVA      DLY_3
        JBS       CCP_BUFL,1          ;由于系统没有除法指令,此处采用移位方式实现
        GOTO      AVERAGE_X           ;当低2位为'10'或'11'时,bit2 +1,减少换算误差
        MOVI      0xFC
        AND       CCP_BUFL,A
        ADDI      0x04
        MOVA      CCP_BUFL
DEAL_FQBUF                            ;对高两个字节进行相应处理
        JBS       PSW,C
        GOTO      AVERAGE_X
        INC       CCP_BUFM,F
        JBS       PSW,C
        GOTO      AVERAGE_X
        INC       CCP_BUFH,F
AVERAGE_X                            ;捕捉时间/x,即周期值
        BCC       PSW,C
        RR        CCP_BUFH,F
        RR        CCP_BUFM,F
        RR        CCP_BUFL,F
        JDEC      DLY_3,F
        GOTO      AVERAGE_X
GET_FREQ
        MOVI      0x01                ;设置被除数,为1000000(μs)/10对应的十六进制,
        MOVA      FREQ_H              ;对应于除数中的μs,保存到寄存器组 FREQ_H:L
        MOVI      0x86                ;若要使显示结果单位为Hz,则设置 FREQ_H:L
0F4240(1000000)
        MOVA      FREQ_M
        MOVI      0xA0
        MOVA      FREQ_L
        CALL      DIV_3_3_SUBROUTINE  ;调用3字节除子程序,换算结果单位:10Hz
        RET
; ----------------------三字节除子程序------------------------
```

;函 数 名:DIV_3_3_SUBROUTINE ;功能描述:3 字节除 3 字节子程序
;参量说明:被除数(FREQ_H:L),除数(CCP_BUFH:L)商(FREQ_H:L)
;　　　　　暂态寄存器(R_TEMP1H:L,R_TEMP2H:L)
;输入参数:FREQ_H:L,CCP_BUFH:L; 输出参数:FREQ_H:L

```
DIV_3_3_SUBROUTINE
        MOVI    .24                     ;左移次数
        MOVA    BIT_NUM
        MOV     FREQ_H,A                ;频率送寄存器组 R_TEMP1 暂存
        MOVA    R_TEMP1H
        MOV     FREQ_M,A
        MOVA    R_TEMP1M
        MOV     FREQ_L,A
        MOVA    R_TEMP1L
        CLR     FREQ_H                  ;清频率寄存器组 FREQ
        CLR     FREQ_M
        CLR     FREQ_L
        CLR     R_TEMP2H                ;清中间状态寄存器组 R_TEMP2
        CLR     R_TEMP2M
        CLR     R_TEMP2L
DIV_LOOP
        BCC     PSW,C
        RL      R_TEMP1L,F              ;频率值左移 1 位
        RL      R_TEMP1M,F
        RL      R_TEMP1H,F
        RL      R_TEMP2L,F              ;最高位移入中间寄存器组最低位
        RL      R_TEMP2M,F
        RL      R_TEMP2H,F
        MOV     CCP_BUFH,A
        SUB     R_TEMP2H,A              ;判断移位后数值高字节与除数高字节是否相等?
        JBS     PSW,Z
        GOTO    DIV_DIV1                ;否,转去判断大小
        MOV     CCP_BUFM,A
        SUB     R_TEMP2M,A              ;是,判断中间字节是否相等
        JBS     PSW,Z
        GOTO    DIV_DIV1                ;否,转去判断大小
        MOV     CCP_BUFL,A
        SUB     R_TEMP2L,A              ;是,判断低字节是否相等
DIV_DIV1
        JBS     PSW,C                   ;判断 R_TEMP2 是否大于 CCP_BUF
        GOTO    DIV_NOGO                ;C = 0,R_TEMP2 - CCP_BUF < 0
        MOV     CCP_BUFL,A              ;C = 1,R_TEMP2 - CCP_BUF > = 0
        SUB     R_TEMP2L,F              ;低字节相减
        JBC     PSW,C
```

```
        GOTO    DIV_MID                 ;没有产生借位,转中间字节处理
        MOV     R_TEMP2M,F              ;产生借位,高2字节作相应处理
        JBC     PSW,Z
        DEC     R_TEMP2H,F              ;若中间字节为零,向高字节借位
        DEC     R_TEMP2M,F              ;中间字节减一
DIV_MID
        MOV     CCP_BUFM,A
        SUB     R_TEMP2M,F              ;中间字节相减
        JBS     PSW,C
        DEC     R_TEMP2H,F              ;产生借位,高字节减一
        MOV     CCP_BUFH,A
        SUB     R_TEMP2H,F              ;高字节相减
        BSS     PSW,C                   ;置位C标志位
DIV_NOGO
        RL      FREQ_L,F                ;带进位左移一位。完成一次处理
        RL      FREQ_M,F
        RL      FREQ_H,F
        JDEC    BIT_NUM,F
        GOTO    DIV_LOOP
        RET
; ---------------------- 模式 0 服务子程序 ----------------------
;函 数 名:MODE0_SUBROUTINE              ;功能描述:模式 0 服务子程序,端口功能演示。
MODE0_SUBROUTINE
        JBS     B_INITON                ;检测模式初始化标志位,看是否需要初始化
        GOTO    MODE0_SUBROUTINE_EXIT   ;否,跳过模块初始化
MODE0_INIT
        BCC     B_INITON                ;是,清零标志位
        CLR     MODE0_NUM               ;清模式 0 分支状态寄存器,使模式 PB 初始显示 00
        BSS     LED_COM
MODE0_SUBROUTINE_EXIT
        RET
; ---------------------- 模式 1 服务子程序 ----------------------
;函 数 名:MODE1_SUBROUTINE;功能描述:模式 1 服务子程序,A/D 功能演示。
;算法实现:通道 0 采集,A/D 时钟源 Fosc/8,每秒进行一次转换
MODE1_SUBROUTINE
        JBS     B_INITON                ;检测模式初始化标志位,看是否需要初始化
        GOTO    MODE1_SUBROUTINE_0      ;否跳过初始化
MODE1_INIT
        BCC     B_INITON                ;是,清初始化标志位
        BSS     B_T0_1S                 ;置位1s定时标志位
        MOVI    C_1S_COUNT
        MOVA    COUNT_1S                ;赋1s定时计数初值
        BSS     B_AD_ON                 ;置位A/D转换标志位,第一次A/D采集不需要等待1s
```

```
MODE1_SUBROUTINE_0
        JBS     B_AD_ON
        GOTO    MODE1_SUBROUTINE_EXIT
        BCC     B_AD_ON
        CALL    AD_SUBROUTINE              ;调用 A/D 采集
        MOV     ADCR,A                     ;读采集结果到 A
        MOVA    PB                         ;送 PB 口显示
MODE1_SUBROUTINE_EXIT
        RET
```

; --------------------- 模式 2 服务子程序 ---------------------

;函 数 名:MODE2_SUBROUTINE　;功能描述:模式 2 服务子程序,定时器功能演示。

;算法实现:演示键按 1 次,根据分支选择 00 =250ms(T1 控制)PB 数据 +1 显示,01 =500ms

;(T1 控制)数码管数据 +1 显示,10 =同时以前两种方式下的递增周期 +1 显示(T2 控制)

```
MODE2_SUBROUTINE
        JBS     B_INITON                   ;检测模式初始化标志位,看是否需要初始化
        GOTO    MODE2_SUBROUTINE_EXIT      ;否,跳过模块初始化
MODE2_INIT
        BCC     B_INITON                   ;是,清初始化标志位
        BSS     B_T16NXON                  ;置定时器 1 定时开标志位
        CLR     MODE2_NUM                  ;清模式 2 分支状态寄存器,默认为 PB 口显示
        CLR     PB_TEMP                    ;清 PB 口显示内容寄存器
        CLR     LED_TEMP                   ;清数码管显示内容寄存器
        CLR     TMR_TEMP
        CALL    TIMER1_INIT                ;初始化定时器 1
MODE2_SUBROUTINE_EXIT
        RET
```

; --------------------- 模式 3 服务子程序 ---------------------

;函 数 名:MODE3_SUBROUTINE ;功能描述:模式 3 服务子程序,捕捉功能演示。

;算法实现:PC1/TE2 外接 555 定时方波输入(频率可调)演示键按 1 次,

;   PB 显示转换频率,显示单位为 10Hz

```
MODE3_SUBROUTINE
        JBS     B_INITON                   ;检测模式初始化标志位,看是否需要初始化
        GOTO    MODE3_SUBROUTINE_EXIT      ;否,跳过模块初始化
MODE3_INIT
        BCC     B_INITON                   ;是,清标志位
```

; ------------------------------------ TE2 模块捕捉模式设置

```
        MOVI    C_TE2C      ;0x04 '00000100' bit7:6 读为'00'bit5:4 捕捉模式下未用
        MOVA    TE2C        ;bit3:0 0100 =捕捉模式,在每个下降沿发生
        CLR     T16N1C                     ;设置定时器 1,1:1 预分频,定时模式
        BSS     INTC0,PEIE                 ;开片内外设中断允许位
        CLR     T16N1H
        CLR     T16N1L                     ;清定时器 1 寄存器组
        BCC     INTF1,TE2IF                ;清除 CCP2 中断标志位,防止开中断时进入中断
```

```
        BSS     PSW,RP0
        BSS     INTE1,TE2IE              ;开 CCP2 中断使能位
        BSS     PCCTR_CCP2               ;设置 pc1/CCP2 为输入
        BCC     PSW,RP0
        BSS     T16N1C,T16NXON           ;开启定时器 1
MODE3_SUBROUTINE_EXIT
        RET
```

; ---------------------- 模式 4 服务子程序 ------------------------

;函 数 名:MODE4_SUBROUTINE ;功能描述:模式 4 服务子程序,PWM 功能演示.

;算法实现:PC2/CCP1 外接蜂鸣器电路,演示键按 1 次,PWM 输出不同

;   频率(1.000K/1.200K/1.500K,50% 占空比); 驱动蜂鸣器鸣叫一次(250ms)

```
MODE4_SUBROUTINE
        JBS     B_INITON                 ;检测模式初始化标志位,看是否需要初始化
        GOTO    MODE4_SUBROUTINE_EXIT    ;否,跳过模块初始化
MODE4_INIT
        BCC     B_INITON                 ;是,清标志位
        CLR     PWM_FQ_BUF               ;初始化蜂鸣器频率选择寄存器,默认指向 1.000Khz
MODE4_SUBROUTINE_EXIT
        RET
```

; ---------------------- 模式 5 服务子程序 ------------------------

;函 数 名:MODE5_SUBROUTINE ;功能描述:模式 5 服务子程序,SPI 主控功能演示。

;算法实现:按 1 次演示键,MCU 通过 SPI 传送给外接 74XX164 并行 LED 显示,

;   输出 +1,SPI 输入接输出形成自发自收,输入字节通过 PB 口显示。

```
MODE5_SUBROUTINE
        JBS     B_INITON                 ;检测模式初始化标志位,看是否需要初始化
        GOTO    MODE5_SUBROUTINE_EXIT    ;否,跳过模块初始化
MODE5_INIT
        BCC     B_INITON                 ;是,清初始化标志位
```

; -------------------------------- SSP_SPI 模块设置

```
        BSS     PSW,RP0     ;设置文件寄存器的体 1
        MOVI    0xD7        ;11010111
        AND     PCT,F       ;设置 PC5(SDO)/3(SCL)为输出,PC4(SDI)为输入
        CLR     SSIS        ;bit7 =0 中间采样输入,bit6 =0,在上升沿发送数据
        BCC     PSW,RP0     ;恢复文件寄存器的体 0
        MOVI    0x30        ;bit5 =1:使能 SPI 端口并配置 SCL/SDA/SDI 为端口引脚,bit4 =1,
        MOVA    SSIC        ;ckp =1 空闲为高电平 bit3:0 =0000SPI 主控方式,时钟 =Fosc/4
        CLR     SPI_BUF     ;初始化 SPI 数据寄存器
        BSS     PC_WP       ;设置 74XX164 为移位状态
MODE5_SUBROUTINE_EXIT
        RET
```

; ---------------------- 模式 6 服务子程序 ------------------------

;函 数 名:MODE6_SUBROUTINE ;功能描述:模式 6 服务子程序,I²C 主控功能演示。

;算法实现:配置 I²C 模块为固件控制主控模式,按 1 次演示键,向外接 24C01 器件写一个字

```
;节数据,延时一段时间后读回,通过 PB 显示结果
MODE6_SUBROUTINE
        JBS     B_INITON                        ;检测模式初始化标志位,看是否需要初始化
        GOTO    MODE6_SUBROUTINE_EXIT           ;否,跳过模块初始化
MODE6_INIT
        BCC     B_INITON                        ;是,清初始化标志位
; ---------------------- SPI_IIC 模块设置 ------------------------------------
        BSS     PSW,RP0                         ;设置文件寄存器的体1
        CLR     SSIS                            ;bit6:0 =000000 清除状态位
        MOVI    0X38                            ;00111000
        IOR     PCT                             ;设置 SCL、SDA、SDO 为输入状态
        BCC     PSW,RP0                         ;恢复文件寄存器的体0
        MOVI    0x3B        ;bit5 =1 使能 IIC 端口并配置 SDA/SCL 为端口引脚,bit4 =1 使能
        MOVA    SSIC        ;时钟,bit3:0 =1011,I2C 固件控制主控模式(从动空闲)
        CLR     DATA_R                          ;清接收寄存器
        CLR     IIC_BUF                         ;初始化发送值为 0
MODE6_SUBROUTINE_EXIT
        RET
; - - - - - - - - - - - - - -模式 7 服务子程序 - - - - - - - - - - - - - - - - - - - -
;函数名:MODE7_SUBROUTINE;功能描述:模式 7 服务子程序,USART 异步功能演示。
MODE7_SUBROUTINE
        JBS     B_INITON                        ;检测模式初始化标志位,看是否需要初始化
        GOTO    MODE7_SUBROUTINE_EXIT           ;否,跳过模块初始化
MODE7_INIT
        BCC     B_INITON                        ;是,清初始化标志位
; --------------------------------------- USART 模块设置
        BSS     PSW,RP0
        MOVI    0xC0                            ;11000000
        IOR     PCT                             ;设置 RX(PC.7),TX(PC.6)为输入,其他口为输出
        CLR     SSIS                            ;清除 SMP(在数据输出时间的中间采样输入数据),
; -------                                       ;SKE(在 SCK 的上升沿发送数据)
        MOVI    .25
        MOVA    BRR1                            ;设置波特率,根据公式计算得
        MOVI    0x06                            ;'00000110'bit6 =0:选择8 位发送,bit5 =0:使能发送,
        MOVA    TXS1            ;bit4 =0:异步模式,bit2 =1 波特率高速模式,bit1 =1TSR 为空
        BSS     INTE0,RX1IE                     ;允许接收中断
        BCC     PSW,RP0                         ;恢复文件寄存器的体0
        MOVI    0x90                            ;'10010000'bit7 =1 使能串行端口并配置相应引脚,
        MOVA    RXS1                            ;bit6 =0 选择8 位接收,bit4 =1:使能连续接收
        BCC     INTF0,RX1IF                     ;清中断标志寄存器
        BSS     INTC0,PEIE                      ;开外设中断
MODE7_SUBROUTINE_EXIT
        RET
```

```
; -------------------- 模式灯设置子程序 --------------------
; 函 数 名:MODE_LED    ;功能描述:模式灯设置
MODE_LED
        MOVI    0x0B
        AND     PA,F                        ;清 3 个模式灯
        MOVI    HIGH(TABLE_MODE)
        MOVA    PCRH
        MOV     MODE_NOW,A
        CALL    TABLE_MODE                  ;读模式灯码
        IOR     PA,F                        ;送 PA 口显示
        RET
; -------------- 模式按键扫描服务子程序 --------------------
; 函 数 名:MODE_SCAN   ;功能描述:模式按键扫描服务子程序
; 算法实现:有按键按下时,模式寄存器 +1,同时初始化单片机端口至功能关闭状态
MODE_SCAN
        JBS     KEY_MODE                    ;模式键是否按下
        GOTO    MODE_SCAN1                  ;是,检测按键是否有效
MODE_SCAN0
        BCC     KEY_DOWN0                   ;否,清除按键标志位
        GOTO    MODE_SCAN_EXIT
MODE_SCAN1
        JBC     KEY_DOWN0                   ;检测按键标志位,确认是否为有效按键
    GOTO    MODE_SCAN_EXIT                  ;标志位没有发生 0→1 状态变化为无效按键,返回
        BSS     KEY_DOWN0                   ;按键有效,置位按键标志位
        INC     MODE_NOW,F                  ;模式寄存器 +1
        JBC     MODE_NOW,3                  ;检测模式寄存器是否溢出,溢出时 bit3 为 1
        CLR     MODE_NOW                    ;溢出,清零模式寄存器,没有溢出继续执行
        CALL    PORT_INIT                   ;调用端口初始化子程序,关闭所有功能
        BSS     B_INITON                    ;置位模式初始化标志位
MODE_SCAN_EXIT
        RET
; ---------------- 演示按键扫描子程序 --------------------
; 函 数 名:DEMO_SCAN   ;功能描述:演示按键扫描子程序
DEMO_SCAN
        JBS     KEY_DEMO                    ;演示键是否按下
        GOTO    DEMO_SCAN1                  ;是,检测按键是否有效
DEMO_SCAN0
        BCC     KEY_DOWN1                   ;否,清除标志位
        GOTO    DEMO_SCAN_EXIT             ;返回
DEMO_SCAN1
        JBC     KEY_DOWN1                   ;是,检测标志位,确认是否为有效按键
    GOTO    DEMO_SCAN_EXIT                  ;标志位没有发生 0→1 状态变化为无效按键,返回
        BSS     KEY_DOWN1                   ;按键有效,置位按键标志位
```

```
        MOVI    HIGH(DEMO_ENTR)              ;选择按键服务
        MOVA    PCRH
        BCC     PSW,C
        RL      MODE_NOW,A
        ADDI    LOW(DEMO_ENTR)
        JBC     PSW,C
        INC     PCRH,F
        MOVA    PCRL
DEMO_ENTR
        CALL    KEY0_SUBROUTINE              ;模式 0 按键分支
        GOTO    DEMO_SCAN_EXIT
        CALL    KEY1_SUBROUTINE              ;模式 1 按键分支,空
        GOTO    DEMO_SCAN_EXIT
        CALL    KEY2_SUBROUTINE              ;模式 2 按键分支
        GOTO    DEMO_SCAN_EXIT
        CALL    KEY3_SUBROUTINE              ;模式 3 按键分支,显示当前 CCP 捕捉频率
        GOTO    DEMO_SCAN_EXIT
        CALL    KEY4_SUBROUTINE              ;模式 4 按键分支
        GOTO    DEMO_SCAN_EXIT
        CALL    KEY5_SUBROUTINE              ;模式 5 按键分支
        GOTO    DEMO_SCAN_EXIT
        CALL    KEY6_SUBROUTINE              ;模式 6 按键分支,写 24c01,并读回
        GOTO    DEMO_SCAN_EXIT
        CALL    KEY7_SUBROUTINE              ;模式 7 按键分支
        RET
; ----------------------模式 0 演示按键服务 ----------------------
;函 数 名:KEY0_SUBROUTINE;功能描述:模式 0 演示按键服务
;参量说明:MODE0_NUM(状态分支,选择显示内容:0x00 ～ 0x09)
KEY0_SUBROUTINE
        INC     MODE0_NUM,F                  ;模式 0 分支状态寄存器 +1
        MOVI    0x0A
        XOR     MODE0_NUM,A                  ;判断是否超出状态
        JBC     PSW,Z
        CLR     MODE0_NUM                    ;是,清零
        MOVI    HIGH(KEY0_ENTR)              ;否,根据分支状态显示 PB 口
        MOVA    PCRH
        MOV     MODE0_NUM,A
        ADDI    LOW(KEY0_ENTR)
        JBC     PSW,C
        INC     PCRH
        MOVA    PCRL
KEY0_ENTR
        GOTO    KEY0_SUBROUTINE_0            ;显示'00000000'
```

```
              GOTO      KEY0_SUBROUTINE_1        ;显示'00000001'
              GOTO      KEY0_SUBROUTINE_2        ;显示'00000010'
              GOTO      KEY0_SUBROUTINE_3        ;显示'00000100'
              GOTO      KEY0_SUBROUTINE_4        ;显示'00001000'
              GOTO      KEY0_SUBROUTINE_5        ;显示'00010000'
              GOTO      KEY0_SUBROUTINE_6        ;显示'00100000'
              GOTO      KEY0_SUBROUTINE_7        ;显示'01000000'
              GOTO      KEY0_SUBROUTINE_8        ;显示'10000000'
KEY0_SUBROUTINE_9                                ;显示'11111111'
              MOVI      0xFF                      ;bit0~bit7亮
              MOVA      PB
              GOTO      KEY0_SUBROUTINE_EXIT
KEY0_SUBROUTINE_0
              CLR       PB                        ;bit0~bit7灭
              GOTO      KEY0_SUBROUTINE_EXIT
KEY0_SUBROUTINE_1
              BSS       PB,0                      ;bit0 位点亮
              GOTO      KEY0_SUBROUTINE_EXIT
KEY0_SUBROUTINE_2
              BCC       PB,0
              BSS       PB,1                      ;bit1 位点亮
              GOTO      KEY0_SUBROUTINE_EXIT
KEY0_SUBROUTINE_3
              BCC       PB,1
              BSS       PB,2                      ;bit2 位点亮
              GOTO      KEY0_SUBROUTINE_EXIT
KEY0_SUBROUTINE_4
              BCC       PB,2
              BSS       PB,3                      ;bit3 位点亮
              GOTO      KEY0_SUBROUTINE_EXIT
KEY0_SUBROUTINE_5
              BCC       PB,3
              BSS       PB,4                      ;bit4 位点亮
              GOTO      KEY0_SUBROUTINE_EXIT
KEY0_SUBROUTINE_6
              BCC       PB,4
              BSS       PB,5                      ;bit5 位点亮
              GOTO      KEY0_SUBROUTINE_EXIT
KEY0_SUBROUTINE_7
              BCC       PB,5
              BSS       PB,6                      ;bit6 位点亮
              GOTO      KEY0_SUBROUTINE_EXIT
KEY0_SUBROUTINE_8
```

```
            BCC       PB,6
            BSS       PB,7                          ;bit7 位点亮
KEY0_SUBROUTINE_EXIT
            BSS       LED_COM                       ;开 PB 口灯控制位
KEY1_SUBROUTINE                                     ;模式 1 下,无按键操作
            RET
; ---------------------模式 2 演示按键服务 ---------------------
;函 数 名:KEY2_SUBROUTINE ;功能描述:模式 2 演示按键服务
;算法实现:有按键按下时,分支寄存器 +1,显示分支由 MODE2_NUM 选择,
;          分支为 2 时,初始化定时器 2
;参量说明:MODE2_NUM(状态分支,选择显示内容:0x00 ~ 0x02)
KEY2_SUBROUTINE
            CLR       PB_TEMP                       ;清 PB 口显示内容寄存器
            CLR       LED_TEMP                      ;清数码管显示内容寄存器
            MOVI      0x01
            MOVA      TMR_TEMP
            INC       MODE2_NUM,F                   ;模式 2 分支状态寄存器 +1
            MOVI      0x03
            XOR       MODE2_NUM,A                   ;是否超出状态
            JBC       PSW,Z
            CLR       MODE2_NUM                     ;是,清零寄存器
            MOVI      0x02
            XOR       MODE2_NUM,A                   ;是否为轮显模式
            JBC       PSW,Z
            GOTO      KEY2_SUBROUTINE_0             ;是
            BSS       PSW,RP0                       ;否,关定时器 2
            BCC       INTE0,T8P1IE
            BCC       PSW,RP0
            CLR       T8P1C
            GOTO      KEY2_SUBROUTINE_EXIT
KEY2_SUBROUTINE_0
            CALL      TIMER2_INIT                   ;初始化定时器 2
KEY2_SUBROUTINE_EXIT
            RET
; ---------------------模式 3 演示按键服务 ---------------------
;函 数 名:KEY3_SUBROUTINE;功能描述:模式 3 演示按键服务
;算法实现:有按键按下时,进行频率转换,
;          设定显示单位为 10Hz,换算结果为一个字节,通过 PB 显示
KEY3_SUBROUTINE
            BSS       PSW,RP0
            BCC       INTE1,TE2IE                   ;关捕捉中断允许,防止错误
            BCC       PSW,RP0
            BCC       T16N1C, T16NXON               ;关定时器 1
```

```
        CALL    FREQ_SUBROUTINE          ;调用频率计算子程序
        MOV     FREQ_L,A                 ;频率显示
        MOVA    PB
        CLR     T16N1H
        CLR     T16N1L                   ;清定时器1寄存器组
        BCC     INTF1,TE2IF              ;清CCP2中断标志位,防止开中断即进入中断
        BSS     PSW,RP0
        BSS     INTE1,TE2IE              ;开捕捉中断允许
        BCC     PSW,RP0
        BSS     T16N1C,T16NXON           ;开定时器1
        RET
; ----------------------- 模式4演示按键服务 -----------------------
;函 数 名:KEY4_SUBROUTINE            功能描述:模式4演示按键服务,
;算法实现:有按键按下时,PWM按设定频率输出驱动蜂鸣器并使索引寄存器值+1
KEY4_SUBROUTINE
        CALL    PWM_SUBROUTINE           ;调用PWM设置
        INC     PWM_FQ_BUF,F             ;PWM频率选择寄存器+1
        MOVI    0x03
        SUB     PWM_FQ_BUF,A             ;当PWM_FQ_BUF=3时,恢复第一种频率
        JBC     PSW,Z
        CLR     PWM_FQ_BUF
        RET
; ----------------------- 模式5演示按键服务 -----------------------
;函 数 名:KEY5_SUBROUTINE;功能描述:模式5演示按键服务
;算法实现:有按键按下时,调用一次SPI通信
KEY5_SUBROUTINE
        CALL    SPI_SUBROUTINE           ;调用SPI通信,送74XX164显示
        MOVA    PB                       ;PB口显示,自发自收的数据
        INC     SPI_BUF,F                ;待输出数据+1
        RET
; ----------------------- 模式6演示按键服务 -----------------------
;函 数 名:KEY6_SUBROUTINE;功能描述:模式6演示按键服务
;参量说明:IIC_BUF(IIC通信缓存寄存器:0x00~0xFF)
KEY6_SUBROUTINE
        CALL    IIC_WRNBYT               ;调用写eeprom子程序
        CALL    DELAY5MS
        CALL    IIC_RDNBYT               ;调用读
        MOV     DATA_R,A
        MOVA    PB                       ;PB显示读回内容
        INC     IIC_BUF,F                ;待发送的数据+1
KEY7_SUBROUTINE
        RET
; ----------------------- 延时子程序 -----------------------
```

```
;函 数 名:DELAYXX ;功能描述:产生相应延时程序
;算法实现:循环减,4MHz 陶瓷晶振,即,每个指令周期为1μs,其中 CALL 和 RETURN 指
;令各占用 2 个指令周期
DELAY20US                    ;20μs 延时入口(实测 20μs)
     MOVI    0x04
     GOTO    DELAYUS_ENTR
DELAY9US                     ;9μs 延时入口(实测 9μs)
     MOVI    0x01
DELAYUS_ENTR
     MOVA    DLY_1
     JDEC    DLY_1,F
     GOTO    $ -1
DELAY5US                     ;5μs 延时入口(实测 5μs)
     NOP3
DELAY4US                     ;4μs 延时入口(实测 4μs)
     RET
DELAY200MS                   ;200ms 延时入口(实测 200.007ms)
     MOVI    .200     置外层循环参数值200(T = (1 +2 +200* B -1 +4)μs)
     GOTO    DELAYMS_ENTR
DELAY5MS                     ;5ms 延时入口(实测 5.005ms)
     MOVI    .5       ;设置外层循环参数值5(T = (1 +1 +5* B -1 +4)μs)
DELAYMS_ENTR
     MOVA    DLY_1
DELAYXMS0                    ;延时公共体,基值1ms,即 B =1 +1 +[(0xF9* 4) -1] +3 =1000
     MOVI    0xF9     ;设置内层循环参数值
     MOVA    DLY_2
     NOP3
     JDEC    DLY_2,F  ;变量 DLY_2 内容递减,若为 0 跳过下条指令
     GOTO    $ -2     ;跳转回 NOP 指令,使循环体执行 4 个指令周期
     JDEC    DLY_1,F  ;变量 DLY_1 内容递减,若为 0 跳过下条指令
     GOTO    DELAYXMS0 ;跳转到 DELAYXMS0 处
     RET
     END
```

附录 **D**

ASCII 码表

ASCII 值	控制字符	ASCII 值	控制字符	ASCII 值	控制字符	ASCII 值	控制字符
00H	NUL	20H	Space	40H	@	60H	`
01H	SOH	21H	!	41H	A	61H	a
02H	STX	22H	"	42H	B	62H	b
03H	ETX	23H	#	43H	C	63H	c
04H	EOT	24H	$	44H	D	64H	d
05H	ENQ	25H	%	45H	E	65H	e
06H	ACK	26H	&	46H	F	66H	f
07H	BEL	27H	´	47H	G	67H	g
08H	BS	28H	(	48H	H	68H	h
09H	HT	29H	)	49H	I	69H	i
0AH	LF	2AH	*	4AH	J	6AH	j
0BH	VT	2BH	+	4BH	K	6BH	k
0CH	FF	2CH	,	4CH	L	6CH	l
0DH	CR	2DH	–	4DH	M	6DH	m
0EH	SO	2EH	.	4EH	N	6EH	n
0FH	SI	2FH	/	4FH	O	6FH	o
10H	DLE	30H	0	50H	P	70H	p
11H	DC1	31H	1	51H	Q	71H	q
12H	DC2	32H	2	52H	R	72H	r
13H	DC3	33H	3	53H	S	73H	s
14H	DC4	34H	4	54H	T	74H	t
15H	C	35H	5	55H	U	75H	u
16H	SYN	36H	6	56H	V	76H	v
17H	ETB	37H	7	57H	W	77H	w
18H	CAN	38H	8	58H	X	78H	x
19H	EM	39H	9	59H	Y	79H	y
1AH	SUB	3AH	:	5AH	Z	7AH	z
1BH	ESC	3BH	;	5BH	[	7BH	{
1CH	FS	3CH	<	5CH	\	7CH		
1DH	GS	3DH	=	5DH	]	7DH	}
1EH	RS	3EH	>	5EH	^	7EH	~
1FH	US	3FH	?	5FH	——	7FH	DEL

参 考 文 献

[1] 何立民. 单片机高级教程——应用与设计[M]. 第 2 版. 北京: 北京航空航天大学出版社, 2007.

[2] 李朝青. 单片机原理及接口技术[M]. 第 3 版. 北京: 北京航空航天大学出版社, 2005.

[3] 李广弟. 单片机基础[M]. 第 3 版. 北京: 北京航空航天大学出版社, 2007.

[4] 马忠梅. 单片机的 C 语言应用程序设计[M]. 第 4 版. 北京: 北京航空航天大学出版社, 2007.

[5] 肖洪兵. 80C51 嵌入式系统教程[M]. 北京: 北京航空航天大学出版社, 2008.

[6] 谢维成, 等. 单片机原理与应用及 C51 程序设计[M]. 北京: 清华大学出版社, 2010.

[7] 周荷琴, 吴秀清. 微机原理与接口技术[M]. 合肥: 中国科技大学出版社, 2009.

[8] 束永根. 浅谈单片机系统的电磁兼容性设计[M]. 称重科技暨第六届称重技术研讨会论文集, 2007.

[9] 凌震乾, 许粮. 单片机系统设计电磁兼容问题的探讨[J]. 科技广场, 2007.

[10] 李逍波, 潘松. 深亚微米工艺下集成电路的电磁兼容性设计[J]. 中国集成电路, 2004.

[11] 龚勇. 单片机系统的电磁兼容设计研究[J]. 微计算机信息, 2008.

[12] 陈巨龙. 单片机系统的电磁兼容性设计[J]. 船电技术, 2005.

[13] 李成斌, 胡生清. 单片机系统的电磁兼容设计[J]. 自动化与仪器仪表, 2000.

[14] 马利滨. 单片机系统的电磁兼容性技术[J]. 移动通信, 2003.

[15] 韦庆进, 彭建盛. 单片机系统电源的电磁兼容设计概述[J]. 通信电源技术, 2005.

参考文献